Fantasy

Herausgegeben von Friedel Wahren

Verzeichnis weiterer Bände des
NAN-Zyklus finden Sie am Schluß des Bandes.

ROBERT E. HOWARD
LYON SPRAGUE DE CAMP

CONAN DER KRIEGER

*Dreizehnter Roman
der Conan-Saga*

Neuausgabe

WILHELM HEYNE VERLAG
MÜNCHEN

HEYNE SCIENCE FICTION & FANTASY
Band 06/3258

Titel der Originalausgabe
CONAN THE WARRIOR
Aus dem amerikanischen Englisch übersetzt von Lore Strassl
Das Umschlagbild malte Thomas Thiemeyer
Die Karten auf Seite 6 und 7 zeichnete Erhard Ringer
Die Innenillustrationen zeichnete Klaus D. Schiemann

Umwelthinweis:
Dieses Buch wurde auf chlor- und säurefreiem Papier gedruckt.

Redaktion: Friedel Wahren

http.//www.heyne.de
Printed in Germany 1999
Umschlaggestaltung: Atelier Ingrid Schütz, München
Technische Betreuung: M. Spinola
Satz: Schaber Satz- und Datentechnik, Wels
Druck und Bindung: Presse-Druck, Augsburg

ISBN 3-453-30920-0

Die Hyborische Welt Conans

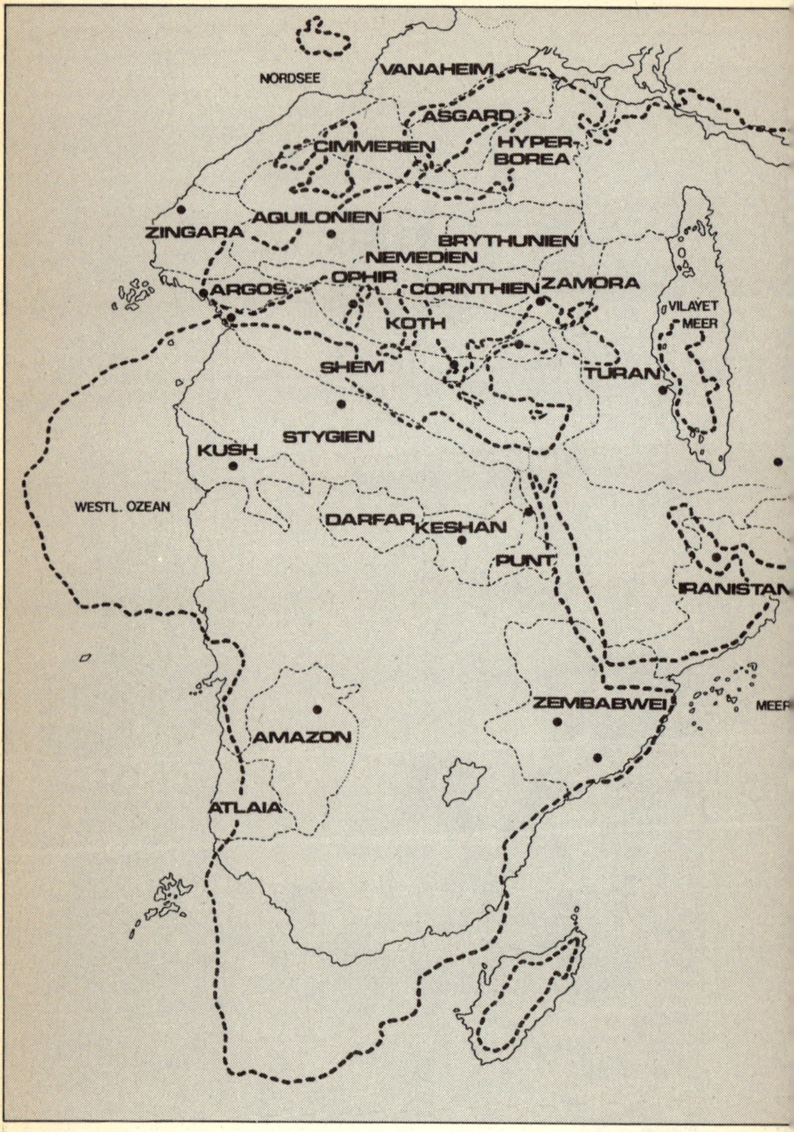

NORDSEE
VANAHEIM
ASGARD
CIMMERIEN
HYPER-
BOREA
AQUILONIEN
ZINGARA
BRYTHUNIEN
NEMEDIEN
OPHIR
ARGOS
CORINTHIEN
ZAMORA
VILAYET
MEER
KOTH
SHEM
TURAN
STYGIEN
KUSH
WESTL. OZEAN
DARFAR
KESHAN
PUNT
IRANISTAN
ZEMBABWEI
MEER
AMAZON
ATLAIA

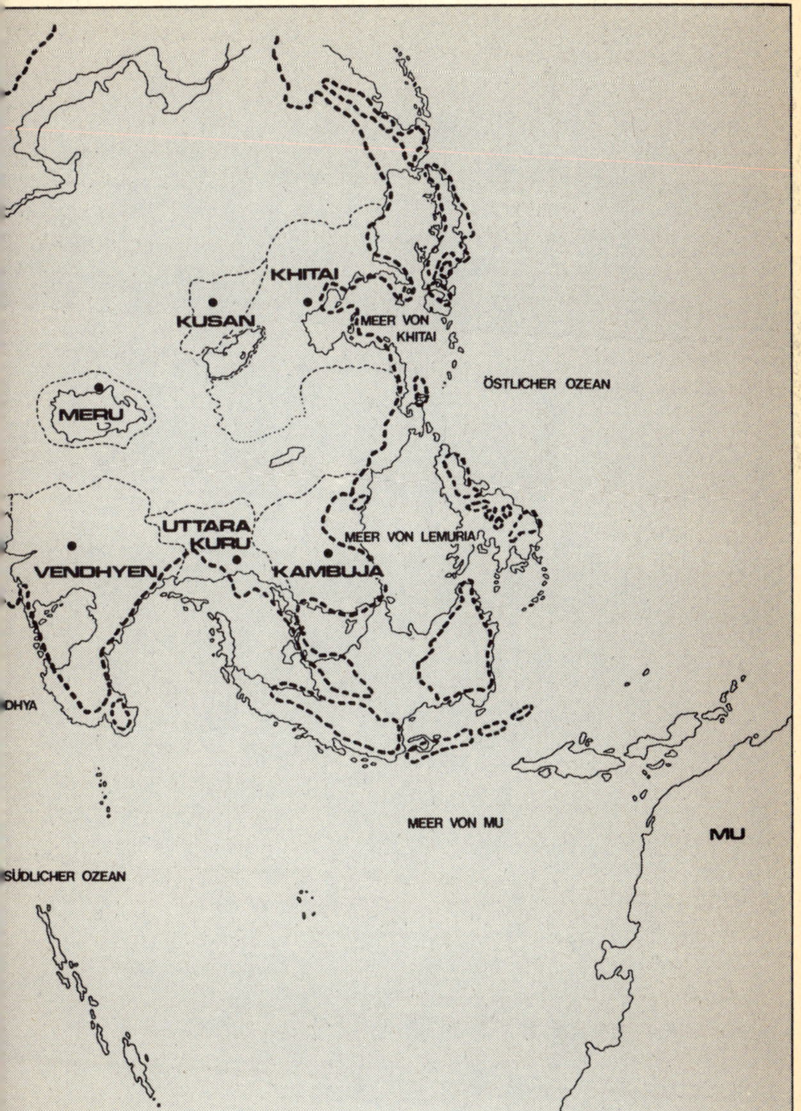
KHITAI
KUSAN
MEER VON
KHITAI
ÖSTLICHER OZEAN
MERU
UTTARA
KURU
VENDHYEN
KAMBUJA
MEER VON LEMURIA
DHYA
MEER VON MU
MU
SÜDLICHER OZEAN

Inhalt

EINLEITUNG 11
L. Sprague de Camp

AUS DEN KATAKOMBEN 13
(Red Nails)

1. Der Schädel auf dem Fels 16
2. Im Glitzern der Feuersteine 42
3. Die Befehdeten 67
4. Lotusduft 86
5. Zwanzig rote Nägel 92
6. Tascelas Augen 108
7. Er aus der Finsternis 119

DER SCHATZ VON GWAHLUR 133
(Jewels of Gwahlur)

1. Intrigen 135
2. Eine Göttin erwacht 153
3. Die Wiederkehr des Orakels 165
4. Die Zähne von Gwahlur 177

JENSEITS DES SCHWARZEN FLUSSES 199
(Beyond the Black River)

1. Conan verliert seine Axt 203
2. Der Zauberer von Gwawela 218

3. Wesen der Finsternis 227
4. Zogar Sags Bestien 230
5. Die Kinder Jhebbal Sags 242
6. Blutige Äxte an der Grenze 260
7. Der flammenumhüllte Dämon 276
8. Schluß mit Conajohara 282

Einleitung

L. Sprague de Camp

Das höchste Lesevergnügen von den vielen Arten der Unterhaltungsliteratur bietet die heroische Fantasy: die Schwert- und Magie-Story, die in einer imaginären Welt handelt – vielleicht auf unserem Planeten, wie er vor langer Zeit gewesen oder wie er in ferner Zukunft sein mochte, oder auf einem anderen Stern oder in einer anderen Dimension –, wo mit Zauberei viel zu erreichen ist, wo alle Männer mächtig und alle Frauen schön sind, wo die Probleme einfach sind und das ganze Leben abenteuerlich ist. In einer solchen Welt strecken prächtige Städte ihre schillernden Türme dem Himmel entgegen; Hexer betreiben in tiefen, verborgenen Gewölben ihren finsteren Zauber; unheilverheißende Geister spuken in alten Ruinen; urweltliche Ungeheuer hausen in den Dschungeln; und das Schicksal von vielen Königreichen hängt von den blutigen Klingen tapferer Helden mit ihren übernatürlichen Fähigkeiten ab.

Einer der größten Schreiber heroischer Fantasy war Robert Ervin Howard (1906–36), der in Peaster, Texas geboren wurde und den größten Teil seines kurzen Lebens in Cross Plains, ebenfalls in Texas, verbrachte. Howard war ein sehr produktiver Autor, der hauptsächlich für die Pulp-Magazine (in etwa vergleichbar mit den Groschenheften jener Zeit im deutschsprachigen Raum) seiner Zeit schrieb. Jack London, Talbot Mundy, Harold Lamb, Edgar Rice Burroughs und H. P. Lovecraft übten einen Einfluß auf ihn aus.

Howards eindrucksvollster Held war Conan, der Cimmerier. Nach Howard hat Conan vor etwa zwölftausend Jahren gelebt, im Hyborischen Zeitalter zwischen dem Untergang von Atlantis und dem Beginn der aufgezeichneten Geschichte. Dieser riesenhafte barbarische Abenteurer aus dem rauhen Norden watet durch Flüsse von Blut, besiegt sowohl menschliche als auch übernatürliche Feinde und erringt schließlich die Krone des hyborischen Königreichs Aquilonien.

Achtzehn Conan Stories erschienen zu Howards Lebzeiten, und weitere fanden sich in Manuskriptform in seinem Nachlaß. Mir wurde die Ehre zuteil, sie zur Veröffentlichung fertigzumachen, und einige, die nicht komplett waren, zu Ende zu schreiben.

Conan kam als junger Bursche ins Königreich Zamora und lebte dort und in Corinthien und Nemedien mehrere Jahre mehr schlecht als recht als Dieb. Danach verdingte er sich als Söldner im orientalischen Turan und später in den hyborischen Königreichen. Als er sich gezwungen sah, aus Argos zu fliehen, wurde er Pirat entlang der Küste von Kush als Partner der shemitischen Piratin Bêlit mit ihrer Mannschaft schwarzer Suba. Zu jener Zeit nannte man ihn Amra, den Löwen.

Nach Bêlits Tod war er Häuptling eines Stammes Schwarzer. Danach diente er als Söldner in Shem und den anschließenden hyborischen Königreichen. Später schloß er sich den Kozaki – nomadischen Gesetzlosen der östlichen Steppen – an, dann den Piraten der Vilayetsee, und wieder später Bergstämmen in den Himelianischen Bergen an den Grenzen nach Iranistan und Vendhya. Danach heuerte er wieder als Söldner in Koth und Argos an und wurde zu dieser Zeit kurz Mitherrscher der Wüstenstadt Tombalku. Dann kehrte er zur See zurück, erst als Pirat der Barachan-Inseln und nach einer Weile als Kapitän eines zingaranischen Freibeuterschiffs. Zur Zeit der Geschichten in diesem Band war er Ende dreißig.

Aus den Katakomben

STYGIEN
KUSH
Kheschalla
Gazal
Meroe
Grasebenen
Sukhmet
Xuthal
Stadt der Geflügelten
Südliche Wüste
Zuad See
Schwarze Zitadelle
Jeluba
Tombalku
Zarkheba
DARFAR
Bakalah
Jihji
Abombi
SAVANNE
Bamula
Wadai
SCHWARZE KÖNIGREICHE
Menhire
Akbilana
Sabalea
Tamba-Syn
Schuschan
Stadt des Set
Seyan
Rasht
TAIA
Pteion
Thuran
Kassali
Keschia
KESHAN
PUNT
Alkmeenon
Xuchotl
GOLDBERGE
Yukkub
Aphaka Oase
Kuthchemes
NACKTE WÜSTE
Zamboula
KHARAMUN WÜSTE
PLATEAU
FLACHLAND
Jhil
Zikamba
Kulalo
SAVANNE
Gamburu
AMAZON
FEUERBERGE
DSCHUNGEL
Nordhauptstadt
ZEMBABWEI

Aus den Katakomben

Robert E. Howard

Zwei Jahre lang ist Conan als Kapitän der Tagedieb *ein sehr erfolgreicher Freibeuter. Doch die Eifersucht anderer zingaranischer Piraten auf den Fremden unter ihnen ist groß – sie überfallen und besiegen ihn schließlich an der Küste von Shem. Auf seiner Flucht landeinwärts hört Conan von bevorstehenden kriegerischen Auseinandersetzungen an den Grenzen Stygiens. Er schließt sich den Freien Getreuen an, einer Bande Gesetzloser unter der Führung eines gewissen Zarallo. Doch statt reiche Beute auf Plünderzügen zu machen, wird er zum ereignislosen Wachdienst im Grenzposten Sukhmet unmittelbar an den Schwarzen Königreichen eingeteilt. Der Wein dort ist sauer, Beute gibt es so gut wie keine, und der schwarzen Frauen wird Conan bald überdrüssig. Doch seine Langeweile endet, als Valerie von der Roten Bruderschaft – eine Piratin, die er aus seiner Barachan-Zeit kennt – in Sukhmet auftaucht. Als sie drastische Maßnahmen ergreift, um einen aufdringlichen stygischen Offizier abzuweisen, folgt Conan ihr südwärts ins Land der Schwarzen.*

1

DER SCHÄDEL AUF DEM FELS

Die Frau im Sattel zügelte ihr müdes Pferd. Mit hängendem Kopf und weitgespreizten Beinen stand es da, als wäre ihm selbst das rote Lederzaumzeug mit den Goldtroddeln zu schwer. Die Frau zog den gestiefelten Fuß aus dem silbernen Steigbügel und schwang sich aus dem goldverzierten Sattel. Sie befestigte den Zügel an der Astgabel eines jungen Baumes, dann stemmte sie die Hände in die Hüften und sah sich um.

Die Gegend hier war nicht sehr einladend. Gigantische Bäume umzingelten wie Wachtposten den kleinen Teich, aus dem ihr Pferd gerade getrunken hatte. Das Buschwerk unter dem düsteren Zwielicht der ineinanderverschlungenen Zweige beschränkte die Sicht. Die festen Schultern der Frau zuckten in unwillkürlichem Frösteln. Verärgert fluchte sie.

Hochgewachsen war sie, mit vollem Busen und langen Beinen. Ihre geschmeidige Gestalt strahlte ungewöhnliche Kraft aus, ohne daß dies jedoch den Reiz ihrer Weiblichkeit gemindert hätte. Ja, trotz ihrer Haltung und Kleidung war sie ganz Frau. Sie trug ein seidenes, pludriges Beinkleid, das etwa eine Handbreite über den Knien endete und von einer breiten, als Gürtel dienenden Seidenschärpe gehalten wurde. Die Stiefel aus weichem Leder mit weiten Schäften reichten bis kurz unter die Knie. Ein am Hals offenes Hemd mit breitem Kragen und bauschigen Ärmeln vervollständigte ihre Kleidung. An einer wohlgeformten Hüfte hing ein gerades, zweischneidiges Schwert und an der anderen ein langer Dolch. Ihr widerspenstiges Goldhaar, das in Schulterhöhe gerade geschnitten war, hielt ein Band aus rotem Satin zusammen.

Gegen den Hintergrund des düsteren, wuchernden

Waldes gab sie ungewollt ein bizarres, nicht recht passendes Bild ab. Das weite Meer, hohe Masten und flatternde Möwen als Hintergrund hätten besser gewirkt, denn ihre Augen waren von der Farbe der See. Und so war es auch richtig, denn sie war Valerie von der Roten Bruderschaft, und sie hatte sich einen Namen geschaffen. Wo immer Seeleute sich trafen, machten Geschichten und Balladen über sie die Runde.

Sie bemühte sich, durch das stumpfgrüne Dach der Äste den Himmel zu erspähen, der ja schließlich darüber sein mußte, doch vergebens. Mit einem leisen Fluch gab sie es auf.

Das Pferd ließ sie an der Astgabel angebunden, während sie ostwärts stapfte und hin und wieder zum Teich zurückblickte, um sich der Richtung zu vergewissern. Die Stille des Waldes bedrückte sie. Keine Vögel sangen in den hohen Zweigen, und kein Rascheln im Unterholz verriet die Anwesenheit üblichen kleinen Waldgetiers. Meilenweit war sie schon durch diese brütende Stille geritten, die nur ihre eigenen Fluchtgeräusche gebrochen hatten.

Am Teich hatte sie ihren Durst gestillt, doch nun begann der Hunger sie zu quälen. Sie hielt Ausschau nach Früchten, denn seit sie den kargen Proviant in ihren Satteltaschen verzehrt hatte, waren Früchte ihre einzige Nahrung gewesen.

Vor sich sah sie nach einer Weile feuersteinartigen Fels, der sich zerklüftet zwischen den Bäumen erhob. Sein Gipfel war zwischen den dichtbelaubten Baumkronen nicht zu sehen. Möglicherweise ragte er darüber hinaus – und wenn sie ihn erklomm, konnte sie vielleicht erkennen, was jenseits dieses Waldes lag, durch den sie nun schon so viele Tage geritten war – wenn er nicht endlos weiterführte.

Eine natürliche Rampe zog sich schräg die steile Felswand hoch. Sie folgte ihr, und nachdem sie etwa fünfzig Fuß weit gekommen war, erreichte sie den Laubgürtel, mit dem die Bäume den Fels umringten. Die Stämme selbst waren ihm nicht sehr nah, doch die Enden der unteren Zweige stießen gegen ihn und verhüllten ihn mit ihren Blättern. Sie tastete sich durch dieses Laubhindernis, und eine Weile konnte sie weder etwas unter noch über sich sehen, bis sie endlich blauen Himmel erspähte. Kurz darauf tauchte sie ins Freie – in heißen Sonnenschein –, und unter ihr erstreckte sich das Laubdach.

Sie stand auf einem breiten Sims, das sich in etwa gleicher Höhe mit den Baumwipfeln befand, und von hier stieß wie ein Spitzturm der Gipfel des Felsens in die Höhe. Doch nicht ihm widmete sie ihre Aufmerksamkeit. In dem Teppich verwelkter und verrottender Blätter war ihr Fuß gegen etwas Hartes gestoßen. Sie schob das Laub zur Seite und legte so das Gerippe eines Menschen frei. Erfahrenen Blickes studierte sie das ausgeblichene Skelett. Es wies keine gebrochenen Knochen auf und auch sonst keinerlei Spuren von Gewalttätigkeit. Der Mann mußte eines natürlichen Todes gestorben sein. Doch sie konnte sich nicht vorstellen, weshalb jemand einen kahlen Felsen erklomm, um hier auf sein Ende zu warten.

Sie kletterte die spitzturmähnliche Felszacke hoch und schaute nach allen Seiten bis zum Horizont. Das Walddach, das von hier wie dumpfgrüner Erdboden aussah, war von oben genauso undurchdringlich für das Auge wie von unten. Nicht einmal den Teich vermochte sie zu sehen, an dem sie ihr Pferd zurückgelassen hatte. Sie blickte nordwärts, in die Richtung, aus der sie gekommen war, doch sie sah nichts als ein leicht bewegtes Meer grüner Kronen und einen vagen blauen Strich weit in der Ferne, der die Gebirgskette sein mußte, die sie vor Tagen überquert hatte, ehe der Wald sie verschlang.

Im Osten und Westen fehlte lediglich der bläuliche Strich, doch ansonsten bot sich ihr genau die gleiche Aussicht. Erst als sie sich südwärts wandte, erstarrte sie und hielt den Atem an. Etwa eine Meile in dieser Richtung lichtete sich der Wald und machte abrupt einer mit Kakteen übersäten Ebene Platz. Und inmitten dieser Wüste erhoben sich die Mauern und Türme einer Stadt. Valerie fluchte erstaunt. Es fiel ihr schwer, ihren Augen zu trauen. Über den Anblick einer menschlichen Siedlung jeder anderen Art – bienenstockähnliche Hütten der Schwarzen oder Felsenbehausungen der geheimnisumwitterten braunen Rasse, die der Legende nach in diesem unerforschten Gebiet leben sollte – hätte sie nicht weiter gestaunt. Aber viele Wochenmärsche vom nächsten Vorposten der Zivilisation entfernt auf eine befestigte Stadt zu stoßen, war doch allzu verwunderlich.

Ihre um die Felszacke geklammerten Hände begannen zu schmerzen, also ließ sie sich wieder auf das Sims hinab und runzelte unentschlossen die Stirn. Von weit her war sie gekommen – aus dem Söldnerlager nahe der Grenzstadt Sukhmet, mitten im ebenen Grasland, wo wilde Abenteurer vieler Rassen die stygische Grenze gegen Horden von Plünderern bewachten, die manchmal wie rote Wogen von Darfar herbeibrandeten. Ihre Flucht hatte sie blindlings in ein Land gehetzt, von dem sie nichts wußte. Und nun kämpfte der Wunsch, direkt zu dieser Stadt in der Ebene zu reiten, gegen ihren Instinkt, der ihr zur Vorsicht riet und sie mahnte, einen weiten Bogen um diese Stadt zu machen und ihre einsame Flucht fortzusetzen.

Das Rascheln von Blättern unter ihr riß sie aus ihren Gedanken. Wie eine Katze wirbelte sie herum und griff nach ihrem Schwert, doch dann blieb sie ruhig stehen und blickte auf den Mann vor sich.

Er war fast ein Riese von Wuchs, mit geschmeidig

spielenden Muskeln unter der sonnengebräunten Haut. Seine Kleidung unterschied sich nicht sehr von ihrer, nur trug er statt einer Schärpe um die Taille einen breiten Ledergürtel, an dem Breitschwert und Dolch hingen.

»Conan, der Cimmerier!« rief die Frau. »Was machst *du* auf meiner Fährte?«

Der Barbar grinste, und wildes Feuer, wie jede Frau es verstehen mußte, brannte in seinen Augen, die über ihre vollendete Figur wanderten und kurz auf dem das Hemd straffenden Busen und der weißen Haut zwischen Pluderhosen und Stiefelschäften hängenblieben.

»Kannst du dir das denn nicht denken?« fragte er lachend. »Gab ich meiner Bewunderung für dich nicht deutlich genug Ausdruck, seit ich dich zum erstenmal sah?«

»Bei einem Zuchthengst wäre es nicht offensichtlicher gewesen«, antwortete sie verächtlich. »Doch nie hätte ich erwartet, dich so fern der Fleischtöpfe und Bierfässer Sukhmets wiederzusehen. Bist du mir wirklich aus Zarallos Lager gefolgt, oder hat man dich aus dem Lager gepeitscht, weil man erkannte, was du für ein Gauner bist?«

Er lachte über ihre Unverschämtheit und spannte die mächtigen Armmuskeln.

»Du weißt genau, daß Zarallo gar nicht genügend Buben zusammenbrächte, um mich aus dem Lager zu peitschen«, sagte er grinsend. »Natürlich bin ich dir gefolgt. Und zu deinem Glück, Mädchen. Indem du den Stygier erdolcht hast, brachtest du dich um Zarallos Gunst und Schutz und wirst nun von den Stygiern als Verbrecherin gesucht.«

»Das weiß ich alles«, erwiderte sie stumpf. »Aber was hätte ich denn tun sollen? Du weißt doch, wie es dazu kam.«

»Sicher«, antwortete Conan. »Wäre ich dabei gewesen, hätte ich ihn selbst erstochen. Aber wenn eine Frau schon in einem Kriegslager mit Männern haust, muß sie mit dergleichen rechnen.«

Valerie stampfte heftig auf und fluchte.

»Warum können Männer mich nicht leben lassen wie ihre männlichen Kameraden?«

»Das dürfte ja offensichtlich sein!« Wieder brannten seine Augen bewundernd auf ihr. »Aber es war klug von dir zu fliehen. Die Stygier hätten dir lebenden Leibes die Haut abziehen lassen. Der Bruder des Offiziers folgte dir, zweifellos schneller, als du dachtest. Er war gar nicht weit hinter dir, als ich ihn einholte. Und sein Pferd war schneller als deines. Noch ein paar Meilen, und er hätte dich erwischt und dir die Kehle durchgeschnitten.«

»Und?« fragte sie.

»Und was?«

»Was ist mit dem Stygier?«

»Na, was glaubst du wohl?« entgegnete er ungeduldig. »Ich habe ihn natürlich getötet und den Geiern zum Fraß überlassen. Das hielt mich allerdings auf, und ich hätte fast deine Spur verloren, als du durch das felsige Vorgebirge geritten bist – sonst hätte ich dich schon längst eingeholt.«

»Und jetzt bildest du dir wohl ein, du könntest mich zu Zarallos Lager zurückschleppen?« erkundigte sie sich höhnisch.

»Du redest daher wie eine Närrin«, knurrte Conan. »Komm, leg dein Wildkatzenbenehmen bei mir ab. Ich bin nicht wie dieser Stygier, den du erdolcht hast, und das weißt du auch.«

»Ja, ein Vagabund bist du mit leeren Taschen.«

Er lachte herzhaft. »Und was bist du? Du hast ja nicht einmal ein Kupferstück, daß du dir einen Flicken für deine durchgescheuerte Hose kaufen könntest. Deine Verachtung täuscht mich nicht. Du weißt, daß ich größere Schiffe und mehr Männer befehligt habe als du in deinem ganzen Leben. Und daß meine Taschen leer sind – nun, das sind sie bei einem echten Abenteurer fast immer. Ich habe in den großen Seehäfen genug Gold gelassen, um eine Galeone zu füllen. Auch das dürfte dir bekannt sein!«

»Und wo sind jetzt deine feinen Schiffe und die kühnen Männer, die du befehligt hast?« fragte sie spöttisch.

»Zum größten Teil auf dem Meeresgrund«, antwortete er grinsend. »Die Zingarier versenkten mein letztes Schiff an der Küste Shems – deshalb schloß ich mich Zarallos Freien Getreuen an. Aber als wir zur Grenze von Darfar marschierten, sah ich, daß das kein Leben für mich war. Niedriger Sold, saurer Wein – ganz abgesehen davon, daß ich mir nichts aus schwarzen Frauen mache. Und nur sie kamen in unser Lager in Sukhmet – mit Ringen in der Nase und zugefeilten Zähnen – pah! Warum hast du dich eigentlich Zarallo angeschlossen? Vom Meer nach Sukhmet ist ein weiter Weg.«

»Der Rote Ortho wollte mich zu seiner Konkubine machen«, antwortete sie mürrisch. »Ich sprang eines Nachts über Bord und schwamm an Land, als wir in Küstennähe ankerten – unweit von Zabhela an der Küste Kushs war es. Dort erzählte ein shemitischer Kaufmann, daß Zarallo mit seinen Freien Getreuen südwärts gekommen war, um die darfarische Grenze zu bewachen. Was hätte sich mir besseres bieten können? Ich nahm die nächste ostwärts ziehende Karawane und erreichte schließlich Sukhmet.«

»Es war reiner Wahnsinn, daß du südwärts geflohen bist«, bemerkte Conan. »Aber andererseits auch klug, denn Zarallos Patrouillen kamen überhaupt nicht auf den Gedanken, dich in dieser Richtung zu suchen. Nur der Bruder des von dir Getöteten stieß zufällig auf deine Fährte.«

»Und was hast du jetzt vor?« erkundigte sie sich.

»Nun, wir sollten uns westwärts halten«, meinte er. »So weit südlich war ich bereits, doch so weit östlich noch nicht. Wenn wir gen Westen reiten, erreichen wir in ein paar Tagen die offene Savanne, wo die Herden der Schwarzen weiden. Ich habe Freunde dort. Dann können wir zur Küste weiterreisen und zusehen, daß wir ein Schiff finden. Mir hängt der Dschungel zum Hals heraus.«

»Dann mach dich nur auf den Weg«, riet sie ihm. »Ich habe andere Pläne.«

»Sei nicht töricht!« Seine Stimme klang zum erstenmal leicht gereizt. »Du kannst schließlich nicht ewig weiter durch diesen Wald irren.«

»Das kann ich sehr wohl, wenn es mir Spaß macht.«

»Du hast doch etwas im Sinn!«

»Und wenn schon, es geht dich nichts an!« fauchte sie.

»O doch«, widersprach er. »Bildest du dir vielleicht ein, ich reite jetzt allein weiter, nachdem ich dir so weit gefolgt bin? Sei vernünftig, Mädchen, ich habe doch keine bösen Absichten.«

Er machte einen Schritt auf sie zu, da sprang sie zurück und zog ihr Schwert.

»Zurück, Barbarenhund! Oder ich spieß dich auf wie ein Schwein!«

Zögernd blieb er stehen und sagte: »Möchtest du, daß ich dir das Spielzeug wegnehme und dich damit versohle?«

»Worte! Angeberei!« spottete sie. Ihre kühnen Augen funkelten wie Sonnenschein auf blauem Wasser.

Er wußte, daß es tatsächlich nicht viel mehr war, denn keinem Mann würde es mit bloßen Händen gelingen, Valerie von der Roten Bruderschaft zu entwaffnen. Er runzelte die Stirn. Ein Chaos von Gefühlen tobte in ihm. Er war wütend, und doch amüsierte er sich über ihre Haltung und bewunderte ihren Kampfgeist. Heiß floß ihm das Blut durch die Adern. Es drängte ihn danach, das Mädchen in die Arme zu schließen, sie heftig an sich zu drücken, aber andererseits wollte er ihr auch nicht weh tun. Er schwankte zwischen dem Verlangen, sie wild zu schütteln, um sie zur Vernunft zu bringen, und dem, sie zärtlich zu liebkosen. Aber er wußte auch, wenn er ihr zu nahe käme, würde ihr Schwert sich in sein Herz bohren. Zu viele Männer hatte er Valerie in Grenzscharmützeln und Tavernenraufereien töten sehen, als daß er sie unterschätzt hätte. Er wußte, daß sie schnell und wild wie eine Tigerin war. Natürlich könnte er sein Breitschwert ziehen und sie entwaffnen, indem er ihr die Klinge aus der Hand schlug, aber allein schon der Gedanke, mit dem Schwert gegen eine Frau vorzugehen, selbst wenn er nicht die Absicht hatte, sie zu verwunden, widerstrebte ihm zutiefst.

»Verdammt, Mädchen!« fluchte er hilflos. »Ich werde dir …«

Er wollte auf sie losstürmen, denn seine wütende Leidenschaft ließ ihn alle Vorsicht vergessen, da machte sie sich zum tödlichen Stoß bereit. Doch etwas Überraschendes bereitete dieser gleichzeitig lächerlichen und durchaus gefährlichen Szene eine jähes Ende.

»Was ist das?«

Valerie stieß es hervor, aber beide zuckten gleichzeitig zusammen, und Conan wirbelte wie eine Raubkatze herum. Das mächtige Schwert in seiner Hand blitzte. Ein panikerfülltes Wiehern war zu hören – und gleich darauf durch Mark und Bein dringende Todesschreie. Es waren ihre Pferde! Und mit diesen Schreien vernahmen die beiden Lauschenden das Knacken und Bersten von Knochen.

»Löwen haben unsere Pferde angefallen!« rief Valerie.

»Von wegen Löwen!« schnaubte Conan mit funkelnden Augen. »Hast du vielleicht einen Löwen brüllen hören? Ich nicht! Und hör doch nur, wie die Knochen zermalmt werden – nicht einmal ein Löwe könnte so viel Lärm machen, wenn er ein Pferd tötet.«

Er rannte die natürliche Rampe hinunter, und Valerie folgte ihm. Die Witterung eines Abenteuers ließ sie beide ihre persönliche Auseinandersetzung vergessen. Die Schreie verstummten, während sie durch das grüne Laubwerk um den Felsen tauchten.

»Ich sah dein Pferd neben dem Teich angebunden«, sagte Conan und eilte dabei fast lautlos weiter, so daß sie sich nun nicht mehr wunderte, wie er sie auf dem Sims hatte überraschen können. »Ich band meines gleich dazu und folgte den Spuren deiner Stiefel. Vorsichtig, jetzt!«

Das Blätterdach lag nun über ihnen. Sie starrten hinunter in das jadegrüne Dämmerlicht. Die Stämme der mächtigen, kaum hundert Meter entfernten Bäume wirkten verschwommen und gespenstisch.

»Die Pferde müßten hinter dem Dickicht dort drüben sein«, flüsterte Conan. »Horch!«

Valerie hatte bereits gehört, worauf er sie aufmerksam machen wollte. Ein eisiger Schauder lief ihr über den Rücken, und so legte sie unwillkürlich und unbewußt schutzsuchend die Hand auf den muskulösen Arm des Cimmeriers. Unverkennbar hörten sie hinter dem Dickicht das Bersten von Knochen, das Reißen von Fleisch und lautes Kauen und Schmatzen.

»Fressende Löwen machen andere Geräusche«, flüsterte Conan. »Irgend etwas verschlingt unsere Pferde, aber kein Löwe – Crom!«

Das Reißen und Kauen verstummte plötzlich. Conan fluchte leise. Ein Wind war aufgekommen und trug ihre Witterung geradewegs zu dem Dickicht, hinter dem der Pferdefresser verborgen war.

»Da kommt es!« murmelte Conan und hob sein Schwert.

Das Dickicht erbebte und krachte. Valerie klammerte sich noch heftiger an Conans Arm. Zwar kannte sie sich im Dschungel nicht aus, aber sie wußte, daß kein bekanntes Tier das Unterholz so erschüttern konnte.

»Es muß groß wie ein Elefant sein«, flüsterte Conan und sprach aus, was auch sie dachte. »Was, zum Teufel…« Verblüfft hielt er inne.

Der Schädel eines Alptraumungeheuers schob sich durch das Dickicht. Weit geöffnete Kiefer entblößtem Reihen geifernder, gelber Hauer. Über dem klaffenden Rachen runzelte sich eine saurierähnliche Schnauze. Riesige Augen, gleich denen eines Pythons, nur tausendmal größer, starrten reglos auf die beiden wie versteinerten Menschen, die sich an den Fels über ihm klammerten. Blut besudelte die lappigen, schuppenüberzogenen Lippen und sickerte aus dem gewaltigen Maul.

Den Kopf, der größer als ein Krokodilschädel war, hielt ein langer, schuppiger Hals mit Reihen von Sägezahnzacken. Der Rumpf, der Dornenbüsche und Schößlinge platt walzte, war wie eine gewaltige Tonne auf lächerlich kurzen Beinen. Der weißliche Bauch schleifte fast über den Boden. Der Rücken dagegen, ebenfalls mit mächtigen Sägezahnzacken, war höher, als Conan selbst auf Zehenspitzen stehend hätte berühren können. Den langen Stachelschwanz, der einem gigantischen Skorpion Ehre gemacht hätte, zog das Ungeheuer hinter sich her.

»Schnell, den Felsen wieder hoch!« zischte Conan und schob das Mädchen vor sich her. »Ich glaube nicht, daß das Monstrum klettern kann, aber wenn es sich auf die Hinterbeine stellt, könnte es uns erreichen…«

Mit einem Krachen und Bersten der Schößlinge schnellte sich das Ungeheuer durchs Unterholz. Wie

Laub im Wind flohen die beiden die Rampe wieder hoch. Ehe Valerie in das grüne Dach der Bäume ringsum tauchte, warf sie einen hastigen Blick zurück. Genau wie Conan vorhergesagt hatte, richtete sich das Monstrum auf den Hinterbeinen auf. Der Anblick erfüllte sie mit Panik. Aufrechtstehend wirkte das Untier noch gigantischer als vorher. Sein Schädel stieß durch die Baumkronen. Da packte Conan Valerie am Handgelenk. Sie wurde durch das Laubwerk gezerrt und wieder hinaus in den Sonnenschein, gerade als das Ungeheuer mit einer Wucht, die den Felsen erschütterte, mit den Vorderbeinen gegen das Gestein prallte.

Hinter den Fliehenden schob sich der Schädel krachend durch die Zweige, und einen schreckerfüllten Augenblick lang sahen sie die Alptraumvisage mit flammenden Augen und klaffendem Rachen zwischen dem dichten Laub. Gleich darauf schnappten die Kiefer, glücklicherweise in leerer Luft, hinter ihnen zusammen. Da zog das Untier den Schädel zurück und verschwand aus ihrer Sicht, als wäre es in einem Teich versunken.

Als sie zwischen den Zweigen, die die Felswand streiften, hindurchspähten, sahen sie es auf seinen Hinterbeinen am Fuß des Felsen kauernd, reglos zu ihnen heraufstieren.

Valerie erschauderte.

»Wie lange, glaubst du, wird es dort unten hockenbleiben?«

Conan stieß mit dem Fuß nach dem Totenschädel auf dem Sims.

»Der Bursche muß hier heraufgeklettert sein, um diesem Ungeheuer – oder einem ähnlichen – zu entkommen. Vermutlich ist er verhungert, denn seine Knochen sind unbeschädigt. Das Untier muß ein Drache sein. Du kennst ja sicher auch die Legenden der Schwarzen, die von Drachen berichten? Wenn es einer ist, wird er nicht von hier weichen, bis wir beide tot sind.«

Valerie blickte ihn entsetzt an, ihren Groll hatte sie längst vergessen. Sie kämpfte mit aller Willenskraft gegen ihre Panik an. Wie viele Male hatte sie ihren Mut, ja ihre Tollkühnheit in heftigen Kämpfen auf See und Land bewiesen, auf den blutglitschigen Decks von Kriegsschiffen, im Sturm auf befestigte Städte und auf den zertrampelten Sandstränden, wo die wilden Burschen der Roten Bruderschaft einander die Dolche in die Brust stießen, wenn sie um die Führerschaft kämpften. Doch ihre gegenwärtige Lage ließ ihr das Blut in den Adern gerinnen. Den Todesstreich in einer Schlacht fürchtete sie nicht, doch es erfüllte sie mit Panik, hilflos hier auf kahlem Fels zu sitzen, ohne etwas tun zu können, belagert von einem Ungeheuer aus der Urzeit, das nicht weichen würde, bis sie verhungert waren.

»Es muß doch irgendwann mal weg, um zu fressen und zu saufen«, meinte sie.

»Dazu braucht es nicht weit zu gehen«, gab Conan zu bedenken. »Außerdem hat es sich ja gerade erst den Bauch mit unseren Pferden vollgeschlagen. Und wie eine echte Schlange wird es jetzt eine lange Zeit ohne Fraß und Wasser auskommen. Nur sieht es so aus, als dächte es gar nicht daran, nach seiner ausgiebigen Mahlzeit zu schlafen, wie Schlangen es tun. Na ja, zumindest kann es nicht hier heraufklettern.«

Conan wirkte absolut nicht beunruhigt. Er war ein Barbar, und als solchem war ihm die gleiche Geduld gegeben wie allen Geschöpfen der Wildnis, genau wie viele ihrer anderen Eigenschaften. Im Gegensatz zu jemandem, der in der Zivilisation aufgewachsen war, blieb er auch in einer solchen scheinbar ausweglosen Situation kühl und beherrscht.

»Können wir nicht in die Baumkronen klettern und

wie Affen auf den Ästen fliehen?« fragte Valerie verzweifelt.

Conan schüttelte den Kopf. »Das habe ich auch schon überlegt, aber die Zweige, die den Felsen berühren, sind nicht kräftig genug. Sie würden unter unserem Gewicht schnell brechen. Außerdem befürchte ich, daß dieser Teufel dort unten jeden Baum mitsamt den Wurzeln ausreißen könnte.«

»Sollen wir hier auf unseren Hintern herumsitzen, bis wir verhungern«, rief sie wütend und trat nach dem Totenkopf, daß er das Sims entlangrollte. »Ich denke gar nicht daran! Ich werde wieder hinuntersteigen und dieser Bestie den Schädel abschlagen …«

Conan hatte sich auf einen Felsvorsprung am Fuß der spitzturmähnlichen Zacke niedergelassen. Mit kaum verhohlener Bewunderung blickte er zu ihren funkelnden Augen und der angespannten, vor Erregung zitternden Figur auf. Da ihm jedoch klar war, daß sie im Augenblick vor keiner Wahnsinnstat zurückschrecken würde, brummte er nur barsch:

»Setz dich her.« Er packte sie am Handgelenk und zog sie auf sein Knie. Sie war zu überrascht, um sich zu wehren, als er ihr das Schwert aus der Hand nahm und in die Scheide zurückschob. »Bleib sitzen und beruhige dich. Du würdest nur den guten Stahl an seinen Schuppen zerbrechen. Als einen Happen würde er dich verschlingen oder dich mit seinem Schwanz wie ein Ei zerbrechen. Wir werden schon noch einen Ausweg finden, aber bestimmt nicht, wenn wir uns ihm in den Rachen werfen.«

Sie antwortete nicht, aber sie versuchte auch nicht, seine Arme von ihrer Taille zu lösen. Sie hatte Angst, und das war für Valerie von der Roten Bruderschaft ein völlig neues Gefühl. Also blieb sie auf dem Knie ihres Gefährten – oder war er ihr Gefangenenwärter? – sitzen, und zwar mit einer Fügsamkeit, die Zarallo verblüfft hätte, denn er hielt mit seiner Meinung nicht zurück, daß sie eine Teufelin aus dem Serail der Hölle sein mußte.

Conan spielte sanft mit den blonden Locken des Mädchens und schien keinen anderen Gedanken zu kennen, als sie für sich zu erobern. Weder das Gerippe zu seinen Füßen, noch das lauernde Ungeheuer störten ihn offenbar, jedenfalls galt sein Interesse ungeteilt dem Mädchen.

Valeries Blick wanderte über das Laubdach unter ihnen, und sie entdeckte ein paar farbige Flecken in dem Grün. Früchte waren es, kugelrund und dunkelrot hingen sie an einem Baum, dessen breite Blätter von einem besonders saftigen Grün waren. Da wurde sie sich sowohl ihres Hungers als auch Durstes bewußt, obwohl sie durchaus nicht durstig gewesen war, ehe sie festgestellt hatte, daß sie hier auf diesem Felsen gefangensaßen.

»Verhungern müssen wir jedenfalls nicht«, sagte sie erleichtert. »Das Obst dort können wir erreichen, ohne daß der Drache uns erwischt.«

Conans Blick folgte ihrem deutenden Finger.

»Wenn wir diese Früchte essen, brauchen wir den Drachen nicht mehr zu fürchten«, sagte er. »Die Schwarzen von Kush nennen sie ›Derketaäpfel‹. Derketa ist die Todesgöttin. Wenn du etwas von ihrem Saft trinkst oder auch nur einen Tropfen davon auf deine Haut bekommst, bist du tot, ehe du den Fuß des Felsens erreichen kannst.«

»Oh!«

Erschrocken schwieg sie. Es schien keinen Ausweg aus ihrer Lage zu geben, dachte sie düster. Sie jedenfalls sah keinen, und Conan war offenbar nur an ihrer schlanken Taille und den blonden Locken interessiert. Wenn er sich wirklich einen Plan ausdachte, sah man es ihm zumindest nicht an.

»Wenn du lange genug deine Hände von mir nehmen würdest, um die Felszacke hochzuklettern, würdest du etwas Überraschendes sehen«, sagte sie.

Er warf ihr einen fragenden Blick zu, dann befolgte er schulterzuckend ihren Rat. Er klammerte sich an die turmähnliche Spitze und spähte über den Wald.

Eine lange Weile stand er wie eine Bronzefigur.

»Es ist tatsächlich eine befestigte Stadt«, murmelte er schließlich. »Wolltest du dorthin, als du versucht hast, mich allein zur Küste zu schicken?«

»Ich hatte sie selbst erst entdeckt, kurz bevor du hierherkamst«, antwortete sie. »Ich wußte nichts davon, als ich Sukhmet verließ.«

»Wer hätte gedacht, daß es hier eine Stadt geben könnte? Ich glaube nicht, daß die Stygier je so weit vorgedrungen sind. Wären die Schwarzen imstande, eine solche Stadt zu errichten? Ich sehe keine Herden auf der Ebene, keine Äcker, keine Menschen.«

»Wie könntest du das auch aus dieser Entfernung erkennen?« fragte sie ein wenig spöttisch.

Er zuckte lediglich die Schultern und kehrte auf das Sims zurück.

»Leider können die Stadtbewohner uns hier nicht helfen – und sie täten es möglicherweise auch gar nicht, selbst wenn sie dazu in der Lage wären. Die Menschen der Schwarzen Länder sind Fremden gegenüber gewöhnlich feindselig eingestellt. Vermutlich würden sie uns – ohne uns überhaupt anzuhören – mit Speeren spicken …«

Abrupt hielt er inne und blieb stumm stehen, als hätte er vergessen, was er hatte sagen wollen. Sein nachdenklicher Blick ruhte auf den roten Kugelfrüchten, die aus dem Laubwerk leuchteten.

»Speere!« murmelte er. »Wie dumm von mir, daß ich nicht schon eher daran dachte! Das beweist wieder einmal, daß eine schöne Frau einen Mann um den Verstand bringen kann.«

»Wovon redest du eigentlich?« erkundigte sich Valerie.

Ohne ihre Frage zu beantworten, kletterte er zu dem Laubgürtel hinunter und blickte durch ihn hindurch. Das Ungeheuer kauerte unten und lauerte immer noch mit der unerschöpflichen Geduld der Reptile auf sie. So mochte einer seiner Art zu den in Höhlen hausenden Urmenschen hochgefunkelt haben. Conan verfluchte die Bestie ohne jede Erregung und begann, Zweige zu schneiden. Er beugte sich vor und griff so weit er konnte, damit die Zweige möglichst lang ausfielen. Das Rascheln der Blätter erregte das Ungeheuer. Es richtete sich auf, peitschte mit dem Schwanz und knickte junge Bäume, als wären sie Zahnstocher. Conan beobachtete es wachsam aus den Augenwinkeln, und gerade, als Valerie schon glaubte, der Drache würde hochschnellen und auf den Cimmerier stürzen, zog der Barbar sich zurück und kletterte mit den abgeschnittenen Zweigen wieder zum Sims hoch. Drei schlanke Zweige waren es, etwa sieben Fuß lang, aber nicht viel dicker als sein Daumen. Auch einige der festen Lianen hatte er mitgebracht.

»Zweige, zu leicht für Speerschäfte, und Ranken, nicht dicker als Seile«, bemerkte er und deutete auf das Laubwerk um den Felsen. »Sie tragen unser Gewicht nicht – aber zusammen … Wie schon die aquilonischen Renegaten sagten, wenn sie in die cimmerischen Berge kamen, um eine Armee zur Eroberung ihres eigenen Landes zusammenzustellen: ›Einigkeit macht stark.‹ Aber wir kämpfen immer nur stamm- und clanweise.«

»Was zum Teufel hat das mit diesen Stecken zu tun?« fragte Valerie verwirrt.

»Du wirst es bald sehen.«

Er verkeilte seinen Dolch mit dem Schaft in den gebündelten Zweigen und band die Ranken fest herum. Als er fertig war, hatte er einen kräftigen Speer.

»Wozu soll das gut sein?« fragte Valerie. »Du hast doch selbst gesagt, daß keine Klinge durch seine Schuppen dringen kann …«

»Er ist nicht überall mit Schuppen gepanzert«, antwortete Conan. »Es gibt nicht nur eine Weise, dem Panther das Fell abzuziehen.«

Er kehrte an den Rand des Blätterdachs zurück und stieß die Klinge vorsichtig durch einen Derketaapfel. Als er den Speer zurückzog, achtete er darauf, daß ihn ja kein Tropfen des Saftes berührte, der von der Klinge tropfte. Er deutete auf den blauen Stahl, der nun mit dunkelpurpurnen Flecken behaftet war.

»Ich weiß natürlich nicht, ob es auch bei diesem Ungeheuer wirken wird«, sagte er. »Aber jedenfalls ist auf der Klinge jetzt genügend Gift, um einen Elefanten umzubringen. Na ja, wir werden sehen.«

Valerie folgte ihm dichtauf, als er erneut zum Laubdach hinunterstieg. Die in Gift getauchte Klinge hielt er von sich weg, als er den Kopf durch die Zweige steckte und zu dem Ungeheuer hinunterrief.

»Worauf wartest du denn, du schändliche Brut zweifelhafter Eltern?« war eine seiner milderen Beleidigungen, mit denen er das Untier überhäufte. »Streck doch deinen häßlichen Schädel wieder hier herauf, du langhalsiges Scheusal – oder möchtest du, daß ich hinunterkomme und dir einen Tritt in den Hintern versetze?«

Noch viel mehr dergleichen folgte und manches mit Worten, die sogar Valerie erstaunten, obwohl sie auf Piratenschiffen viel gehört und allerlei gewöhnt war. Es verfehlte seine Wirkung auf das Ungeheuer auch nicht. Genau wie ein andauernd bellender Hund von Natur aus stillere Tiere beunruhigt und in Wut bringt, so erweckt die laute Stimme eines Menschen in manchen Raubtieren Furcht und in anderen rasende Wut. Plötzlich und mit erschreckender Flinkheit stellte sich das Monstrum auf die Hinterbeine und reckte den Hals gewaltig, um an dieses lärmende Menschlein heranzukommen, dessen Stimme die Stille seines uralten Reiches auf so wüste Weise störte.

Aber Conan hatte die Entfernung genau abgeschätzt. Etwa fünf Fuß unter ihm krachte der furchteinflößende Schädel wild, aber ohne sein Ziel zu erreichen, durch das Laubdach. Und während der gewaltige Rachen weit aufklaffte, stieß Conan seinen Speer seitlich zwischen den Kiefern hindurch und trieb ihn mit aller Kraft tiefer, bis der Dolch bis zum Griff in Fleisch, Sehnen und Knochen steckte.

Sofort schlossen sich die Kiefer zuckend. Sie durchtrennten den Dreifachstab und rissen Conan fast zu sich herab. Er wäre auch gefallen, hätte das Mädchen hinter ihm ihn nicht verzweifelt am Schwertgürtel festgehalten. Conan klammerte sich hastig an eine Felszacke und bedankte sich mit einem Grinsen bei Valerie.

Unten wälzte sich das Ungeheuer wie ein Hund, dem Pfeffer ins Auge gestreut wurde. Es schüttelte den Schädel, tapste hin und her und öffnete immer wieder seinen Rachen, so weit es ging. Schließlich gelang es ihm mit seiner gewaltigen Vorderpranke, am Schaft zu drücken und so den Dolch herauszureißen. Dann warf es seinen Schädel mit klaffendem Rachen, aus dem Blut quoll, hoch und stierte mit so intensiver Wut und fast intelligenten Augen hinauf, daß Valerie erzitterte und ihr Schwert zog. Die Schuppen auf dem Rücken und entlang den Flanken färbten sich von Rostbraun zu einem leuchtenden Tiefrot. Am schlimmsten waren die Laute, die das bisher stumme Tier plötzlich von sich gab. Nichts dergleichen war je auf der Erde gehört worden.

Mit rauhem, rasselndem Gebrüll warf sich der Drache gegen den Felsen, gegen die Zitadelle seiner Feinde. Immer wieder stieß sein Schädel durch die Zweige und schnappte nach diesen Menschlein, doch jedesmal klappten die Kiefer in leerer Luft zusammen. Sein ganzes ungeheures Gewicht schmetterte er gegen den Felsen, so daß er von unten bis oben vibrierte. Und aufrechtstehend umklammerte er ihn mit den Vorderbeinen wie ein Mensch und versuchte, ihn wie einen Baum auszureißen.

Dieser Ausbruch urweltlicher Wut ließ das Blut in Valeries Adern stocken, doch Conan, der dem Primitiven selbst noch sehr nahe war, empfand nichts weiter als verständnisvolles Interesse. Für den Barbaren gab es zwischen ihm und anderen Menschen und den Tieren keine solche Kluft wie in Valeries Vorstellung. Das Ungeheuer unter ihnen war für den Cimmerier lediglich eine andere Wesenserscheinung, die sich von ihm hauptsächlich durch ihr Äußeres unterschied. Er gestand ihm Eigenschaften zu, die seinen eigenen nicht fremd waren, und sah in seiner Wut das Gegenstück zu seinem Grimm und in seinem Gebrüll etwas Ähnliches wie seine Flüche und Verwünschungen, mit denen er ihn zuvor bedacht hatte. Da er eine gewisse Artverwandtschaft mit allen wilden Kreaturen, also auch mit Drachen, empfand, war es ihm unmöglich, den gleichen Ekel und dieselbe Furcht vor dem Unbekannten zu verspüren wie Valerie beim Anblick dieser Wildheit.

Ruhig beobachtete er das Monstrum und machte Valerie auf die verschiedenen Veränderungen aufmerksam, die ihm in seiner Stimme und seinem Benehmen auffielen.

»Das Gift beginnt zu wirken«, sagte er überzeugt.

»Das glaube ich nicht.« Für Valerie war es unvorstellbar, daß irgend etwas, auch wenn es noch so tödlich war, diesem Koloß aus Muskeln und Wildheit etwas anhaben könnte.

»Hörst du denn nicht den Schmerz in seiner Stimme?« fragte Conan. »Zuerst war er lediglich wütend über das Brennen in seinem Rachen. Nun spürt er die Schärfe des Giftes. Schau! Er taumelt. In kurzer Zeit wird er nichts mehr sehen. Was habe ich gesagt?«

Plötzlich hatte der Drache sich torkelnd umgedreht und bahnte sich krachend einen Weg durch das Unterholz.

»Läuft er davon?« erkundigte sich Valerie ungläubig.

»Er will zum Teich!« Conan sprang in plötzlicher Eile auf. »Das Gift macht ihn durstig. Komm schnell! Er wird zwar bald blind werden, aber er findet auch allein mit seinem Geruchssinn zum Felsen zurück. Wenn er dann wittert, daß wir noch hier sind, bleibt er unten sitzen, bis er verreckt. Und vielleicht lockt er mit seinem Gebrüll andere seiner Art herbei. Komm!«

»Dort hinunter?« fragte Valerie entsetzt.

»Natürlich! Wir machen uns auf den Weg zu der Stadt. Vielleicht schlagen sie uns dort die Köpfe ab, aber sie ist trotzdem unsere einzige Chance. Und es könnte sein, daß wir unterwegs noch vielen Drachen in die Pranken laufen, aber hierzubleiben wäre der sichere Tod. Und wenn wir warten, bis er tot ist, sitzen möglicherweise bereits Dutzende weiterer unten, um uns den Garaus zu machen. Folge mir!«

Flink wie ein Affe rannte er die Rampe hinunter. Er hielt nur an, um seiner weniger behenden Gefährtin hinunterzuhelfen, die sich – bis sie den Cimmerier jetzt so sah – eingebildet hatte, daß sie es mit jedem Mann aufnehmen konnte, wenn es darum ging, das Takelwerk eines Schiffes hochzuklettern oder eine Steilwand zu erklimmen.

Sie erreichten die grüne Düsternis unter den Zweigen und glitten schweigend ganz hinunter auf den Waldboden, aber Valeries Herz pochte so laut, daß sie Angst hatte, man könnte es in weiter Entfernung noch hören. Ein lautes Gurgeln und Schlürfen hinter dem dichten Unterholz deutete an, daß der Drache am Teich trank.

»Sobald sein Bauch voll ist, wird er zurückkommen«, prophezeite Conan. »Es kann Stunden dauern, bis das Gift ihn umbringt – wenn es für ihn überhaupt tödlich ist.«

Weit jenseits des Waldes ging die Sonne am Horizont unter. Im Wald herrschte düsteres Zwielicht aus Schatten und vereinzelten helleren Flecken. Conan faßte Valerie am Handgelenk und zog sie mit sich vom Fuß des Felsens fort. Er war leiser als die Brise zwischen den Baumstämmen, doch Valerie hatte das Gefühl, daß ihre weichen Lederstiefel ihre Flucht dem ganzen Wald verrieten.

»Ich glaube nicht, daß er einer Fährte folgen kann«, meinte Conan, »aber wenn der Wind ihm unseren Körpergeruch zuträgt, wird er der Witterung folgen.«

»Gebe Mitra, daß der Wind uns verschont!« flüsterte Valerie.

Ihr Gesicht war ein bleiches Oval in der Düsternis. Mit der freien Hand umklammerte sie ihr Schwert, aber der mit Roßleder bespannte Griff erweckte zum erstenmal in ihrem Leben ein Gefühl der Hilflosigkeit in ihr.

Sie hatten den Waldrand noch nicht erreicht, als sie ein Krachen und Bersten hinter sich hörten. Valerie biß sich auf die Unterlippe, um einen Schreckensschrei zu unterdrücken.

»Er ist uns auf der Spur!« zischte sie entsetzt.

Conan schüttelte den Kopf.

»Er hat uns auf dem Felsen nicht gewittert, deshalb irrt er jetzt durch den Wald, in der Hoffnung, unsere

Witterung wieder aufzunehmen. Komm, wir haben nur eine Möglichkeit: Wir müssen die Stadt erreichen! Er könnte jeden Baum ausreißen, auf den wir klettern. Wenn nur kein Wind aufkommt …«

Sie rannten so lautlos wie möglich weiter, bis der Wald sich zu lichten begann. Das bedrohliche Knacken und Bersten war immer noch irgendwo hinter ihnen zu hören.

»Dort ist die Ebene schon!« sagte Valerie erleichtert. »Noch ein Stück und wir …«

»Crom!« fluchte Conan.

»Mitra!« wisperte Valerie.

Aus dem Süden strich ihnen ein Wind entgegen. An ihnen vorbei blies er hinein in den dunklen Wald hinter ihnen. Fast sofort erhob sich ein ohrenbetäubendes Gebrüll. Das bisher in seiner Richtung unberechenbare Krachen wurde nun zielsicher, als der Drache wie ein Orkan geradewegs auf die Stelle zustürmte, von der die Witterung seiner Feinde kam.

»Lauf!« knurrte Conan, dessen Augen wie die eines Wolfes in der Falle funkelten. »Das ist das einzige, was wir tun können!«

Seemannsstiefel sind nicht gerade zum Sprinten geeignet, und Piraten haben nicht viel Gelegenheit zum Langlauf. Nach einer achtel Meile keuchte Valerie bereits und begann zu schwanken, während das Ungeheuer das dichte Unterholz bereits verlassen hatte, wie dem dröhnenden Poltern seiner schweren Schritte zu entnehmen war.

Conans muskulöser Arm legte sich um die Taille des Mädchens und hob es halb vom Boden, so daß seine Füße ihn kaum noch berührten, als er es mit einer Geschwindigkeit mit sich trug, die es allein nie hätte schaffen können. Wenn es ihm gelang, noch eine Weile schneller als das Ungeheuer zu sein, würde der Wind sich vielleicht drehen. Aber der Wind hielt an, und ein schneller Blick über die Schulter verriet Conan, daß das Untier wie ein von einem Orkan getriebenes Kriegsschiff auf sie zustürmte und sie gleich eingeholt haben würde. Er warf Valerie mit solcher Kraft von sich, daß sie ein gutes Dutzend Fuß entfernt unter dem nächsten Baum zusammensackte, und wirbelte selbst herum, mitten in den Weg des herbeidonnernden Drachen.

Conan war sicher, daß sein Ende gekommen war, und so handelte er rein nach Instinkt. Er warf sich mit voller Wucht gegen den gräßlichen Schädel, der sich ihm entgegenstreckte, und hieb wie wild mit der Klinge auf ihn ein. Er spürte, wie das Schwert tief in die die mächtige Schnauze einhüllenden Schuppen drang – und dann schleuderte ihn der gewaltige Aufprall fünfzig Fuß durch die Luft, wobei er sich mehrmals überschlug. Er landete halb betäubt und atemlos auf dem Boden.

Wie er in diesem Zustand wieder auf die Beine kam, hätte nicht einmal er selbst zu erklären vermocht. Der Gedanke, daß Valerie benommen und hilflos fast direkt im Weg des tobenden Ungeheuers lag, mußte ihm wohl die Kraft dazu gegeben haben. Jedenfalls stand er mit dem Schwert in der Hand über ihr, noch ehe er keuchend seinen Atem wiedergewonnen hatte.

Sie lag noch, wohin er sie geworfen hatte, aber sie bemühte sich, sich aufzusetzen. Weder die reißenden Hauer noch die trampelnden Beine hatten sie berührt. Eine Schulter oder ein Vorderbein mußte Conan getroffen haben, und das blinde Ungeheuer war weitergestürmt und hatte in seinen plötzlichen Todesschmerzen die Opfer vergessen, deren Witterung es gefolgt war. Geradeaus trampelte es, bis sein jetzt tiefhängender Schädel gegen einen riesigen Baum auf seinem Weg prallte. Die Wucht entwurzelte den Baum, an dem das Untier sich offenbar den Schädel zerschmettert hatte.

Jedenfalls fielen Baum und Drache gemeinsam auf den Boden, und die verwirrten Menschen sahen, wie die Zweige und Blätter durch den Todeskampf der Kreatur, die sie bedeckten, geschüttelt wurden – und dann war alles ruhig.

Conan half Valerie auf, und sie rannten leicht taumelnd weiter. Kurze Zeit später kamen sie hinaus ins ruhige Dämmerlicht der baumlosen Ebene.

Der Cimmerier hielt kurz an und blickte auf den schwarzen Wald zurück. Kein Blatt bewegte sich, kein Vogel zwitscherte. Er stand so still wie gewiß schon damals, als der Mensch noch nicht geboren war.

»Komm«, murmelte Conan und griff nach der Hand seiner Gefährtin. »Jetzt geht es ums Ganze. Wenn uns weitere Drachen aus dem Wald verfolgen …«

Er brauchte den Satz nicht zu Ende zu führen.

Die Stadt sah von hier aus, als wäre sie unsagbar fern – viel weiter entfernt, als es vom Felsen den Anschein erweckt hatte. Valeries Herz klopfte so, daß sie glaubte, es müsse zerspringen. Bei jedem Schritt erwartete sie, wieder Krachen und Bersten zu hören und eine weitere Alptraumkreatur auf sie zustürmen zu sehen. Doch nichts störte die Stille des Unterholzes.

Nachdem sie die erste Meile zwischen sich und dem Wald zurückgelegt hatten, atmete Valerie ein wenig freier. Ihr unbekümmertes Selbstvertrauen kehrte allmählich zurück. Die Sonne war inzwischen untergegangen, und Dunkelheit breitete sich auf der Ebene aus. Nur die Sterne, die die Kakteen in gedrungene Gespenster verwandelten, erhellten sie ein wenig.

»Keine Herden, keine Äcker«, murmelte Conan. »Wovon leben diese Städter?«

»Vielleicht sind die Rinder nachts in Ställen«, meinte Valerie, »und die Felder und Weiden sind auf der anderen Seite der Stadt.«

»Vielleicht«, brummte Conan. »Ich habe von der Felsspitze aus jedoch nichts gesehen.«

Der Mond ging hinter der Stadt auf und zeichnete in seinem gelben Glühen scharfe Umrisse. Unwillkürlich erschauderte Valerie. So schwarz, wie die Stadt sich nun von seinem Schein abhob, wirkte sie gespenstisch und unheilvoll.

Vielleicht empfand Conan das gleiche, denn er blieb stehen, schaute sich um und bestimmte: »Wir rasten hier. Es hat keinen Sinn, nachts an den Toren zu pochen. Man würde uns vermutlich nicht einlassen. Außerdem haben wir ein wenig Schlaf dringend nötig. Wir müssen ausgeruht sein, wenn wir die Stadt betreten, denn wir haben ja keine Ahnung, wie man uns empfangen wird. Erholt sind wir besser in der Lage zu kämpfen oder zu fliehen.«

Er schritt voraus zu einer Kaktusgruppe, die im Kreis wuchs – das kam in den südlichen Wüsten häufig vor. Mit dem Schwert schnitt er eine Öffnung und winkte Valerie zu. »Hier werden wir zumindest vor Schlangen sicher sein«, brummte er.

Ängstlich blickte sie zu der schwarzen Linie, wo sich etwa sechs Meilen entfernt der Wald erhob.

»Und was ist, wenn ein Drache aus dem Wald kommt?«

»Wir halten Wache«, antwortete er, ohne darauf einzugehen, was sie in einem solchen Fall tatsächlich tun würden. Er starrte auf die Stadt, die noch ein paar Meilen entfernt war. Von keinem der über die Mauer ragenden Türme schien Licht. Geheimnisvoll umrahmte der Mondschein die dunklen Bauwerke.

»Leg dich nieder und schlaf. Ich übernehme die erste Wache«, wandte sich Conan an das Mädchen.

Valerie zögerte und blickte ihn ein wenig unsicher an, aber er setzte sich lediglich mit überkreuzten Beinen in die Öffnung, mit dem Rücken ihr zugewandt, und blickte hinaus in die Ebene. Das Schwert hatte er über die Knie gelegt. Ohne ein weiteres Wort legte sie sich auf den Sand innerhalb des stachligen Kreises.

»Weck mich auf, wenn der Mond im Zenit steht«, bat sie.

Er antwortete weder, noch schaute er in ihre Richtung. Ihr letzter Eindruck vor dem Einschlafen war seine muskulöse Gestalt, die sich reglos wie eine Bronzestatue im Sternenlicht abhob.

2

IM GLITZERN DER FEUERSTEINE

Valerie erwachte und zuckte zusammen, als sie das Grau der Morgendämmerung bemerkte, das sich über die Ebene stahl.

Sie rieb sich die Augen und setzte sich auf. Conan kauerte neben einem Kaktus. Er schnitt die dicken Blätter ab und entfernte eifrig die Stacheln.

»Du hast mich nicht aufgeweckt«, beschwerte sie sich. »Du hast mich die ganze Nacht schlafen lassen!«

»Du warst müde«, antwortete er. »Und dein Hintern hat dir sicher auch weh getan nach dem langen Ritt. Ihr Piraten seid das Reiten ja nicht gewöhnt.«

»Und wie ist es mit dir?« fragte sie.

»Ich war Kozak, ehe ich Pirat wurde«, erklärte er. »Die Kozaki leben geradezu im Sattel. Ich schlafe zwischendurch wie ein Panther, der einem Wild auflauert. Meine Ohren halten Wache, während meine Augen schlafen.«

Tatsächlich wirkte der riesenhafte Barbar so ausgeruht, als hätte er die ganze Nacht tief und fest in einem Seidenbett geschlafen. Nachdem er die Stacheln entfernt und die zähe Haut abgezogen hatte, streckte er dem Mädchen ein dickes, saftiges Kaktusblatt entgegen.

»Laß es dir schmecken«, brummte er. »Es ist dem Wüstennomaden Nahrung und Getränk zugleich. Ich war einmal Häuptling der Zuagir – Wüstenräuber, die Karawanen ausplündern.«

»Gibt es etwas, das du noch nicht gewesen bist?« fragte das Mädchen halb spöttisch, halb fasziniert.

»Ja, zum Beispiel Herrscher eines hyborischen Königreichs«, antwortete er grinsend und biß von seinem Kaktusblatt ab. »Aber ich habe geträumt, daß ich einer bin – und vielleicht wird der Traum einmal wahr. Warum sollte ich kein König werden?«

Valerie schüttelte staunend den Kopf über seine gelassene, kühne Ambition, dann machte sie sich daran, das Kaktusblatt zu verzehren. Es war von angenehmem Geschmack und voll kühlen, durststillenden Saftes. Conan hatte sein frugales Mahl inzwischen bereits beendet. Er wischte sich die Finger im Sand ab, dann fuhr er sich durch die dicke schwarze Mähne, schnallte den Schwertgürtel fest und sagte:

»Brechen wir auf. Wenn die Menschen in der Stadt uns die Kehle durchschneiden wollen, sollen sie es lieber jetzt tun, ehe die glühende Hitze einsetzt.«

Er dachte sich bei seinem schwarzen Humor nichts, doch Valerie fühlte, daß er sehr wohl prophetisch sein mochte. Sie knüpfte die Schärpe fester, die ihr als Schwertgürtel diente, und sah sich um. Die Schrecken der Nacht waren vergangen und vergessen. Die brüllenden Drachen des fernen Waldes erschienen ihr nun wie ein verschwommener Traum. Ihr Schritt war leicht und unbeschwert, als sie sich dem Cimmerier anschloß. Was immer auch vor ihnen liegen mochte, ihre Gegner würden Menschen sein, keine Alptraumwesen. Und Valerie von der Roten Bruderschaft war bisher noch keinem Menschen begegnet, vor dem sie sich gefürchtet hätte.

Conan beobachtete sie, während sie in ihren Stiefeln mit demselben elastischen Schritt wie er selbst neben ihm herlief.

»Wenn man dich so gehen sieht«, sagte er, »würde man glauben, du kommst aus den Bergen, nicht von einem Schiff. Du mußt Aquilonierin sein. Selbst der glühenden Darfarsonne gelingt es nicht, deine weiße Haut zu bräunen. So manche Prinzessin würde dich sicher darum beneiden.«

»Ich bin von Aquilonien«, antwortete sie. Seine Komplimente ärgerten sie heute weniger als gestern. Im Gegenteil, sie freute sich über seine ehrliche Bewunderung. Sie wäre wütend gewesen, wenn ein anderer Mann ihre Wache mitübernommen und sie hätte schlafen lassen, denn sie hatte es noch nie gemocht, wenn jemand auf ihr Geschlecht Rücksicht nahm. Aber bei Conan war es merkwürdigerweise anders. Sie fand es sehr anständig von ihm, daß er ihre Furcht nicht ausgenutzt hatte. Er ist eben etwas Besseres als die anderen, dachte sie.

Die Sonne ging hinter der Stadt auf und tauchte die Türme in grelles Rot.

»Schwarz im Schein des Mondes gestern nacht«, brummte Conan, und aus seinen Augen sprach der uralte Aberglaube des Barbaren. »Und rot wie Blut im Glanz der Sonne heute morgen. Mir gefällt diese Stadt nicht.«

Trotzdem marschierten sie weiter, und Conan machte Valerie darauf aufmerksam, daß aus dem Norden keine Straße zur Stadt führte.

»Keine Herden haben die Ebene auf dieser Seite der Stadt zertrampelt«, sagte er. »Kein Pflug hat hier seit Jahren die Erde berührt, ja vielleicht seit Jahrhunderten nicht. Aber schau, früher einmal wurde das Land bestellt.«

Valerie sah die alten Bewässerungsgräben, auf die er deutete. Stellenweise waren sie mit sandiger Erde gefüllt und von Kakteen überwuchert. Sie runzelte verwirrt die Stirn, während ihr Blick über die Ebene wanderte, die sich rings um die Stadt bis zum Rand des Waldes erstreckte, der sie wie ein gewaltiger, durch die Ferne verschwommen wirkender Ring umgab. Weiter reichte das Auge nicht.

Verunsichert blickte sie auf die Stadt. Keine Helme oder Lanzenspitzen schimmerten auf der Brustwehr, keine Fanfaren schmetterten, kein ›Werda?‹ erschallte von den Wachttürmen. Eine Stille, absolut wie die des Waldes, lastete auf der Stadt.

Die Sonne stand hoch am östlichen Horizont, als sie vor dem mächtigen Tor in der Nordmauer, im Schatten des hohen Walles, standen. Rost überzog den Eisenbeschlag der mächtigen bronzenen Torflügel. Dichte Spinnweben hingen an den Angeln, der Schwelle und um den Knauf.

»Es wurde seit Jahren nicht mehr geöffnet!« rief Valerie.

»Eine tote Stadt!« brummte Conan. »Deshalb waren die Bewässerungsgräben überwuchert und keine Felder bestellt.«

»Aber wer hat sie erbaut? Wer lebte hier? Wo sind ihre früheren Bewohner? Warum haben sie die Stadt verlassen?«

»Das läßt sich von hier aus schlecht sagen. Vielleicht hat ein Stamm verstoßener Stygier sie errichtet? Aber vermutlich doch nicht. Es ist keine stygische Bauweise. Vielleicht wurden die Bewohner durch Feinde oder eine Seuche ausgerottet?«

»In diesem Fall liegen ihre Schätze möglicherweise unter Staub und Spinnweben verborgen unberührt in der Stadt«, meinte Valerie hoffnungsvoll, als die Instinkte ihres Berufs in ihr erwachten, aber auch die

Neugier der Frau. »Können wir das Tor öffnen? Gehen wir hinein und sehen uns um!«

Conan betrachtete zweifelnd das mächtige Tor. Er drückte die Schultern dagegen und stieß mit der ganzen Kraft seiner gewaltigen Muskeln. Mit einem scharrenden Knarren rostiger Angeln öffnete sich das Tor schwerfällig. Conan richtete sich auf und zog das Schwert. Valerie blickte über seine Schulter und schrie unwillkürlich erstaunt auf. Vor ihnen lag nicht eine offene Straße oder ein freier Platz oder Hof, wie zu erwarten gewesen wäre, sondern eine breite, lange Halle, die sich verschwommen in der Ferne verlor. Diese Halle war von ungeheurem Ausmaß. Der Boden war aus seltsamem roten Stein, der zu quadratischen Fliesen geschnitten war. Er glühte, als spiegelten sich Flammen in ihm. Die Wände waren aus glänzendem grünen Stein.

»Das ist Jade, oder ich will ein Shemit sein!« murmelte Conan.

»Doch nicht in einer solchen Menge!« entgegnete Valerie.

»Ich habe genug davon von khitaischen Karawanen geplündert, um ihn zu kennen!« versicherte er ihr. »Es ist Jade!«

Die gewölbte Decke war aus Lapislazuli und mit Mustern aus großen grünen Steinen verziert, die glitzerten, als wären sie giftig.

»Grüne Feuersteine«, erklärte Conan. »So nennt man sie in Punt, wo man behauptet, sie seien die versteinerten Augen jener vorgeschichtlichen Reptilien, die den Alten als ›Goldene Schlangen‹ bekannt waren. Sie glühen im Dunkeln wie Katzenaugen. Bei Nacht erhellen sie die Halle, aber mit einem ungemein gespenstischen Licht. Sieh dich um, vielleicht finden wir irgendwo Juwelen.«

»Bitte schließ die Tür«, bat Valerie Conan. »Ich

möchte nicht gern von einem Drachen durch diese Halle verfolgt werden.«

Conan grinste. »Ich glaube nicht, daß die Drachen jemals den Wald verlassen.«

Aber er tat, worum sie ihn gebeten hatte. Doch der Riegel ließ sich nicht mehr vorschieben, er war gebrochen.

»Ich habe mich also nicht getäuscht, daß ich etwas krachen hörte, als ich gegen das Tor drückte. Die Bruchstelle ist frisch. Der Rost hatte den Riegel schon fast zerfressen. Wenn die Bewohner die Stadt verlassen hätten, hätten sie das Tor doch bestimmt nicht von innen verriegelt.«

»Zweifellos gingen sie durch ein anderes Tor«, meinte Valerie.

Sie fragte sich, wie viele Jahrhunderte vergangen waren, seit das Tageslicht durch das mächtige Tor Einlaß in die Halle gefunden hatte. Aber irgendwie gelangte der Sonnenschein herein, und bald sahen sie auch wo. Hoch oben in der Kuppeldecke befanden sich schmale Öffnungen, die mit etwas Durchsichtigem – vermutlich irgendeiner Art von Kristall – verschlossen waren. In den Schatten dazwischen funkelten grüne Steine wie die Augen jagender Katzen. Und unter den Füßen der beiden Menschen glomm der Boden in wechselnden Flammentönen. Es war, als schreite man über den Höllenboden, über dem gespenstische Sterne glitzerten.

Drei Galerien reihten sich übereinander entlang der Längswände der Halle.

»Ein dreistöckiges Haus«, brummte Conan. »Und diese Halle reicht bis zum Dach. Sie ist so lang wie die Straße. Wenn ich mich nicht täusche, befindet sich am hinteren Ende eine Tür.«

Valerie zuckte die weißen Schultern.

»Deine Augen sind offenbar besser als meine, obgleich ich mir immer eingebildet habe, scharfe Augen zu haben.«

Aufs Geratewohl gingen sie durch eine offene Tür und kamen durch eine Reihe leerer Gemächer mit dem gleichen Steinboden wie in der Halle und Wänden – entweder ebenfalls aus Jade oder aber aus Marmor, Elfenbein oder Chalzedon, alle mit Friesen aus Bronze, Gold oder Silber. An den Decken befanden sich die Feuersteine, und ihr Licht wirkte so gespenstisch, wie Conan es beschrieben hatte. In diesem unheimlichen Licht sahen die Eindringlinge wie Geister aus.

Manche der Gemächer hatten keine solche Feuersteine und waren deshalb so dunkel wie der Schlund der Hölle. Conan und Valerie vermieden es, sie zu betreten und hielten sich an die beleuchteten Räume.

Spinnweben hingen in den Ecken, aber es lag nicht sonderlich viel Staub auf dem Boden und auch nicht auf den Tischen und Stühlen aus Marmor, Jade oder Kameol, die sie in den Gemächern entdeckten. Da und dort lagen auch Teppiche aus Seide, wie sie in Khitai bekannt und die so gut wie unzerstörbar waren. Nirgends jedoch gab es Fenster oder Türen, die sich zu einer Straße oder einem Hof öffneten. Die vorhandenen führten lediglich in einen weiteren Innenraum.

»Wieso kommen wir zu keiner Straße?« beschwerte sich Valerie. »Dieser Palast, oder was immer dieses Bauwerk hier ist, muß so groß sein, wie das Serail des Königs von Turan.«

»An einer Seuche sind sie offenbar nicht gestorben«, sagte Conan, der dem Rätsel dieser leeren Stadt nachhing. »Denn sonst wären wir sicher längst auf Gebeine gestoßen. Vielleicht begann irgend etwas hier sein Unwesen zu treiben, das die Bewohner verjagte. Vielleicht …«

»Vielleicht! Zur Hölle mit dem Vielleicht!« unterbrach ihn Valerie aufgebracht. »Wir werden es nie erfahren. Sieh dir diese Friese an. Sie stellen zweifellos Menschen dar. Welcher Rasse, glaubst du, gehörten sie an?«

Conan musterte sie und schüttelte den Kopf.

»Solche Menschen habe ich noch nie gesehen. Aber sie haben etwas Fremdartiges an sich. Sie könnten aus dem Osten gekommen sein – aus Vendhya möglicherweise, oder aus Kosala.«

»Warst du vielleicht König von Kosala?« fragte sie und tarnte ihre brennende Neugier mit Spott.

»Nein, aber Häuptling der Afghuli, die in den Himelianischen Bergen, jenseits der Grenzen Vendhyas, zu Hause sind. Sie sind den Kosalern sehr ähnlich. Aber weshalb sollten Kosaler so weit im Westen eine Stadt errichten?«

Die abgebildeten Gestalten waren die schlanker Männer und Frauen mit olivfarbiger Haut und feingeschnittenen, exotischen Zügen. Sie trugen schleierfeine Gewänder mit viel kunstvollem Schmuck und waren hauptsächlich feiernd, tanzend oder liebend dargestellt.

»Zweifellos Menschen aus dem Osten«, brummte Conan. »Doch woher genau, weiß ich nicht. Sie müssen ein erstaunlich friedliches Leben geführt haben, sonst wären auch Kampfszenen abgebildet. Komm, steigen wir die Stufen hoch.«

Aus dem Gemach, das sie gerade betreten hatten, führte eine elfenbeinerne Wendeltreppe nach oben. Sie stiegen bis zum dritten Stock hoch und kamen in einen großen Raum, offenbar hinter der obersten Galerienreihe. Schmale Fenster oder vielmehr mit dünnem Kristall bedeckte Schlitze ließen das Tageslicht ein, in dessen Schein die Feuersteine bleich blinkten. Ein Blick durch die Türen offenbarte weitere, ähnlich erhellte Gemächer, außer durch die eine Tür, die zur Galerie führte. Einer Galerie allerdings, unter der sich eine viel kleinere Halle befand als die, durch die sie vom Stadttor aus gekommen waren.

»Zur Hölle!« fluchte Valerie verärgert und setzte sich auf eine Jadebank. »Die Leute, die die Stadt verlassen haben, scheinen all ihre Kleinodien mit sich genommen zu haben. Ich habe keine Lust mehr, endlos durch diese kahlen Räume zu irren.«

»Alle oberen Gemächer sind hell«, sagte Conan. »Ich wollte, wir könnten ein Fenster finden, durch das die Stadt sich überblicken läßt. Schauen wir doch durch die Tür dort drüben!«

»Geh du allein«, brummte Valerie. »Ich bleibe hier und ruhe meine schmerzenden Füße aus.«

Conan verschwand durch die Tür gegenüber der, die zur Galerie führte. Valerie lehnte sich mit hinter dem Kopf verschränkten Händen an die Wand und streckte die gestiefelten Beine aus. Diese stillen Gemächer und Hallen mit ihren grünen Feuersteinen und den glühenden, blutroten Bodenfliesen begannen sie zu deprimieren. Sie wollte, sie würden endlich einen Ausgang aus diesem Labyrinth finden, der sie auf eine Straße brachte. Sie dachte darüber nach, was sich wohl in den vergangenen Jahrhunderten hier alles abgespielt hatte, welcher Rätsel und Greueltaten diese glitzernden Steine an der Decke Zeuge gewesen sein mochten.

Ein schwaches, verstohlen klingendes Geräusch riß sie aus ihren Überlegungen. Mit dem blanken Schwert in der Hand stand sie auf den Füßen, noch ehe ihr klar geworden war, was sie aufgescheucht hatte. Conan war noch nicht zurückgekommen, aber sie wußte, daß nicht er es gewesen war, den sie gehört hatte.

Das Geräusch war von irgendwo jenseits der zur Galerie führenden Tür gekommen. Lautlos schlich sie in ihren weichen Lederstiefeln auf die Galerie und spähte durch die durchbrochene Brüstung hinunter.

Ein Mann stahl sich durch die Halle.

Sie empfand es als Schock, einen Menschen in dieser vermeintlich ausgestorbenen Stadt zu sehen. Sie kauerte sich hinter die steinerne Balustrade und beobachtete durch das kunstvoll verschlungene Muster den Schleichenden.

Der Mann ähnelte den auf den Friesen abgebildeten Menschen in keiner Weise. Er war knapp über mittelgroß, sehr dunkel, doch nicht negroid, nackt, wenn man von einem seidenen Lendentuch absah, das seine muskulösen Hüften nur teilweise bedeckte, und von dem handbreiten Ledergürtel um seine schmale Taille. Sein schwarzes Haar hing in glatten Strähnen bis zur Schulter und verlieh ihm ein wildes Aussehen. Er wirkte hager, obgleich er kräftige Muskeln hatte, die sich besonders stark an den Armen und Beinen abhoben, doch fehlte ihm das Fleischpolster, das seiner Gestalt eine ansprechende Symmetrie verliehen hätte – nein, er war so dürftig gebaut, daß es fast abstoßend wirkte.

Aber es war gar nicht so sehr seine äußere Erscheinung, welche die ihn beobachtende Frau beeindruckte. Er schlich geduckt dahin und drehte den Kopf wachsam von Seite zu Seite. Die breite Klinge in der Rechten zitterte und verriet so die grauenvolle Angst, die ihn erfüllte. Als er den Kopf ein wenig drehte, sah sie die wilden, verstörten Augen zwischen den ins Gesicht hängenden Strähnen schwarzen Haares.

Er bemerkte sie nicht. Auf Zehenspitzen glitt er durch die Halle und verschwand durch eine offene Tür. Einen Moment später vernahm sie einen abgewürgten Schrei, und dann herrschte wieder Stille.

Die Neugier quälte Valerie so stark, daß sie über die Galerie huschte, bis sie zu einer Tür genau über der kam, durch die der Mann getreten war. Sie öffnete sich zu einer weiteren, kleineren Galerie rings um ein großes Gemach.

Dieses Gemach befand sich im zweiten Stockwerk, und seine Decke war nicht so hoch wie die der Halle. Nur die Feuersteine erhellten es, und ihr gespenstisches grünes Glühen drang nicht durch die Schatten unterhalb der Galerie.

Valerie riß die Augen weit auf. Der Mann, den sie beobachtet hatte, war noch im Gemach.

Mit dem Gesicht lag er auf einem dunkelroten Teppich genau in der Mitte des Raumes. Er hatte die Arme weit ausgebreitet, und sein Krummsäbel lag ein wenig entfernt von ihm.

Sie wunderte sich, weshalb er sich überhaupt nicht rührte. Doch dann verengten sich ihre Augen zu Schlitzen, als sie bemerkte, daß das Rot des Teppichs unter und neben ihm von anderem Rot war.

Sie zitterte ganz leicht, als sie sich dichter an die Balustrade kauerte und sich bemühte, die Schatten unter der Galerie zu durchdringen, doch vergebens.

Plötzlich betrat jemand die Szene dieses grimmigen Dramas. Es war ein Mann, der dem ersten ähnelte, und er war durch eine Tür gegenüber der gekommen, die zur Halle führte.

Seine Augen leuchteten auf beim Anblick des Mannes auf dem Boden, und er sagte etwas mit Stakkatostimme, das wie »Chicmec!« klang. Doch der auf dem Boden rührte sich nicht.

Der eben erst gekommene Mann trat schnellen Schrittes zum ersten, beugte sich über ihn, packte ihn an den Schultern und drehte ihn um. Ein würgender Schrei entrang sich ihm, als der Kopf des anderen zurückfiel und nun zu erkennen war, daß der Hals von einem Ohr zum anderen aufgeschnitten war.

Der Mann ließ die Leiche zurück auf den blutbefleckten Teppich fallen und sprang auf. Er zitterte wie ein Blatt im Wind. Sein Gesicht war aschgrau, das Antlitz der Furcht. Mit einem Knie zur Flucht abgewinkelt, erstarrte er plötzlich und starrte so reglos wie ein Statue mit aufgerissenen Augen quer durch das Gemach.

Im Schatten unter der Galerie begann ein gespenstisches Licht zu erglühen und anzuschwellen – ein Licht, das nicht von den Feuersteinen kam. Ein eisiger Schauder lief über Valeries Rücken, als sie es beobachtete, denn – wenn auch nur vage in dem pulsierenden Leuchten zu erkennen – schwebte hier ein Schädel – ein Menschenschädel und doch irgendwie erschrekkend mißgestaltet – und er schien dieses gespenstische Licht auszustrahlen. Er hing offenbar körperlos in leerer Luft, aus Nacht und Schatten herbeibeschworen, und allmählich wurde er immer deutlicher. Ja, er war menschlich und doch nicht das, was sie unter menschlich verstand.

Der Mann stand absolut reglos, vor Grauen gelähmt, und starrte auf die Erscheinung. Sie löste sich aus den Schatten der Wand und ein eigener, grotesker Schatten begleitete sie. Langsam wurde er als mannesähnliche Gestalt erkennbar, deren Nacktheit weiß, wie gebleichte Gebeine schimmerte. Der Totenschädel auf ihren Schultern grinste augenlos inmitten seines unheiligen Scheines, und der Mann gegenüber wirkte wie gebannt und vermochte seinen Blick nicht von dieser furchteinflößenden Gestalt zu nehmen. Der Krummsäbel drohte den kraftlosen Fingern zu entgleiten, und sein Gesicht wirkte wie das eines Mannes, dem ein Zauberer seinen Willen aufzwingt.

Da wurde Valerie klar, daß nicht allein die Furcht ihn lähmte. Eine teuflische Eigenschaft dieses pulsierenden Glühens hatte ihn der Kraft zu denken und zu handeln beraubt. Obgleich sie sicher und unbemerkt ein Stockwerk höher war, spürte sie doch vage die unbeschreibliche Ausstrahlung der gespenstischen Erscheinung, die eine Bedrohung für den Verstand war.

Das furchterregende Knochenwesen näherte sich seinem Opfer. Endlich rührte sich der Mann – doch nur, um seinen Säbel fallen zu lassen und auf die Knie zu sinken. Mit einer Hand bedeckte er die Augen und erwartete den Streich der Klinge, die nun in der Hand der Erscheinung glimmte, als sie sich über ihn erhob wie das Bild des Todes, der über die Menschheit triumphiert.

Valerie folgte dem Impuls ihres ungestümen Wesens. Geschmeidig wie eine Katze schwang sie sich über die Brüstung und landete hinter der schrecklichen Gestalt auf federnden Ballen. Bei dem sanften Aufprall ihrer weichen Stiefel wirbelte die gräßliche Erscheinung herum, doch noch im Drehen traf sie die scharfe Klinge des Mädchens. Wilde Freude erfüllte Valerie, als sie spürte, wie die Schneide tief in Fleisch und Knochen drang.

Die Erscheinung schrie gurgelnd auf und ging mit gespaltenen Schultern, Brustkorb und Rücken zu Boden. Im Fallen löste sich der glühende Totenschädel und rollte davon. Ein dunkles, im Tod verzerrtes Gesicht kam zum Vorschein, das von einer Mähne schwarzen Haares umrahmt war. Unter der furchterregenden Maske hatte sich also ein Mensch befunden, ein Mann ähnlich dem, der gebückt auf dem Boden kniete.

Als er den knochenberstenden Schlag und den abgewürgten Schrei gehört hatte, hatte er aufgeblickt, und nun starrte er mit wildem Staunen auf die weißhäutige Frau, die mit blutbesudeltem Schwert über der Leiche stand.

Er taumelte hoch und stammelte verwirrt bei diesem Anblick, der ihm fast den Verstand raubte. Valerie staunte, als ihr bewußt wurde, daß sie ihn verstand. Er bediente sich des Stygischen, wenn auch eines Dialekts, der ihr nicht vertraut war.

»Wer seid Ihr? Woher kommt Ihr? Was macht Ihr

hier in Xuchotl?« Und dann fuhr er sich fast überschlagend fort, ohne auf eine Antwort zu warten: »Aber Ihr müßt uns wohlgesinnt sein – ob nun Göttin oder Teufelin, was macht das schon aus! Ihr habt den Brennenden Schädel getötet! Es steckte also nur ein Mensch dahinter! Wir glaubten, *sie* hätten einen Dämon aus den Katakomben herbeibeschworen. *Hört!*«

Er hielt in seinem Wortschwall inne und erstarrte. Er spitzte sichtlich die Ohren. Doch Valerie hörte nichts.

»Wir müssen weg von hier, schnell!« flüsterte er. »*Sie* sind westlich der großen Halle. Sie haben uns möglicherweise umzingelt und schleichen sich an!«

Mit krampfhaftem Griff, den zu lösen ihr schwerfiel, packte er ihr Handgelenk.

»Wen meinst du mit *sie*?« erkundigte sich Valerie.

Er starrte sie verständnislos an, als könne er nicht begreifen, daß sie das nicht wußte.

»Sie?« echote er zerstreut. »Nun – die Menschen von Xotalanc. Der Clan des Mannes, den Ihr getötet habt. Sie, die am Osttor leben.«

»Du willst doch nicht sagen, daß diese Stadt bewohnt ist?« rief das Mädchen überrascht.

»Natürlich!« Er zitterte in seiner Verängstigung und Ungeduld. »Kommt doch! Beeilt Euch! Wir müssen nach Tecuhltli zurück!«

»Wo ist denn das?« fragte sie.

»Das Viertel am Westtor.« Wieder umklammerte er ihr Handgelenk und zog sie zur Tür, durch die er gekommen war. Schweißtropfen perlten auf seiner dunklen Stirn, und aus seinen Augen sprach übermächtige Angst.

»Warte doch!« fauchte sie und entriß ihm ihren Arm. »Laß deine Finger von mir, oder ich spalte dir den Schädel. Worum geht es hier überhaupt? Wer bist du? Wohin willst du mich mitnehmen?«

Mit aller Willenskraft rang er um Fassung. Er

schaute sich in allen Richtungen um und redete so schnell, daß seine Worte sich erneut überschlugen.

»Ich bin Techotl von Tecuhltli. Ich und dieser Mann, der mit durchschnittener Kehle hier liegt, kamen in die Hallen des Schweigens, um einigen der Xotalancas einen Hinterhalt zu stellen. Aber wir wurden getrennt, und als ich nach ihm suchte, fand ich ihn hier tot. Der Brennende Schädel hat ihn umgebracht, genau wie er mich ermordet hätte, hättet Ihr ihn nicht getötet. Aber vielleicht war er nicht allein. Andere von Xotalanc haben sich vielleicht hierhergeschlichen! Selbst die Götter erbleichen, wenn sie dem Geschick jener einen Gedanken widmen, die in die Gewalt der Xotalancas geraten.«

Bei diesen Worten erbebte er wie im Schüttelfrost, und seine dunkle Haut wurde fahlgrau. Valerie betrachtete ihn stirnrunzelnd. Sie spürte, daß es nicht nur leere Worte waren, aber sie ergaben keinen Sinn für sie.

Sie wandte sich dem Schädel zu, der immer noch pulsierend glühte. Sie streckte den Fuß aus, um ihn mit der Zehenspitze anzustoßen, als Techotl ganz erschrokken aufschrie:

»Nicht berühren! Ihr dürft ihn nicht einmal ansehen! Wahnsinn und Tod lauern in ihm. Die Hexer von Xotalanc verstehen sein Geheimnis – sie fanden ihn in den Katakomben, wo die Gebeine der schrecklichen Könige bleichen – der Könige, die in den finsteren Jahrhunderten vergangener Zeit über Xuchotl herrschten. Blickt einer ihn an, der sein Geheimnis nicht kennt, so stockt ihm das Blut in den Adern, und sein Verstand schwindet. Ihn zu berühren führt zu Wahnsinn und Vernichtung.«

Valerie zog die Brauen zusammen und betrachtete den Mann unsicher. Er war keine sehr beruhigende Erscheinung mit seiner hageren Gestalt, den knotigen Muskeln und den zerzausten Haarsträhnen. Hinter der

Furcht in seinen Augen glitzerte ein seltsames Licht, wie sie es bei einem Mann mit gesundem Geist noch nie gesehen hatte. Aber in seiner Sorge um sie schien er es ehrlich zu meinen.

»Kommt!« flehte er sie an und streckte erneut die Hand nach ihr aus. Doch dann erinnerte er sich an ihre Warnung und zog sie hastig wieder zurück. »Ihr seid fremd hier. Wie Ihr hierhergekommen seid, weiß ich nicht. Doch wäret Ihr eine Göttin oder Dämonin, die gekommen ist, den Tecuhltli zu helfen, würdet Ihr all das wissen, was Ihr mich gefragt habt. Ihr müßt von jenseits des großen Waldes sein, von woher auch unsere Vorfahren kamen. Auf jeden Fall aber seid Ihr ein Freund, sonst hättet Ihr nicht meinen Feind getötet. Bitte, kommt schnell, ehe die Xotalancas uns entdecken und umbringen.«

Von seinem erregten, abstoßenden Gesicht blickte Valerie auf den gespenstischen Totenschädel, der schwelend und glühend in der Nähe des Toten lag. Er erschien ihr wie ein Schädel aus einem Traum, zweifellos menschlich und doch in seinen Umrissen beunruhigend mißgestaltet. Der Lebende, dem dieser Schädel einst gehört hatte, mußte fremdartig, ja monströs gewirkt haben. Der Lebende? Dieser Schädel schien immer noch zu leben, über eine eigene Art von Leben zu verfügen. Seine Kiefer klafften und schnappten plötzlich zu. Die augenlosen Höhlen starrten sie an. Sein Leuchten wurde stärker, trotzdem wuchs der Eindruck, daß es nur ein Alptraum war. Ja, es war ein Traum, das ganze Leben war ein Traum. Glücklicherweise riß Techotls drängende Stimme Valerie aus dem düsteren Abgrund zurück, in den sie zu versinken drohte.

»Blickt ihn nicht an! Blickt den Schädel nicht an!« Die besorgte Stimme klang, als käme sie aus unendlicher Ferne.

Valerie schüttelte sich wie ein Löwe seine Mähne. Ihre Augen wurden wieder klar. Techotl sagte zitternd: »Als er noch einem Lebenden gehörte, beherbergte er das schreckliche Gehirn eines Zauberers! Doch selbst jetzt noch steckt eine Art Leben, ein magisches Feuer in ihm, das er aus dem äußeren Sternenraum anzieht.«

Mit einem Fluch sprang Valerie geschmeidig wie ein Panther – und der Schädel zersprang unter ihrem Schwert zu flammenden Knochenstücken. Irgendwo in diesem Raum oder im Nichts oder auch bloß in den Tiefen ihres Bewußtseins schrie eine unmenschliche Stimme ihren Schmerz und ihre Wut hinaus.

Techotls Hand zupfte sie am Arm, und er stammelte aufgeregt: »Ihr ha-abt ihn zerbro-ochen. Ihr habt ihn vernichtet. Selbst die Schwarze Magie Xotalancs kann ihn nicht mehr zusammenfügen! Kommt jetzt! Kommt schnell!«

»Aber ich kann nicht weg!« protestierte sie. »Ein Freund ist hier ...«

Das Zucken seiner Augen ließ sie innehalten. Panikerfüllt starrte er an ihr vorbei. Sie wirbelte herum, gerade als vier Männer durch vier verschiedene Türen hereinstürmten und auf das Paar in der Mitte des Raumes zukamen.

Sie ähnelten den anderen, die sie bisher gesehen hatte. Sie hatten die gleichen knotigen Muskeln an den ansonsten dürren Gliedmaßen, dasselbe strähnige blauschwarze Haar, den gleichen leicht irren Blick der großen Augen. Sie waren wie Techotl bewaffnet und gekleidet, doch auf die Brust hatte ein jeder von ihnen einen weißen Totenschädel gemalt.

Es gab keine Herausforderung, keine Kampfrufe. Wie blutdurstige Tiger sprangen die Männer von Xotalanc ihre Gegner an. Techotl stellte sich ihnen mit der Wut der Verzweiflung. Er duckte sich unter dem Hieb einer breiten Klinge, packte den, der sie schwang, und warf ihn zu Boden, wo sie in tödlichem Schweigen miteinander rangen.

Die anderen drei drangen auf Valerie ein. Ihre seltsamen Augen funkelten rot wie die von tollwütigen Hunden.

Sie tötete den ersten, der in ihre Reichweite kam, noch ehe er seine Klinge zu schwingen vermochte – ihr langes, gerades Schwert spaltete ihm den Schädel. Dem Stoß des zweiten wich sie seitwärts aus, während sie gleichzeitig den Hieb des dritten parierte. Ihre Augen blitzten, und ihre Lippen lächelten erbarmungslos. Wieder war sie ganz Valerie von der Roten Bruderschaft, und das Summen des Stahles klang wie Brautgesang in ihren Ohren.

Ihr Schwert stieß vorbei an einer Klinge, die versuchte zu parieren, und bohrte sich sechs Zoll tief durch einen Ledergürtel in den Bauch des Gegners. Der Mann japste schmerzerfüllt und ging in die Knie, aber sein etwas größerer Kamerad bedrängte das Mädchen in wildem Schweigen mit einem wahren Hagel von Hieben, so daß sie nicht dazu kam, selbst anzugreifen. Kühl wich sie ein wenig zurück und parierte. Sie wußte, daß sie nur auf ihre Chance zu warten brauchte, denn lange konnte der Bursche diesen heftigen Angriff nicht durchhalten. Sein Arm würde ermüden, ihm mußte der Atem ausgehen, er würde langsamer werden, und dann war es soweit, ihm die Klinge ins Herz zu stoßen. Ein schneller Seitenblick verriet ihr, daß Techotl auf der Brust seines Gegners kniete und sich bemühte, sein Handgelenk aus dessen Griff zu befreien, um ihm den Dolch in die Brust zu stoßen.

Schweiß glänzte auf der Stirn des Mannes ihr gegenüber. Seine Augen waren wie brennende Kohlen. So sehr er auch auf sie einhieb, es gelang ihm nicht, ihre Deckung zu brechen oder sie zu umgehen. Sein Atem kam bereits in heftigen Stößen, und er schlug nur noch blindlings zu. Sie wollte einen Schritt zurück tun, um das Schwert zum tödlichen Hieb zu schwingen, als ihre Beine plötzlich mit eisernem Griff umschlungen wurden. Sie hatte den Verwundeten auf dem Boden vergessen.

Auf den Knien kauernd hatte er beide Arme um ihre Beine gelegt. Sein Kamerad sah es und krächzte triumphierend. Er machte sich daran, von der linken Seite an sie heranzukommen. Valerie zerrte und riß wild, konnte sich jedoch nicht befreien, es sei denn, sie würde ihr Schwert nach unten stoßen, doch im gleichen Augenblick würde der Krummsäbel des größeren Mannes ihr den Schädel spalten. Der Verwundete schlug ihr wie ein Raubtier die Zähne in den nackten Schenkel.

Mit der Linken faßte sie sein langes Haar und zwang den Kopf zurück, so daß die rollenden Augen und weißen Zähne zu ihr hochschauten. Der größere Xotalanca brüllte und sprang. Mit ganzer Kraft hieb er auf sie ein. Durch den anderen behindert, parierte sie den Krummsäbel, dabei glitt ihr Schwert ab, und die flache Klinge prallte gegen ihren Kopf, daß sie Funken vor ihren Augen sprühen sah. Sie taumelte. Schon schwang der Krummsäbel erneut aus. Der Xotalanca brüllte triumphierend – da tauchte plötzlich eine riesenhafte Gestalt hinter ihm auf, und Stahl glitzerte wie ein bläulicher Blitz. Der Triumphschrei des Dunkelhäutigen erstarb. Mit bis zur Kehle gespaltenem Schädel sackte er auf den Boden.

»Conan!« keuchte Valerie erfreut. Mit wilder Wut wandte sie sich dem Xotalanca zu, dessen Haar sie noch in der Linken hielt. »Höllenhund!« fauchte sie. Ihre Klinge durchschnitt in einem hohen Bogen die Luft. Der geköpfte Rumpf stürzte blutspritzend auf die Fliesen. Den Schädel schleuderte Valerie von sich.

»Was, zum Teufel, geht hier vor?« Conan stand über

der Leiche des Mannes, den er getötet hatte. Das Breitschwert hielt er in der Hand. Er blickte sich verwundert um.

Techotl erhob sich von dem zuckenden letzten Xotalanca und schüttelte die roten Tropfen von seinem Dolch. Er selbst blutete von einem Stich im Schenkel. Mit weitaufgerissenen Augen starrte er Conan an.

»Was hat das alles zu bedeuten?« fragte Conan erneut, der sich noch nicht ganz von seiner Überraschung erholt hatte, Valerie hier in einem wilden Kampf mit diesen phantastischen Gestalten zu sehen, und das in einer Stadt, die er für verlassen gehalten hatte. Als er von seiner ziellosen Suche in den oberen Räumen zurückgekehrt war und Valerie nicht mehr in dem Gemach vorgefunden hatte, in dem er sie zurückgelassen hatte, war er den an seine erstaunten Ohren dringenden Kampfgeräuschen gefolgt.

»Fünf tote Hunde!« rief Techotl. Gespenstische Begeisterung sprach aus seinen flammenden Augen. »Fünf Erschlagene! Fünf rote Nägel für die schwarze Säule. Den Göttern des Blutes sei gedankt!«

Hoch streckte er die leicht zitternden Arme aus. Dann spuckte er mit häßlichem Gesicht auf die Leichen, trampelte auf ihre Köpfe und hüpfte gespenstisch frohlockend herum. Seine neuen Verbündeten betrachteten ihn erstaunt. Conan fragte auf aquilonisch: »Wer ist dieser Irre?« Valerie zuckte die Schultern.

»Er sagte, er heißt Techotl. Seinen Worten ist zu entnehmen, daß sein Clan in einem Viertel dieser verrückten Stadt wohnt, und ihre Feinde im entgegengesetzten. Vielleicht sollten wir mit ihm gehen. Er scheint freundlich zu sein, und ganz offensichtlich ist der andere Clan das nicht.«

Techotl hatte aufgehört herumzuhüpfen und lauschte mit schräggelegtem Kopf wie ein Hund, und wieder zeichnete sich Furcht auf seinem abstoßend häßlichem Gesicht ab.

»Kommt jetzt!« wisperte er. »Wir haben genug geschafft! Fünf tote Hundesöhne! Mein Clan wird euch willkommen heißen. Meine Leute werden euch ehren! Doch kommt jetzt! Es ist weit bis nach Tecuhltli. Jeden Augenblick können die Xotalancas in größerer Zahl ankommen, die selbst für eure Schwerter zu viel ist.«

»Führe uns«, brummte Conan.

Sofort stieg Techotl eine Treppe zur Galerie hoch und bedeutete den anderen, ihm zu folgen. Die beiden mußten sich beeilen, um ihm dicht auf den Fersen bleiben zu können. Auf der Galerie angekommen, tauchte er durch eine Tür dem Westen zu und rannte von Gemach zu Gemach, von denen jedes entweder durch hohe Fensterschlitze oder mit den grünen Feuersteinen erhellt wurde.

»Was ist das nur für ein Ort?« murmelte Valerie leise.

»Das weiß Crom!« antwortete Conan. »*Seinesgleichen* habe ich jedoch bereits gesehen. Sie leben um den Zuadsee, nahe der Grenze nach Kush. Sie stammen von Stygiern ab, die sich mit einer anderen Rasse vermischten, welche vor Jahrhunderten aus dem Osten kam und in ihnen aufging. Tlazitlans nennen sie sich. Ich möchte jedoch wetten, daß nicht sie es waren, die diese Stadt erbauten.«

Techotls Unruhe wurde nicht geringer, obwohl der Raum mit den Toten nun bereits weit zurücklag. Immer wieder legte er den Kopf schräg, um zu lauschen, und starrte mit brennenden Augen durch jede Türöffnung, an der sie vorbeikamen.

Unwillkürlich schauderte Valerie. Sie fürchtete keinen menschlichen Gegner, aber der rotglühende Boden unter den Füßen, die gespenstischen Steine über dem Kopf und die lauernden Schatten dazwischen, die Verstohlenheit und Furcht ihres Führers erweckten ein bedrückendes Gefühl in ihr, und sie glaubte nun schon fast selbst, überall nichtmenschliche Gegner im Hinterhalt zu fühlen.

»Sie sind möglicherweise zwischen uns und Tecuhltli!« flüsterte Techotl einmal. »Wir müssen sehr vorsichtig sein, weil sie uns vielleicht auflauern.«

»Warum verlassen wir diesen verdammten Palast nicht und laufen auf den Straßen weiter?« fragte Valerie.

»Es gibt keine Straßen in Xuchotl«, antwortete er. »Auch keine Höfe oder offene Plätze. Die ganze Stadt ist als einziger gewaltiger Palast unter einem riesigen Dach erbaut. Einer Straße am nächsten kommt noch die Große Halle, die die Stadt vom Nord- zum Südtor durchquert. Die einzigen Türen in die Außenwelt sind die Stadttore, durch die seit fünfzig Jahren kein Lebender mehr getreten ist.«

»Wie lange lebst du schon hier?« fragte Conan.

»Ich wurde in der Burg von Tecuhltli vor fünfunddreißig Jahren geboren. Noch nie setzte ich einen Fuß vor die Stadt. Bei den Göttern, schweigen wir nun lieber. Die Hallen mögen voll dieser lauernden Teufel sein. Olmec wird euch alles erklären, wenn wir erst in Tecuhltli sind.«

Also schlichen sie stumm weiter, mit den grünen Feuersteinen blinkend über den Köpfen und den flammenden Fliesen unter den Füßen. Valerie schien es, als flohen sie durch die Hölle, geführt von einem dunkelhäutigen, langhaarigen Gnom.

Und doch war es Conan, der sie zurückhielt, als sie ein ungewöhnlich breites Gemach durchqueren wollten. Seine an die Wildnis gewöhnten Ohren waren noch schärfer als Techotls, obgleich auch seine, durch die lebenslangen Kämpfe in diesen stillen Korridoren, überdurchschnittlich gut hörten.

»Du meinst, daß einige eurer Feinde uns irgendwo unterwegs auflauern könnten?«

»Sie streifen zu allen Zeiten durch diese Räume«, antwortete Techotl, »genau wie wir auch. Die Hallen und Gemächer zwischen Tecuhltli und Xotalanc sind umstrittenes Niemandsland. Wir nennen diesen Teil hier die Hallen des Schweigens. Weshalb fragt Ihr?«

»Weil in dem Raum vor uns Menschen sind«, antwortete Conan. »Ich hörte Stahl gegen Stein scharren.«

Wieder erzitterte Techotl heftig, und er mußte die Zähne zusammenbeißen, damit sie nicht klapperten.

»Vielleicht sind es deine Freunde?« meinte Valerie.

»Wir dürfen kein Risiko eingehen«, keuchte Techotl. Er glitt durch eine Tür links von ihnen in ein Gemach, in dem eine elfenbeinerne Wendeltreppe in die dunkle Tiefe führte.

»Über sie kommt man zu einem unbeleuchteten Korridor unter diesen Räumen«, zischte er. Dicke Schweißperlen glänzten auf seiner Stirn. »Möglicherweise lauern sie auch dort, und es ist nur ein Trick, uns dorthin zu locken. Aber wir wollen hoffen, daß sie ihren Hinterhalt nur in den oberen Räumen legten. Kommt, beeilt euch!«

Lautlos wie Phantome huschten sie die Treppe hinunter und kamen zu einem Korridorschlund so schwarz wie die Nacht. Eine kurze Weile blieben sie lauschend davor stehen, ehe sie hineintraten. Als sie ihn entlangschlichen, prickelte Valeries Haut zwischen den Schultern in Erwartung eines Schwertstoßes aus dem Dunkeln. Hätte Conan nicht eine Hand um ihren Arm gelegt, wäre es unmöglich für sie gewesen, genau zu sagen, wo ihre beiden Begleiter sich aufhielten, denn die zwei waren ebensowenig zu hören wie eine sich anschleichende Katze. Die Dunkelheit hier war absolut. Mit der ausgestreckten Hand konnte sie eine Wand ertasten, und hin und wieder spürte sie eine Tür zwischen den Fingern. Der Korridor erschien ihr endlos zu sein.

Plötzlich erstarrten sie, als hinter ihnen ein Geräusch zu vernehmen war. Ein Schauder lief über Valeries Rücken, denn sie erkannte es als das leise Schließen einer Tür. Also befanden sich Menschen hinter ihnen im Korridor. Während sie sich noch mit diesem Gedanken beschäftigte, stolperte sie über etwas, das sich wie ein menschlicher Schädel anfühlte. Erschreckend laut klappernd rollte es über den Steinboden.

»Lauft!« japste Techotl mit hysterisch klingender Stimme und raste schon wie ein fliegendes Gespenst den Korridor hinunter.

Conan legte einen Arm um Valeries Taille und zog sie halb tragend mit sich hinter ihrem Führer her. Der Cimmerier sah in der Finsternis nicht besser als sie, aber ein sicherer Instinkt lenkte ihn. Ohne seine Hilfe wäre sie gestolpert oder gegen die Wand getaumelt. Und so rasten sie den Gang hinunter, während die Schritte der Verfolger immer lauter wurden, denn sie holten offenbar auf. Plötzlich keuchte Techotl:

»Hier ist die Treppe! Mir nach. Schnell!«

Seine Hand schoß aus der Dunkelheit und legte sich um Valeries, als sie blindlings die Stufen hochstolperte. Sie fühlte sich die Wendeltreppe halb hochgezogen, halb gehoben, nachdem Conan sie losgelassen und sich umgedreht hatte, als seine Ohren und sein Instinkt ihm verrieten, daß ihre Gegner ihnen dicht auf den Fersen waren – *und er nicht nur Schritte menschlicher Füße hörte!*

Etwas wand sich die Stufen hoch, etwas, das leicht raschelnd über den Stein glitt und von dem irgendwie Grabeskälte ausging. Conan stieß sein mächtiges Schwert hinab und spürte, wie die Klinge durch etwas drang, das aus Fleisch und Knochen bestehen mochte, dann prallte der Stahl gegen den Stein der Treppe. Etwas berührte seinen Fuß, worauf er vor Kälte schier erstarrte, und dann wurde die Stille durch ein schreckliches Umsichpeitschen und -hauen gebrochen, und ein Mann schrie in Todespein auf.

Im nächsten Moment raste Conan die Wendeltreppe weiter hoch und schoß durch die offene Tür an ihrem Kopfende.

Valerie und Techotl waren bereits hindurch. Hastig schlug der Tecuhltli sie hinter ihm zu und schob einen Riegel vor – den ersten, den Conan in diesem endlosen Palast sah, seit sie ihn durch das Nordtor betreten hatten.

Dann rannte Techotl durch das gutbeleuchtete Gemach, in das sie von der Treppe gekommen waren. Als sie die gegenüberliegende Tür erreichten, schaute Conan über die Schulter zur anderen zurück. Sie ächzte und gab bereits leicht nach unter dem ungeheuren Druck von außen.

Obgleich weder seine Geschwindigkeit noch seine Vorsicht nachließen, wirkte Techotl jetzt doch ruhiger und sicherer. Man sah ihm an, daß er in vertrautes Gebiet, in Rufweite von Freunden gekommen war.

Aber Conan weckte seine Furcht erneut, indem er fragte: »Was war das für eine Kreatur, gegen die ich auf der Treppe gekämpft habe?«

»Die Männer von Xotalanc«, antwortete Techotl, ohne sich umzudrehen. »Ich sagte doch, daß es hier von ihnen nur so wimmelt.«

»Es war kein Mann!« brummte Conan. »Es war etwas, das kroch und eiskalt war. Das spürte ich, als ich es streifte. Ich glaube, ich habe es durchtrennt. Es stürzte auf unsere Verfolger hinab und muß jemanden in seinem Todeskampf erschlagen haben.«

Techotl zuckte zurück. Sein Gesicht war erneut aschgrau. Am ganzen Leibe zitternd beschleunigte er seinen Schritt wieder.

»Das war der Kriecher! Ein Ungeheuer, das *sie* aus

den Katakomben geholt haben, damit es ihnen helfen möge. Welcher Art es genau ist, wissen wir nicht, aber die unserer Leute, die es getötet hat, sahen schrecklich aus, als wir sie fanden. In Sets Namen, beeilt euch. Wenn sie es auf unsere Fährte ansetzten, wird es uns bis zum Tor von Tecuhltli folgen!«

»Das bezweifle ich«, brummte Conan. »Ich glaube nicht, daß es meinen Hieb auf der Treppe überlebt hat.«

»Schnell! Schnell! Beeilt euch!« drängte Techotl, ohne auf seine Worte zu achten.

Sie rannten durch eine Reihe grünbeleuchteter Gemächer, quer durch eine breite Halle und blieben vor einem gewaltigen Bronzetor stehen.

»Das ist Tecuhltli!« erklärte Techotl außer Atem.

3

DIE BEFEHDETEN

Techotl hämmerte mit den Fäusten an die Tür, dann drehte er sich halb um, damit er die Halle im Auge behalten konnte.

»So mancher wurde noch hier an dieser Tür erschlagen, als er sich bereits in Sicherheit wähnte«, sagte er.

»Weshalb öffnen sie nicht?« fragte Conan.

»Sie betrachten uns durch das Auge«, antwortete Techotl. »Sie machen sich zweifellos Gedanken über euch.« Laut rief er: »Mach auf, Excelan! Ich bin es, Techotl, mit Freunden aus der großen Welt jenseits des Waldes!« Er wandte sich wieder an seine neuen Verbündeten. »Sie werden öffnen.«

»Hoffentlich schnell!« brummte Conan grimmig. »Ich höre etwas auf die Halle zukriechen.«

Wieder färbte sich des Tecuhltlis Gesicht aschfahl.

Mit verzweifelter Heftigkeit hämmerte er erneut an die Tür und rief schrill: »Macht endlich auf! Der Kriecher ist hinter uns her!«

Noch während er hämmerte und brüllte, schwang die gewaltige Bronzetür lautlos zurück. Quer über den Eingang hing eine dicke Eisenkette und darüber hoben sich Speerspitzen. Die grimmigen Gesichter dahinter musterten sie eindringlich. Dann fiel die Kette. Techotl griff nervös nach den Armen seiner neuen Freunde und zerrte sie geradezu über die Schwelle. Ein Blick über die Schulter in dem Augenblick, als das Tor sich schloß, zeigte Conan am entgegengesetzten Ende der düsteren Halle etwas Schlangenähnliches, das langsam, wie in großen Schmerzen aus einer Tür kroch. Der gräßliche, blutbefleckte Schädel schwankte wie betrunken. Dann hatte sich das Tor geschlossen, und er konnte nicht mehr erkennen.

In dem rechteckigen Raum, in den sie gekommen waren, wurden schwere Riegel vor die Tür geschoben und die Kette wieder befestigt. Zweifellos war die Tür so massiv, daß sie selbst mehreren gleichzeitig auf sie einstürmenden Rammböcken widerstehen konnte. Vier Männer standen hier Wache. Sie hatten das gleiche strähnige schwarze Haar wie Techotl und dieselbe Hautfarbe. Bewaffnet waren sie mit Speeren, die sie in den Händen hielten, und mit Krummsäbeln an ihren Seiten. In der Wand neben der Tür befand sich eine kompliziert wirkende Anordnung von Spiegeln. Conan nahm an, daß sie das ›Auge‹ waren, das Techotl erwähnt hatte. Mit ihrer Hilfe konnte man durch einen schmalen Wandschlitz mit Kristallscheibe nach draußen blicken, ohne selbst bemerkt zu werden. Die vier Posten betrachteten die beiden Fremden sichtlich staunend, doch sie stellten keine Fragen, und Techotl gab ihnen auch keine Erklärung ab. Seine Haltung verriet nun Selbstvertrauen. Es war, als hätte er beim Übertreten der Schwelle seine Furcht und Unentschlossenheit wie einen Umhang abgelegt.

»Kommt!« wandte er sich an seine neuen Freunde. Conan blickte zum Tor.

»Was ist mit diesen Burschen, die uns verfolgten? Werden sie nicht versuchen, das Tor zu stürmen?«

Techotl schüttelte den Kopf.

»Sie wissen, daß sie das Portal des Adlers nicht einbrechen können. Sie werden mit ihrem kriechenden Ungeheuer nach Xotalanc zurückkehren. Kommt jetzt, ich bringe euch zu den Herrschern von Tecuhltli.«

Einer der vier Posten öffnete die Tür gegenüber dem Tor. Sie kamen in eine Halle, die wie die meisten Räume auf diesem Stockwerk sowohl durch schlitzähnliche Oberlichter als auch schimmernde Feuersteine erhellt wurden. Doch im Gegensatz zu allen bisherigen Räumlichkeiten merkte man dieser Halle an, daß sie bewohnt war. Samtbehänge schmückten die glänzenden Jadewände, und auf den Elfenbeinstühlen, Bänken und Diwanen lagen satinüberzogene Kissen.

Die Tür am Ende dieser Halle war kunstvoll verziert. Eine Wache stand davor. Ohne jede Förmlichkeit stieß Techotl sie auf und bat seine Freunde, in den großen Raum dahinter zu treten, in dem etwa dreißig dunkelhäutige Männer und Frauen bei ihrem Anblick erstaunt von Diwanen aufsprangen.

Die Männer, mit Ausnahme eines einzigen, waren alle vom gleichen Typus wie Techotl. Auch die Frauen hatten die merkwürdigen Augen, doch sie waren auf ihre Art durchaus anziehend. Sie trugen Sandalen, goldene Brustschalen und kurze Seidenröcke, gehalten von edelsteinbesteckten Gürteln. Ihre gerade geschnittenen schwarzen Haare reichten bis zu den bloßen Schultern, schmale silberne Stirnreifen schmückten sie.

Auf einem breiten Elfenbeinthron auf einem Jadepodest saßen ein Mann und eine Frau, die sich ein wenig von den anderen unterschieden. Er war ein Riese mit ungewöhnlich mächtiger Brust und den Schultern eines Stiers. Im Gegensatz zu allen anderen hatte er einen dichten blauschwarzen Bart, der bis fast zu seinem breiten Gürtel wallte. Bekleidet war er mit einem purpurnen Seidengewand, das bei jeder Bewegung schillerte. Aus den weiten, bis zu den Ellbogen zurückgestreiften Ärmeln ragten dicke, sehnige Arme. Am Stirnband, das das blauschwarze dicke Haar zusammenhielt, glitzerten Juwelen.

Die Frau neben ihm war genau wie die anderen erstaunt aufgesprungen, als die Fremden das Zimmer betraten. Nachdem sie Conan flüchtig betrachtet hatten, blieb ihr Blick mit brennender Eindringlichkeit auf Valerie ruhen. Die Frau war hochgewachsen und schlank und bei weitem die Schönste der dunkelhäutigen Frauen. Sie war noch spärlicher bekleidet als die anderen. Statt eines Rockes trug sie lediglich einen breiten Streifen mit Goldfäden durchzogenen Purpurstoffes, der am Gürtel befestigt war und bis über die Knie fiel. Ein weiterer Streifen hing über das Gesäß. Ihre Brustschalen und der Stirnreif waren dicht mit Edelsteinen besteckt. Ihre Augen, als einzige unter all denen der übrigen Dunkelhäutigen, wirkten normal, ohne diesen Ausdruck brütenden Irrsinns. Nach ihrem ersten Aufschrei öffnete sie die Lippen nicht mehr. Angespannt ließ sie keinen Blick von Valerie.

Der Mann auf dem Elfenbeinthron war ruhig sitzengeblieben.

»Prinz Olmec.« Techotl verbeugte sich tief mit ausgestreckten Armen und nach oben gerichteten Handflächen. »Ich bringe Verbündete aus der Welt jenseits des Waldes. Im Gemach Tezcotis mordete der Brennende Schädel meinen Kameraden Chicmec ...«

»Der Brennende Schädel!« echoten die Anwesenden verängstigt.

»Ja. Dann betrat ich das Gemach und fand Chicmec mit durchschnittener Kehle. Ehe ich zu fliehen vermochte, kam der Brennende Schädel auf mich zu. Als ich zu ihm hochblickte, stockte mein Blut, und das Mark meiner Knochen drohte zu schmelzen. Ich vermochte weder zu kämpfen noch zu fliehen, ich konnte nur hilflos auf den Todesstreich warten. Doch da sprang diese weißhäutige Frau von der Galerie herab und schlug den Brennenden Schädel mit ihrem Schwert nieder – und da stellte sich heraus, daß es nur ein Hundesohn von Xotalanc war mit weißer Farbe auf der Haut und dem lebenden Schädel eines alten Zauberers über dem Kopf. Jetzt liegt der Brennende Schädel in viele Stücke zerschlagen, und der Kerl, der ihn trug, ist tot.«

Eine unbeschreiblich wilde Begeisterung sprach aus diesem letzten Satz, und die gespannt Lauschenden murmelten aufgeregt.

»Wartet!« rief Techotl. »Das ist nicht alles. Während ich mit der Frau sprach, überfielen uns vier Xotalancasl Einen tötete ich – die Wunde in meinem Schenkel beweist, wie wild dieser Kampf war. Zwei tötete die Frau. Aber wir waren in arger Bedrängnis, als dieser Mann herbeistürmte und den Schädel des vierten spaltete. Ja! Fünf rote Nägel dürfen in die Rachesäule geschlagen werden!«

Er deutete auf einen Ebenholzpfeiler hinter dem Podest. Hunderte roter Punkte zeichneten sich auf dem glänzenden Holz ab – die roten Köpfe schwerer Kupfernägel.

»Fünf rote Nägel für fünf besiegte Xotalancas!« rief Techotl triumphierend. Die wilde Begeisterung der Zuhörer machte ihre Gesichter beinah unmenschlich.

»Wer sind diese Leute?« erkundigte sich Olmec. Seine Stimme klang wie das tiefe Grollen eines fernen Stieres. Keiner in Xuchotl schien wirklich laut zu sprechen. Es war, als hätte sich die Stille der leeren Hallen und verlassenen Gemächer auf sie übertragen.

»Ich bin Conan, ein Cimmerier«, antwortete der Barbar kurz. »Diese Frau ist Valerie von der Roten Bruderschaft, eine aquilonische Piratin. Wir sind Fahnenflüchtige einer Armee an der Darfargrenze weit im Norden und versuchen uns zur Küste durchzuschlagen.«

In ihrer Hast überschlugen sich die Worte der Frau auf dem Podest fast.

»Ihr werdet die Küste nie erreichen. Es gibt kein Entkommen aus Xuchotl. Ihr werdet den Rest eures Lebens in dieser Stadt bleiben müssen!«

»Was soll das heißen?« knurrte Conan. Er legte die Hand um den Schwertgriff und stellte sich so, daß er sowohl den Thron als auch den Rest des Raumes im Auge behalten konnte. »Wollt Ihr damit andeuten, daß wir Gefangene sind?«

»Nein, das meinte sie nicht«, warf Olmec ein. »Wir sind eure Freunde und würden euch nicht gegen euren Willen zurückhalten. Wir fürchten nur, daß andere Umstände euer Verlassen der Stadt unmöglich machen werden.«

Sein Blick flog zu Valerie, aber er senkte schnell die Augen.

Er deutete auf seine Gefährtin. »Das ist Tascela, eine Prinzessin der Tecuhltli. Doch genug der Worte. Tischt unseren Gästen auf. Zweifellos sind sie hungrig und durstig und auch müde von ihrem langen Weg.«

Er deutete auf einen kunstvoll geschnitzten Elfenbeintisch. Nachdem Conan und Valerie einen schnellen Blick gewechselt hatten, setzten sie sich. Den Cimmerier quälte Mißtrauen. Seine eisblauen Augen sahen sich wachsam um, und seine Hand nahm er nicht weit vom Schwert. Doch eine Einladung zu Speise und Trank konnte er nie ablehnen. Sein Blick wanderte immer wieder zu Tascela, doch die Prinzessin hatte nur Augen für die weißhäutige Piratin.

Techotl hatte sich einen Streifen Seide um die Schenkelwunde gebunden. Er ließ sich nun an der Tafel nieder, um seine neuen Freunde zu bedienen. Er erachtete es als Ehre, sich ihrer anzunehmen. Er kostete die Speisen und Getränke, die seine Artgenossen in goldenen Gefäßen herbeitrugen, ehe er sie seinen Gästen versetzte. Während sie sich stärkten, blieb Olmec stumm auf seinem Elfenbeinthron sitzen und beobachtete sie unter den buschigen schwarzen Brauen heraus. Tascela saß wieder neben ihm. Sie hatte das Kinn auf die Hände gestützt, und die Ellbogen ruhten auf ihren Knien. Ihre dunklen Augen, in denen ein geheimnisvolles Feuer zu brennen schien, ließen keinen Blick von Valeries geschmeidiger Gestalt. Ein dunkles hübsches Mädchen hinter ihr fächerte ihr mit Straußenfedern in bedächtigem Rhythmus Kühlung zu.

Zu essen gab es eine den beiden Abenteurern unbekannte exotische Frucht, die sehr gut schmeckte, und zu trinken einen milden Rotwein mit angenehmer Blume.

»Ihr seid von sehr weit hergekommen«, sagte Olmec schließlich. »Ich habe die Bücher unserer Väter gelesen. Aquilonien liegt jenseits der Lande der Stygier und Shemiten und noch hinter Argos und Zingara, und Cimmerien viel weiter nördlich als Aquilonien.«

»Wir haben beide ruheloses Blut in den Adern«, antwortete Conan gleichmütig.

»Wie es euch gelungen ist, durch den Wald zu kommen, ist mir ein Rätsel«, gestand Olmec. »In alten Zeiten schafften tausend Krieger es kaum, sich einen Weg durch all seine Gefahren zu schlagen.«

»Wir stießen auf ein kurzbeiniges Ungeheuer von der Größe eines Mastodons«, sagte Conan gleichmütig wie zuvor und streckte Techotl seinen Weinkelch entgegen, der ihn mit sichtlicher Freude nachfüllte. »Doch als wir es getötet hatten, hielt uns nichts mehr auf.«

Der Kelch entglitt Techotls zitternder Hand. Wieder einmal nahm seine dunkle Haut eine aschgraue Tönung an. Olmec sprang halb auf und starrte Conan mit weiten Augen an. Ein ehrfurchtsvolles Seufzen entrang sich den Lippen der anderen. Einige sackten auf die Knie, als wären ihre Beine nicht mehr imstand sie zu tragen. Nur Tascela schien die Worte des Cimmeriers nicht gehört zu haben. Conan blickte sich verwirrt um.

»Was habt ihr denn? Weshalb starrt ihr uns so an?«

»Ihr – ihr habt den Drachengott getötet?«

»Gott? Ich habe einen Drachen getötet. Und warum nicht? Er hatte die Absicht, uns zu verschlingen.«

»Aber Drachen sind unsterblich!« rief Olmec. »Sie können sich zwar untereinander umbringen, doch noch nie hat ein Mensch einen Drachen getötet! Die tausend Krieger unserer Vorfahren, die sich ihren Weg nach Xuchotl kämpften, vermochten ihnen nichts anzuhaben. An ihren Schuppen brachen ihre Klingen, als wären sie morsche Zweige!«

»Wenn eure Vorfahren auf die Idee gekommen wären, ihre Speere in den giftigen Saft der Derketaäpfel zu tauchen«, sagte Conan mit vollem Mund kauend, »und sie ihnen in die Augen oder Rachen oder sonstwohin zu stoßen, wo sie keine Schuppen haben, hätten sie festgestellt, daß die Drachen nicht weniger sterblich sind als irgendwelches Schlachtvieh. Der Kadaver liegt am Rand der Bäume, gerade noch im Wald. Wenn ihr mir nicht glaubt, braucht ihr ihn euch nur anzusehen.«

Olmec schüttelte den Kopf, doch nicht aus Unglauben, sondern staunend.

»Der Drachen wegen suchten unsere Vorfahren Zuflucht in Xuchotl«, erklärte er. »Sie wagten es nicht mehr, den Wald am anderen Ende der Ebene zu durchqueren. Viele Dutzende von ihnen wurden von den Ungeheuern gerissen und verschlungen, ehe sie die Stadt erreichen konnten.«

»Dann waren es nicht eure Väter, die Xuchotl erbauten?« fragte Valerie.

»Die Stadt war schon sehr alt, als sie in dieses Land kamen. Wie lange sie schon gestanden hatte, wußten nicht einmal ihre degenerierten Bewohner.«

»Seid ihr vom Zuadsee?« fragte Conan.

»Ja. Vor etwas mehr als einem halben Jahrhundert erhob sich ein Stamm der Tlazitlans gegen den König von Stygien. Da diese Tlazitlans in der Schlacht geschlagen wurden, flohen sie südwärts. Viele Wochen irrten sie über Grasland, Wüsten und Berge, bis sie schließlich – tausend Krieger mit ihren Frauen und Kindern – zu dem gewaltigen Wald kamen.

Dort fielen die Drachen über sie her und zerrissen so manchen. Also floh der vom Pech verfolgte Stamm vor ihnen und erreichte endlich die Ebene, in deren Mitte sich die Stadt Xuchotl erhob.

Sie schlugen ihr Lager vor der Stadt auf, da sie nicht wagten, die Ebene zu verlassen, denn das Brüllen der gegeneinander kämpfenden Ungeheuer war furchterregend, und es war aus allen Teilen des Waldes zu hören. In die Stadt hinein konnten sie nicht. Ihre Bewohner hatten die Tore verschlossen und schossen von der Brustwehr Pfeile auf die Stammesbrüder.

Und so waren die Tlazitlans in der Ebene gefangen, als wäre der Wald ringsum ein gewaltiger Wall – denn in den Wald wollte kein einziger mehr.

Des Nachts kam heimlich ein Sklave der Stadtbewohner in das Lager, einer unseres eigenen Blutes, der vor längerer Zeit, als er noch ein junger Mann gewesen war, mit einem Trupp Krieger in den Wald gezogen war. Die Drachen hatten alle seine Kameraden verschlungen, aber er war bis zur Stadt gelangt, wo man ihn zum Sklaven machte. Sein Name war Tolkemec.« Olmecs Augen flammen bei der Erwähnung dieses Namens auf, und einige der anderen murmelten Flüche und spuckten auf den Boden. »Er versprach ein Tor für den Stamm zu öffnen und verlangte lediglich, daß man ihm alle Stadtbewohner, die gefangengenommen wurden, ausliefere.

Im Morgengrauen öffnete er das Tor. Die Krieger stürmten in die Stadt, und bald floß in den Hallen von Xuchotl Blut. Nur einige hundert Bewohner hatte die Stadt damals noch, die letzten und längst entarteten einer einst großen Rasse. Tolkemec erzählte, daß sie vor undenkbarer Zeit aus dem Osten gekommen waren, aus Alt Kosala, als die Vorfahren der heutigen Bewohner Kosalas aus dem Süden einmarschierten und die Ureinwohner vertrieben. Diese wanderten weit westwärts, bis sie diese waldumschlossene Ebene fanden, in der ein Stamm Schwarzer hauste.

Sie versklavten die Schwarzen und machten sich daran, eine Stadt zu erbauen. Aus den Bergen im Osten brachten sie Jade und Marmor und Lapislazuli, auch Gold, Silber und Kupfer. Riesige Elefantenherden versorgten sie mit Elfenbein. Als die Stadt errichtet war, töteten sie alle ihre schwarzen Sklaven. Und ihre Magier wandten einen schrecklichen Zauber an, um die Stadt zu schützen. Durch Hexerei brachten sie die Drachen ins Leben zurück, die einst in diesem verlorenen Land gehaust hatten und deren gigantische Skelette sie im Wald gefunden hatten. Diesen Gebeinen verliehen sie neues Fleisch, und die lebenden Ungeheuer stapften wieder über die Erde, wie sie es getan hatten, als diese noch jung war. Aber die Magier verhängten einen Zauber über sie, daß sie den Wald nicht verlassen konnten und so nie in die Ebene kamen.

Viele Jahrhunderte lebten die Menschen von Xuchotl in ihrer Stadt, bestellten die fruchtbare Ebene, bis ihre weisen Männer einen Weg fanden, Früchte in der Stadt wachsen zu lassen – eine Frucht, die nicht in Erde gepflanzt wird, sondern ihre Nährstoffe der Luft entnimmt. Von da an kümmerten sie sich nicht mehr um die Bewässerungsgräben und widmeten sich nur noch dem Nichtstun in Luxus, bis sie verweichlichten und entarteten. Sie waren längst eine sterbende Rasse, als unsere Vorfahren durch den Wald in die Ebene kamen. Ihre Zauberer waren gestorben, und das Volk hatte die alte Magie vergessen. Sie vermochten weder durch Hexerei noch mit dem Schwert mehr zu kämpfen.

Nun, unsere Väter töteten die Bewohner von Xuchotl, alle, außer etwa hundert, die sie lebend Tolkemec auslieferten, der ihr Sklave gewesen war. Viele Tage und Nächte folterte er sie, und ihre schrecklichen Schreie hallten im Gemäuer wider.

Eine Weile lebten die Tlazitlans friedlich in der Stadt unter der Herrschaft der Brüder Tecuhlti und Xotalanc und Tolkemecs. Tolkemec hatte sich ein Mädchen des Stammes zur Frau genommen, und da er viele der Fertigkeiten der Xuchotlaner kannte und natürlich auch, weil er das Tor geöffnet hatte, regierte er mit den Brüdern, die die Führer des Aufstands gewesen waren und auch die Flucht geleitet hatten.

Ja, ein paar Jahre lebten alle friedlich in der Stadt. Sie taten nicht viel mehr als essen und trinken und lieben – und Kinder aufziehen. Es war nicht nötig, die Ebene zu bestellen, denn Tolkemec wußte, wie man die Früchte ohne Erde gewinnen konnte. Außerdem hatte der Tod der Xuchotlaner den Zauber gebrochen, der die Drachen im Wald zurückhielt, und so kamen sie jede Nacht und brüllten vor den Toren der Stadt. Ihr ständiger Kampf untereinander färbte die Ebene rot mit ihrem Blut, und da geschah es, daß …« Er biß sich auf die Lippen und stockte kurz, ehe er fortfuhr. Valerie und Conan spürten, daß er fast etwas gestanden hätte, das nicht für ihre Ohren gedacht war, weil er es für unklug hielt.

»Fünf Jahre lebten sie in Frieden. Dann…« Olmecs Augen ruhten kurz auf der schweigenden Frau an seiner Seite. »…nahm Xotalanc ein Mädchen zum Weib, das sowohl Tecuhltli als auch der alte Tolkemec begehrten. In seiner Leidenschaft raubte Tecuhltli sie ihrem Mann. Doch sie ging willig mit ihm. Um Xotalanc zu ärgern, schlug Tolkemec sich auf Tecuhltlis Seite. Xotalanc verlangte sein Weib zurück. Der Rat des Stammes bestimmte, daß die Entscheidung der Frau überlassen werden sollte. Sie beschloß, bei Tecuhltli zu bleiben. In seinem Grimm versuchte Xotalanc, sie sich mit Gewalt zurückzuholen. So kam es zwischen den Anhängern der beiden Brüder zum Kampf in der Großen Halle.

Blut wurde auf beiden Seiten vergossen. Aus dem Streit wurde eine Fehde, aus der Fehde offener Krieg. Es bildeten sich drei Seiten: Tecuhltli, Xotalanc und Tolkemec, alle mit ihren Anhängern. Bereits in Friedenszeiten hatten sie die Stadt untereinander aufgeteilt. Tecuhltli wohnte im Westviertel der Stadt, Xotalanc im Ostviertel, und Tolkemec mit seiner Familie am Südtor.

Grimm, Groll und Eifersucht führten zu Blutvergießen, Schändung und Mord. Nachdem die Klinge einmal gezogen war, gab es keine Umkehr mehr, denn Blut schrie nach Blut, und jeder Greueltat folgte unmittelbar die Rache. Tecuhltli kämpfte gegen Xotalanc, und Tolkemec unterstützte zuerst den einen, dann den anderen, und verriet jede Seite, wie er es für seine eigenen Zwecke am vorteilhaftesten fand. Tecuhltli und seine Leute zogen sich in das Viertel um das Westtor zurück, wo wir jetzt noch leben. Xuchotl ist in seiner Form oval. Tecuhltli, das nach seinem Herrscher benannt wurde, befindet sich im westlichen Ende des

Ovals. Die Menschen hier verbarrikadierten alle Türen, die das Viertel mit dem Rest der Stadt verbanden, außer jeweils einer Tür auf jedem Stockwerk, die leicht verteidigt werden konnte. Dann begaben sie sich in die unterirdischen Gänge der Stadt und errichteten eine Mauer, die das westliche Ende der Katakomben vom Rest abteilte. In diesen Katakomben sind die Leichen der alten Xuchotlaner bestattet und auch die der in der Fehde getöteten Tlazitlans. Die Tecuhltli hausten nun hier wie in einer belagerten Burg, aus der sie immer wieder Ausfälle und Raubzüge unternahmen.

Auf ähnliche Weise befestigten die Xotalancas das Ostviertel der Stadt, und Tolkemec tat das gleiche mit seinem Viertel am Südtor. Der mittlere Teil der Stadt blieb unbewohnt. Die leeren Hallen und Gemächer dort wurden zum Schlachtfeld und zu einem Gebiet finsterer Schrecken.

Tolkemec bekriegte beide Clans. Er war ein Ungeheuer in Menschengestalt, schlimmer als Xotalanc. Er kannte viele Geheimnisse der Stadt, die er den anderen nicht verraten hatte. In den Grüften beraubte er die Toten ihrer grauenvollen Geheimnisse – Geheimnisse alter Könige und Zauberer, die die von unseren Vorfahren getöteten degenerierten Xuchotlaner nicht mehr gekannt hatten. Doch seine ganze Magie nutzte ihm nichts, als wir von Tecuhltli eines Nachts seine Burg stürmten und alle seine Anhänger niedermachten. Ihn selbst marterten wir viele Tage.«

Seine Stimme wurde leiser, und seine Augen glänzten in angenehmer Erinnerung.

»Ja, wir hielten ihn am Leben, bis er um den Tod wie um eine Braut flehte. Schließlich brachten wir ihn lebend aus der Folterkammer und warfen ihn in ein Verlies, damit die Ratten an ihm nagen konnten, während er starb. Irgendwie gelang es ihm, aus diesem Verlies zu entkommen. Er schleppte sich in die Katakomben.

Zweifellos starb er dort, denn der einzige Weg aus dem Tecuhltli-Teil ist durch Tecuhltli, und den nahm er nicht. Seine Gebeine wurden nie gefunden, und daher sind die Abergläubischen unter uns überzeugt, daß sein Geist noch bis zum heutigen Tag in den Grüften spukt und zwischen den Gerippen der Toten wimmert. Zwölf Jahre sind es her, seit wir ein Ende machten mit Tolkemecs Leuten, aber die Fehde zwischen Tecuhltli und Xotalanc hält immer noch an und wird auch nie enden, ehe nicht der letzte von der einen oder anderen Seite tot ist.

Vor fünfzig Jahren raubte Tecuhltli Xotalancs Weib. Ein halbes Jahrhundert dauert die Fehde also bereits. Keiner von uns in diesem Raum kennt etwas anderes, außer Tascela, und wir werden den Frieden wohl auch nie kennenlernen.

Wir sind eine sterbende Rasse, genau wie jene Xuchotlaner, die von unseren Vorfahren getötet wurden, es gewesen waren. Als die Fehde begann, lebten Hunderte in jedem Viertel. Nun gibt es von uns Tecuhltli nicht mehr, als ihr hier vor euch seht, und die Männer, die die vier Türen bewachen. Vierzig sind wir nur noch, insgesamt. Wie viele Xotalancas noch leben, wissen wir nicht, aber ich bezweifle, daß ihr Clan zahlenmäßig stärker ist als unserer. Seit fünfzehn Jahren wurden uns keine Kinder mehr geboren, und auch unter den Xotalancas haben wir keine gesehen.

Wir sterben, doch ehe wir unseren letzten Atemzug tun, wollen wir noch so viele der Xotalancas töten, wie die Götter es gewähren.«

Mit den seltsamen Augen blitzend, erzählte Olmec lange von dieser schrecklichen Fehde, die in den stillen Gemächern und düsteren Hallen im Schein der grünen Feuerjuwelen ausgetragen wurde, auf den Fußböden, die wie Höllenfeuer glühten und die häufig von dem dunkleren Rot des Blutes überzogen wurden. In diesem langen Gemetzel war eine ganze Generation zugrunde gegangen. Xotalanc war tot, lange schon. Eine Klinge hatte ihn in einem grimmigen Kampf auf einer Elfenbeintreppe durchbohrt. Auch Tecuhltli war tot. Ihm hatten die aufgebrachten Xotalancas, denen es gelungen war, ihn gefangenzunehmen, die Haut lebenden Leibes abgezogen.

Ohne sichtbare Gefühlsregung berichtete Olmec von grauenvollen Scharmützeln in dunklen Korridoren, von Hinterhalten auf Wendeltreppen und von blutiger Schlächterei. Mit rotem Glimmen in den tiefen, dunklen Augen erzählte er von Männern und Frauen, die lebend gehäutet, verstümmelt und zerstückelt worden waren, von Gefangenen, die man auf so furchtbare Weise gemartet hatte, daß selbst den barbarischen Cimmerier Unbehagen beschlich. Kein Wunder, daß Techotl bei dem Gedanken, gefangengenommen zu werden, am ganzen Leib gezittert hatte! Und doch hatte er sich in Gefahr begeben, um zu töten, wenn es möglich war, denn ein Haß hatte ihn getrieben, der stärker war als seine Furcht. Olmec erzählte weiter von dunklen, geheimnisvollen Dingen, von Schwarzer Magie und Hexerei in der Finsternis der Katakomben, von gräßlichen Kreaturen, die als furchterregende Verbündete aus der Dunkelheit beschworen worden waren. In dieser Beziehung waren die Xotalancas im Vorteil, denn in den östlichen Katakomben lagen die Gebeine der größten Zauberer des alten Xuchotlan mit ihren unbeschreiblichen Geheimnissen.

Valerie lauschte angespannt. Die Fehde war zu einer schrecklichen elementaren Gewalt geworden, die die Menschen von Xuchotl unaufhaltsam in den Untergang trieb, sie zum Aussterben verdammte. Sie beherrschte ihr ganzes Leben. Sie waren in sie hineingeboren und erwarteten, in ihr zu sterben. Nie verließen sie ihre befestigte Burg, außer um sich in die

Hallen des Schweigens zu stehlen, die zwischen den beiden Festungen lagen, um zu töten oder getötet zu werden. Manchmal kehrten sie von einem Überfall mit verzweifelten Gefangenen zurück oder mit gräßlichen Beweisen ihres Sieges. Manchmal kehrten sie überhaupt nicht wieder oder nur als verstümmelte Leichenteile, die der Sieger vor die verriegelte Bronzetür geworfen hatte. Das Leben dieser Menschen war ein einziger Alptraum: vom Rest der Welt abgeschlossen, wie tollwütige Ratten in der gleichen Falle gefangen, einander durch die Jahre hindurch abschlachtend und durch die sonnenlosen Korridore schleichend, um zu verstümmeln, zu martern und zu morden.

Während Olmec erzählte, spürte Valerie die brennenden Augen Tascelas auf sich. Die Prinzessin schien überhaupt nicht zu hören, was Olmec sagte. Ihr Gesichtsausdruck spiegelte keineswegs die wilde Wut oder die teuflische Begeisterung der anderen, wenn er Siege oder Niederlagen beschrieb. Die Fehde, die für ihre Clansbrüder zur Besessenheit geworden war, berührte sie offenbar nicht. Valerie empfand ihren Gleichmut abstoßender als Olmecs unverhohlene Blutrünstigkeit.

»Und wir können die Stadt nicht verlassen«, sagte Olmec. »Seit fünfzig Jahren hat keiner sie verlassen, außer ...« Wieder unterbrach er sich im letzten Augenblick.

»Selbst wenn die Bedrohung durch die Drachen nicht wäre«, fuhr er fort, »würden wir, die wir in der Stadt geboren wurden und aufgewachsen sind, nicht wagen sie zu verlassen. Nie haben wir auch nur einen Fuß außerhalb ihrer Mauern gesetzt. Wir sind an den offenen Himmel und die nackte Sonne nicht gewöhnt. Nein, wir wurden in Xuchotl geboren und werden in Xuchotl sterben.«

»Nun«, brummte Conan, »mit eurer Erlaubnis werden wir die Gefahr der Drachen auf uns nehmen. Eure Fehde geht uns nichts an. Wenn ihr uns das Westtor zeigt, machen wir uns wieder auf den Weg.«

Tascela krallte die Nägel in die Handflächen und öffnete die Lippen, doch noch ehe sie ein Wort herausbrachte, sagte Olmec: »Es wird bald dunkel. Wenn ihr bei Nacht durch die Ebene zieht, werdet ihr ganz sicher von den Drachen aufgespürt.«

»Wir haben die Ebene vergangene Nacht durchquert und im Freien geschlafen, ohne von irgendwelchen Drachen entdeckt zu werden«, entgegnete Conan.

Tascela lächelte freudlos. »Ihr werdet es nicht wagen, Xuchotl zu verlassen!«

Conan blickte sie mit instinktiver Feindseligkeit an, aber sie achtete nicht auf ihn. Auch jetzt ruhten ihre Augen auf Valerie.

»Oh, ich glaube, sie wagen es sehr wohl«, warf Olmec ein. »Aber hört zu, Conan und Valerie. Die Götter müssen euch zu uns geschickt haben, weil sie den Tecuhltli zum Sieg verhelfen wollen! Ihr seid Kämpfer von Beruf und aus Berufung – warum kämpft ihr nicht für uns? Wir haben Schätze in Hülle und Fülle – kostbare Edelsteine sind hier so alltäglich wie Pflastersteine in den großen Städten der Welt. Manche davon brachten die Xuchotlaner aus Kosala mit sich. Andere, wie die Feuersteine, fanden sie in den Bergen im Osten. Helft uns, ein Ende mit den Xotalancas zu machen, dann geben wir euch an Juwelen, was ihr mitzunehmen vermögt.«

»Und werdet ihr uns helfen, die Drachen zu töten?« fragte Valerie ihrerseits. »Mit in Gift getauchten Pfeilen könnten dreißig Mann alle diese Ungeheuer im Wald umbringen.«

»Ja«, versicherte ihr Olmec sofort. »Wir haben jahrelang nur Mann gegen Mann gekämpft und so vergessen, wie man mit Pfeil und Bogen umgeht, aber wir können es wieder lernen.«

»Was meinst du?« wandte Valerie sich an Conan.

»Wir sind beide Vagabunden mit leeren Taschen«, antwortete er. »Ich töte auch Xotalancas, wenn es sein muß.«

»Dann seid ihr also einverstanden?« erkundigte sich Olmec erfreut, während Techotl vor Begeisterung zappelte.

»Ja. Wie wär's, wenn ihr uns nun Gemächer zuteilen würdet, wo wir schlafen können, damit wir morgen ausgeruht für den Kampf sind.«

Olmec nickte und winkte. Techotl und eine Frau führten die beiden Abenteurer durch eine Tür links der Thronplattform in einen Korridor. Valerie warf einen Blick über die Schulter und sah Olmec, das Kinn auf eine Faust gestützt, ihnen nachstarren. Seine Augen brannten in einem seltsamen Licht. Tascela lehnte sich auf dem Thron zurück und flüsterte ihrer Leibmagd Yasala etwas zu, die sich vornüber gebeugt hatte, mit dem Ohr ganz nahe den Lippen der Prinzessin.

Der Korridor war nicht so breit wie die bisherigen, durch die sie in diese Palaststadt gekommen waren, aber sehr lang. Endlich blieb die Frau stehen, öffnete eine Tür und ließ Valerie eintreten.

»Einen Augenblick«, brummte Conan. »Wo schlafe ich?«

Techotl deutete auf eine Tür schräg gegenüber, ein Stück weiter den Gang abwärts. Conan zögerte und schien protestieren zu wollen, da lächelte Valerie ihm spöttisch zu und schloß die Tür vor seiner Nase. Er brummte etwas Unfreundliches über Frauen im allgemeinen und folgte Techotl den Korridor hinunter.

In dem prunkvollen Gemach, das man ihm zugewiesen hatte, blickte er zu den Oberlichtschlitzen hoch. Manche waren breit genug, einem schmalen Mann Durchlaß zu gewähren, wenn er das Glas entfernte.

»Warum kommen die Xotalancas nicht über die Dächer und zerbrechen diese Oberlichter?« fragte er.

»Sie lassen sich nicht zerbrechen«, versicherte ihm Techotl. »Außerdem sind die Dächer schwer zu erklimmen. Die meisten sind Spitztürme, Kuppeln oder steile Giebel.«

Bereitwillig beschrieb er die ›Burg‹ der Tecuhltli. Wie der Rest der Stadt hatte sie drei Stockwerke oder vielmehr drei Galerienreihen mit Türmen, die sich aus dem Dach erhoben. Jedes Stockwerk hatte seinen Namen, ja sogar jedes einzelne Gemach, jede Halle und jede Treppe in der Stadt – so wie in einer normalen Stadt die Straßen und Plätze bezeichnet sind. In Tecuhltli hießen die Stockwerke Adlergalerie, Affengalerie, Tigergalerie und Schlangengalerie, obgleich letztere das Parterre war und keine eigentliche Galerie darstellte. Das oberste Stockwerk war die Adlergalerie.

»Wer ist eigentlich Tascela?« erkundigte sich Conan. »Olmecs Weib?«

Techotl erschauderte und schaute sich hastig um, ehe er antwortete.

»Nein. Sie ist – Tascela! Sie war Xotalancs Weib – die Frau, die Tecuhltli raubte und derentwegen die Fehde begann.«

»Was redest du da?« knurrte Conan. »Die Frau ist bezaubernd schön und jung. Du willst doch nicht behaupten, daß sie schon vor fünfzig Jahren jemandes Weib war?«

»Ja. Ich schwöre es! Sie war bereits erwachsen, als die Tlazitlans den Zuadsee verließen. Nur weil der König von Stygien sie als seine Konkubine begehrte, rebellierten Xotalanc und sein Bruder und flohen schließlich in die Wildnis. Sie ist eine Hexe, die das Geheimnis der ewigen Jugend kennt.«

»Und was ist es?« erkundigte sich Conan.

Wieder erschauderte Techotl.

»Fragt mich nicht. Ich wage nicht darüber zu sprechen. Selbst für Xuchotl ist es zu grauenvoll!«

Er drückte einen Finger an die Lippen und verließ Conans Gemach.

4

LOTUSDUFT

Valerie nahm ihre Schärpe ab und legte sie mit dem Schwert in seiner Hülle auf das Bett. Sie bemerkte, daß die Türen Riegel hatten.

»Wohin führen diese Türen?« erkundigte sie sich.

»Diese in anschließende Gemächer«, antwortete die Frau und deutete auf die Türen links und rechts. »Die dort«, es war eine kupferbeschlagene Tür gegenüber der, durch die sie gekommen waren, »auf einen Korridor, von dem eine Treppe in die Katakomben führt. Doch fürchtet Euch nicht, niemand kann Euch hier etwas zuleide tun.«

»Wer fürchtet sich?« fauchte Valerie. »Es interessiert mich nur, in welchem Hafen ich vor Anker gehe. Nein, ich möchte nicht, daß du am Fuße meines Bettes schläfst. Ich bin es nicht gewöhnt, daß man mich bedient – zumindest nicht, daß Frauen mich bedienen. Du darfst dich jetzt zurückziehen.«

Als sie allein in ihrem Gemach war, schob Valerie die Riegel vor alle Türen, schlüpfte aus den Stiefeln und räkelte sich wohlig auf dem Bett. Sie nahm an, daß Conan auf der anderen Korridorseite genauso gut untergebracht war wie sie, aber es schmeichelte ihrer weiblichen Eitelkeit, ihn sich vorzustellen, wie er sich finster brummend allein auf sein Bett warf, und sie grinste schadenfroh, während sie es sich für die Nacht bequem machte.

Draußen hatte sich bereits die Dunkelheit herabgesenkt. In den Räumen von Xuchotl blinkten die grünen Feuersteine wie die Augen großer Katzen. Irgendwo zwischen den dunklen Türmen wimmerte der Wind wie eine arme Seele. Durch die düsteren Gänge schlichen verstohlen Gestalten wie körperlose Schatten.

Abrupt erwachte Valerie. Im schwachen, smaragdgrünen Glühen der Feuersteine sah sie eine schattenhafte Gestalt sich über sie beugen. Benommen erschien ihr diese Erscheinung kurz ein Teil des Traumes, den sie gehabt hatte. In ihm hatte sie, wie in Wirklichkeit auch, auf dem Bett in diesem Gemach gelegen – und über ihr hatte eine gewaltige schwarze Blüte gepocht und pulsiert, so groß war sie gewesen, daß von der Zimmerdecke nichts zu sehen gewesen war. Der exotische Duft, der von ihr ausgegangen war, hatte sie angenehm müde gemacht, sie in einen herrlichen Schlaf versetzt. Sie sank gerade in duftende Wolken unvorstellbaren Glücks, als etwas ihr Gesicht berührte. So überempfindsam waren ihre drogenbeeinflußten Sinne, daß die sanfte Berührung ihr wie ein heftiger Schlag vorkam und sie rauh aus dem wunderbaren Schlaf gerissen wurde und sofort hellwach war. Und da sah sie, daß keine titanische Blume sich über sie beugte, sondern eine dunkelhäutige Frau.

Wütend handelte sie sofort. Die Frau drehte sich geschmeidig um, doch ehe sie davonlaufen konnte, war Valerie bereits auf den Füßen und hatte sie am Arm gepackt. Sie wehrte sich kurz wie eine Wildkatze, doch als sie erkannte, daß sie gegen die viel stärkere Piratin keine Chance hatte, ergab sie sich. Valerie riß die Frau herum, um ihr ins Gesicht sehen zu können. Mit der freien Hand hob sie ihr Kinn, damit sie ihr in die

Augen schauen mußte. Sie erkannte sie als die mürrische Yasala, Tascelas Leibmagd.

»Warum, zum Teufel, hast du dich über mich gebeugt? Was hast du da in der Hand?«

Die Frau antwortete nicht, aber sie versuchte, was immer es war, von sich zu werfen. Valerie drehte ihr den Arm um und das Etwas fiel auf den Boden – es war eine schwarze exotische Blume auf einem jadegrünen Stengel. Tatsächlich war die Blüte so groß wie ein Frauenkopf, aber natürlich zur übertriebenen Vision ihres Traumes winzig.

»Schwarzer Lotus!« knirschte Valerie zwischen den Zähnen. »Die Blüte, deren Duft in tiefen Schlaf versetzt. Du hast versucht, mich zu betäuben! Wenn du mein Gesicht nicht versehentlich mit einem Blütenblatt gestreift hättest, wäre es dir auch gelungen. Warum hast du es getan? Was hattest du vor?«

Yasala schwieg mit mürrischem Gesicht. Mit einem grimmigen Fluch wirbelte Valerie sie herum, zwang sie auf die Knie und verdrehte ihr den Arm auf dem Rücken.

»Sag es, oder ich drehe dir den Arm aus dem Gelenk!«

Yasala wand sich vor Schmerzen, als die Piratin ihren Arm zwischen den Schulterblättern hochzog, doch sie schüttelte nur heftig den Kopf.

»Schlampe!« Valerie stieß sie von sich, daß sie langgestreckt auf den Boden fiel. Mit blitzenden Augen starrte die Piratin auf sie. Furcht und die Erinnerung an Tascelas brennenden Blick rührten sich in ihr und verstärkten ihren tigerhaften Instinkt der Selbsterhaltung. Diese Menschen hier waren dekadent, und ihnen war Abartigkeit jeglicher Weise zuzutrauen. Aber Valerie spürte, daß noch mehr vorging, etwas Entsetzliches, das viel schlimmer als übliche Entartung war. Furcht und Abscheu vor dieser gespenstischen Stadt überwältigten sie. Ihre Bewohner waren geistig nicht normal, sie begann sogar daran zu zweifeln, ob sie überhaupt echte Menschen waren. Wahnsinn schwelte in den Augen aller, außer in den grausamen, rätselhaften Augen Tascelas – sie verbargen Geheimnisse, die viel schrecklicher als Wahnsinn waren.

Valerie hob den Kopf und lauschte angespannt. Xuchotl war so still, als wäre sie wirklich eine ausgestorbene Stadt. Die grünen Steine tauchten das Gemach in alptraumhaften Schein, in dem die Augen der Frau auf dem Boden mit unheimlichem Glitzern zu ihr hochstarrten. Ein Hauch Panik vertrieb das letzte bißchen Mitleid aus Valeries wilder Seele.

»Weshalb hast du versucht mich zu betäuben?« fragte sie. Sie griff nach dem schwarzen Haar der Frau und riß ihr den Kopf zurück, damit sie ihr in die Augen unter den langen Wimpern sehen konnte. »Hat Tascela dich geschickt?«

Yasala schwieg. Valerie fluchte heftig und schlug die Frau erst auf eine, dann auf die andere Wange. Die Schläge hallten in dem Gemach wider, aber die Frau gab keinen Laut von sich.

»Warum schreist du nicht?« fragte Valerie wütend. »Hast du Angst, daß dich jemand hören könnte? Vor wem fürchtest du dich? Vor Tascela? Olmec? Conan?«

Yasala schwieg. Sie kauerte auf dem Boden und beobachtete die Piratin mit dem bösartigen Blick eines Basilisken. Trotziges Schweigen stachelt Wut erst recht an. Valerie drehte sich um und riß mehrere Kordeln von den Vorhängen.

»Verdammte Schlampe!« knirschte sie zwischen den Zähnen. »Ich werde dich nackt über das Bett binden und dich auspeitschen, bis du damit herausrückst, weshalb du hierhergekommen bist und wer dich geschickt hat.«

Yasala schwieg weiter und wehrte sich auch nicht,

als die Piratin ihr wütend die Kleider vom Leibe riß. Dann war eine ganze Weile nichts zu hören als das Zischen der Seidenkordeln und ihr Aufschlag auf nackter Haut. Yasala konnte weder ihre festgebundenen Arme noch Beine bewegen. Ihr Leib wand sich und bebte unter der Züchtigung, ihr Kopf drehte sich im Rhythmus der Hiebe von Seite zu Seite. Die Zähne hatte sie in die Unterlippe gebissen, aus der mit der Zeit Blut sickerte. Aber sie schrie ihre Schmerzen nicht hinaus.

Jeder Hieb hinterließ eine blutunterlaufene Strieme, denn Valerie schlug mit aller Kraft ihrer kampfgehärteten Muskeln zu und mit der Erbarmungslosigkeit eines Lebens, in dem Schmerz und Qualen alltäglich waren – und dem Zynismus, den nur eine Frau einer anderen Frau gegenüber empfinden konnte. Yasala mußte körperlich und seelisch mehr erdulden, als wenn selbst der stärkste Mann sie ausgepeitscht hätte.

Dieser weibliche Zynismus war es schließlich, der Yasala die Lippen öffnete.

Ein Wimmern entrang sich ihr. Valerie hielt mit erhobenem Arm inne und strich sich eine feuchte blonde Strähne aus der Stirn. »Nun, wirst du endlich reden?« erkundigte sie sich. »Aber wenn du es vorziehst, kann ich auch die ganze Nacht weitermachen!«

»Erbarmen!« wisperte die Frau. »Ich werde jetzt reden.«

Valerie durchschnitt ihre Kordeln um Arm- und Fußgelenke. Yasala sank auf das Bett, aber die Berührung war für ihre offenen Striemen unerträglich, also legte sie sich halb auf eine Hüfte und stützte sich auf einen Arm. Sie zitterte am ganzen Körper.

»Wein«, bat sie mit trockenen Lippen und deutete mit bebender Hand auf einen goldenen Pokal auf einem Elfenbeintischchen. »Bitte gebt mir zu trinken. Die Schmerzen schwächten mich. Wenn ich getrunken habe, werde ich Euch alles erzählen.«

Valerie griff nach dem Kelch, und Yasala erhob sich auf unsicheren Beinen, um ihn entgegenzunehmen. Sie hob ihn den Lippen entgegen – dann schüttete sie seinen Inhalt der Aquilonierin ins Gesicht. Valerie taumelte rückwärts. Sie schüttelte den Kopf und rieb sich die brennende Flüssigkeit aus den Augen. Durch einen Tränenschleier sah sie Yasala durch das Gemach laufen, den Riegel der bronzebeschlagenen Tür zurückziehen und auf den Korridor hinauslaufen. Mit gezogenem Schwert und Mordlust im Herzen sauste die Piratin ihr nach.

Aber Yasala hatte einen Vorsprung und rannte mit der nervösen Flinkheit einer Frau, die bis zum Rand des Wahnsinns gepeitscht worden war. Sie bog um eine Ecke. Als die Piratin sie erreichte, sah sie nur einen leeren Gang vor sich, an dessen Ende eine Tür klaffte. Ein klammer Modergestank schlug ihr entgegen. Valerie erschauderte. Das mußte die Tür sein, die zu den Katakomben führte. Yasala suchte Zuflucht bei den Toten.

Valerie blieb an der Tür stehen und blickte die Steintreppe hinunter, die sich bald in absoluter Schwärze verlor. Es handelte sich hier offenbar um einen Schacht, der geradewegs in die Katakomben führte, ohne einen Ausgang zu den unteren Stockwerken zu haben. Wieder erschauderte Valerie bei dem Gedanken an die Tausende von Leichen, die ihn ihren verrottenden Gewändern in den steinernen Grüften ruhten. Nein, sie beabsichtigte nicht, sich diese Stufen hinunterzutasten. Zweifellos kannte Yasala jede Biegung und jeden Winkel der unterirdischen Räume.

Sie drehte sich wütend um, als ein schluchzendes Schreien aus der Tiefe an ihre Ohren drang. Die Worte waren kaum zu verstehen, aber zweifellos war es die Stimme einer Frau. »Hilfe! In Sets Namen, Hilfe! Ahhh!« Die Stimme verklang, doch Valerie glaubte ein unheimliches Kichern zu hören.

Ihre Härchen auf Armen und Nacken stellten sich auf. Was war Yasala in der Finsternis dort unten zugestoßen? Zweifellos war es ihre Stimme gewesen, die so flehentlich geschrien hatte. Wer hatte ihr aufgelauert? War es Xotalancas gelungen, in den Katakombenteil der Tecuhltli zu dringen? Aber Olmec hatte ihnen doch versichert, daß die errichtete Trennmauer vom Feind nicht durchbrochen werden konnte. Außerdem hatte das unheimliche Kichern keineswegs geklungen, als käme es von einem Menschen.

Valerie rannte den Gang zurück. Sie nahm sich nicht die Zeit, die Tür zur Treppe zu schließen. Wohl aber verriegelte sie die bronzebeschlagene Tür in ihrem Gemach. Sie schlüpfte in ihre Stiefel und band sich die Seidenschärpe um, die ihr als Waffengürtel diente. Sie war entschlossen, Conan aus dem Schlaf zu reißen und ihn zu überreden – wenn er überhaupt noch lebte –, sich mit ihr einen Weg aus dieser Stadt der Teufel zu schlagen.

Doch noch ehe sie die Tür zum Gang erreichte, hallte ein schriller Schmerzensschrei durch die Räume. Danach waren Laufschritte zu hören und das Klirren von Klingen.

5

ZWANZIG ROTE NÄGEL

Zwei Krieger saßen im Wachraum der Adlergalerie. Sie unterhielten sich gleichmütig, waren jedoch wachsam, wie es ihnen anerzogen war. Ein Angriff auf die massive Bronzetür war zwar immer möglich, doch seit vielen Jahren war keiner mehr versucht worden.

»Die Fremden sind mächtige Verbündete«, sagte einer. »Ich glaube, Olmec wird schon morgen gegen den Feind vorgehen.«

Er sprach, wie ein Soldat im Krieg es tun mochte. In der Miniaturwelt von Xuchotl war eine Handvoll Krieger eine ganze Armee, und die leeren Räume zwischen den Burgen war die Front.

Der andere dachte eine Weile schweigend nach. Schließlich murmelte er: »Angenommen, wir vernichten die Xotalancas, was dann, Xatmec?«

»Nun«, erwiderte Xatmec, »dann schlagen wir für jeden von ihnen einen roten Nagel in die Rachesäule. Die Gefangenen werden wir verbrennen oder ihnen die Haut abziehen und sie vierteilen.«

»Ich meine danach.« Der andere ließ nicht locker. »Nachdem wir sie alle getötet haben. Es wird ungewohnt sein, keinen Feind mehr zu haben. Mein ganzes Leben kämpfte ich gegen die Xotalancas. Was bleibt, wenn die Fehde beendet ist?«

Xatmec zuckte die Schultern. Seine Gedanken hatten sich nie weiter als mit der Vernichtung des Gegners beschäftigt – er kannte nichts anderes.

Plötzlich erstarrten die beiden bei einem plötzlichen Lärm vor dem Tor.

»Schnell zur Tür, Xatmec!« zischte der, der zuletzt gesprochen hatte. »Ich werde durchs Auge blicken!«

Mit dem Säbel in der Hand lehnte sich Xatmec an die Bronzetür und strengte die Ohren an, um zu hören, was draußen vorging. Sein Kamerad schaute in den Spiegel. Unwillkürlich wich er erschrocken zurück. Ein größerer Trupp drängte sich vor die Tür. Grimmige, dunkelhäutige Männer waren es. Merkwürdigerweise hielten sie ihre Säbel mit den Zähnen und ihre Finger steckten sie in die Ohren. Einer, mit einem Federkopfputz, setzte eine Art Hirtenflöte an die Lippen, und gerade, als der Tecuhltli Alarm schlagen wollte, fing er an zu pfeifen.

Der Warnschrei erstarb in der Kehle des Postens, als das dünne, ungewöhnliche Flöten durch die Bronzetür und an seine Ohren drang. Wie versteinert lehnte er an der Tür. Sein Gesicht wirkte wie eine lauschende Maske. Der andere Posten, der weiter von der Quelle des Flötens entfernt war, spürte jedoch das Grauen, die schreckliche Bedrohung in dem unheimlichen Pfeifen. Wie Finger schienen die Töne an seinem Gehirn zu zupfen und ihm fremdartige Gefühle aufzuzwingen, die ihn in den Wahnsinn jagen wollten. Mit aller Willenskraft brach er den Bann und brüllte eine Warnung mit gellender Stimme, die er nicht als seine eigene erkannte.

Währenddessen wurde das Flöten zu einem unerträglichen Schrillen, das wie ein Dolch in die Ohren stach. Xatmec wimmerte in unbeschreiblicher Pein, und der Wahnsinn griff nach ihm. Er riß die Kette los, schwang die Tür auf und raste mit erhobenem Säbel hinaus in die Halle, ehe sein Kamerad ihn aufzuhalten vermochte. Dutzende Klingen schlugen ihn nieder, und über seine zerstümmelte Leiche quollen die Xotalancas mit einem blutrünstigen Schrei in den Wachraum – einem Schrei, der dröhnend von den Wänden widerhallte.

Benommen von dem Schock über das völlig Unerwartete sprang der andere Posten dem Feind mit stoßbereitem Speer entgegen. Die schreckliche Zauberei, die er soeben miterlebt hatte, vergaß er in der furchtbaren Erkenntnis, daß der Feind in Tecuhltli eingedrungen war. Doch es wurde ihm nur noch bewußt, daß seine Speerspitze in einen dunkelhäutigen Bauch drang, denn schon zerschmetterte ein Säbel seinen Schädel, während immer mehr der wildäugigen Krieger in den Wachraum eindrangen.

Das Schreien und Waffenklirren riß Conan aus dem Schlaf. Er sprang hoch und griff nach dem Schwert. Er riß die Tür auf und schaute mit funkelnden Augen in den Korridor hinaus, als Techotl wie ein Wahnsinniger herbeigeschossen kam.

Mit kaum noch menschlicher Stimme kreischte er: *»Die Xotalancas sind in Tecuhltli eingedrungen!«*

Und während Conan durch den Korridor rannte, stürmte Valerie aus ihrem Gemach.

»Was, zum Teufel, ist los?« rief sie.

»Techotl sagt, die Xotalancas sind in der Burg«, brüllte Conan ihr hastig zu. »Dem Lärm nach dürfte es stimmen.«

Mit Techotl dicht auf ihren Fersen, rasten sie zum Throngemach, wo sich ihnen eine Szene wie im blutigsten Alptraum bot. Zwanzig Männer und Frauen mit flatterndem schwarzen Haar und auf die Brust gemalten weißen Totenschädeln kämpften wie die Wilden mit den Tecuhltli. Die Frauen beider Seiten fochten nicht weniger wahnsinnig als ihre Männer, und schon jetzt lagen Tote in diesem Raum und der anschließenden Halle.

Olmec, der außer einem Lendentuch nackt war, kämpfte vor dem Thron, und gerade als die Abenteurer hereinkamen, rannte Tascela mit einem Säbel in der Hand aus einem inneren Gemach herbei.

Xatmec und sein Kamerad waren tot, also konnte niemand den Tecuhltli sagen, wie ihre Feinde in die Burg gelangt waren. Genausowenig wußte jemand, wie es zu diesem plötzlichen Angriff gekommen war. Die Verluste der Xotalancas waren größer gewesen und ihre Lage verzweifelter, als die Tecuhltli geahnt hatten. Die Vernichtung ihres schuppenbewehrten Verbündeten und des Brennenden Schädels, sowohl als auch die Neuigkeit, die sie von einem Sterbenden erfahren hatten, daß geheimnisvolle, weißhäutige Menschen sich mit ihren Feinden verbündet hatten, hatte sie in ihrer Verzweiflung zu dem Entschluß geführt, den Feind anzugreifen, ehe er über sie herfiel, und ihn mit sich in den Tod zu nehmen.

Als die Tecuhltli sich von ihrem ersten Schock erholt

hatten, hatten sie den Gegner in den Thronraum gedrängt und den Boden mit ihren Leichen übersät, denn sie kämpften mit nicht weniger Wildheit. Auch die Torwachen aus den unteren Geschossen waren herbeigeeilt und hatten sich in den Kampf gestürzt. Es war ein Todeskampf wie unter tollwütigen Wölfen. Vor und zurück drängten die Gegner einander; von Tür zum Thronpodest zischten Klingen und drangen tief in dunkelhäutiges Fleisch; Blut spritzte; Füße tänzelten oder stapften über den roten Steinboden, auf dem sich Lachen tieferen Rotes ausbreiteten; Elfenbeintische zerschellten, Stühle zersplitterten, herabgerissene Samtbehänge färbten sich rot. Es war der blutige Höhepunkt blutiger fünf Jahrzehnte – und jeder fühlte es.

Das Ende war vorherzusehen. Die Tecuhltli waren an Zahl fast doppelt so stark wie die Angreifer, und die Tatsache, daß ihre weißhäutigen Verbündeten sie unterstützten, verlieh ihnen zusätzlichen Mut.

Die beiden Weißen hatten sich mit der Vernichtungskraft eines Orkans ins Getümmel gestürzt. Allein an Körperkraft überwog Conan drei Tlazitlans, und trotz seines Gewichts war er wendiger als jeder von ihnen. Mit der Sicherheit und Tödlichkeit eines grauen Wolfes unter einer Meute Straßenköter kämpfte er sich durch das Gemenge, und die Toten, die er zurückließ, verrieten seine Spur.

Valerie kämpfte lächelnd und mit blitzenden Augen an seiner Seite. Sie war stärker als der Durchschnittsmann und dazu weit flinker und wilder. Das Schwert in ihrer Hand schien über eigenes Leben zu verfügen. Während Conan jeden Widerstand durch seine Körperkraft brach, durch die Macht seiner Hiebe, die Speerschäfte brachen, Schädel spalteten und bis zum Brustbein drangen, bestach Valerie durch ihre Fechtkunst, die ihre Gegner verwirrte, ehe sie ihnen den Gnadenstoß gab. Immer wieder ließen Krieger, die ihre schwere Klinge gegen sie schwangen, ihr Leben, weil die Piratin schneller war als sie. Conan, der über alle hinausragte, stapfte nach links und rechts schlagend durch das Gemenge. Valerie dagegen war wie ein unfaßbares Phantom, das bei jeder Bewegung schlug und stach. Während die Waffen der Feinde sie immer verfehlten und durch leere Luft schnitten, fand ihre Klinge stets ihr Ziel, und die Gegner starben mit ihrem spöttischen Lachen in den Ohren.

Die wie wahnsinnig Kämpfenden achteten weder auf Geschlecht noch Verfassung ihrer Gegner. Die fünf Frauen der Xotalancas waren bereits niedergemetzelt, ehe Conan und Valerie sich ihren Verbündeten anschlossen. Wann immer ein Mann oder eine Frau zu Boden ging, war sofort eine Klinge bereit, des Hilflosen Kehle zu durchschneiden, oder ein Fuß, um ihm den Schädel zu zertrampeln.

Von Wand zu Wand, von Tür zu Tür wogten die Wellen der Kämpfenden und quollen in die anschließenden Räume, bis schließlich nur noch die Tecuhltli und ihre weißhäutigen Verbündeten hochaufgerichtet im Thronraum standen. Die Überlebenden blickten einander düster an, wie nach dem Jüngsten Gericht oder der Vernichtung der Welt. Breitbeinig standen sie da, die Hände um die blutbesudelten Waffen, zum größten Teil verwundet. Ihre Augen wanderten über die verstümmelten Leichen von Freund und Feind. Ihnen fehlte die Kraft zu brüllen, nur ein tierisches Heulen entrang sich ihren Lippen. Es war kein menschliches Triumphieren, sondern das Heulen eines Rudels tollwütiger Wölfe, die zwischen den Kadavern ihrer Opfer herumstapften.

Conan faßte Valerie am Arm und drehte sie herum.

»Du hast eine Stichwunde in der Wade«, knurrte er.

Sie blickte an sich hinab, und jetzt erst wurde ihr ein Stechen in den Beinmuskeln bewußt. Ein Sterbender hatte ihr mit letzter Kraft den Dolch in die Wade gestoßen.

»Du siehst selbst nicht ganz unbeschädigt aus«, antwortete sie lachend.

Er schüttelte die Hände, daß Blut sprühte.

»Es ist nicht mein eigenes Blut«, brummte er. »Nur einen Kratzer habe ich da und dort. Nichts, worüber man sich Gedanken machen müßte. Aber deine Wade muß verbunden werden.«

Olmec stieg über die Leichen. Mit den nackten, blutbesudelten Schultern, den schwarzen Bart rotbefleckt, sah er aus wie ein Ghul. Seine Augen blitzten rot, wie Flammen, die sich auf schwarzem Wasser spiegeln.

»Wir haben gesiegt!« krächzte er benommen. »Die Fehde ist beendet! Die Hundesöhne von Xotalanc sind tot! Oh, wenn wir wenigstens einen Gefangenen hätten, dem wir die Haut abziehen könnten! Aber es tut gut, ihre toten Gesichter zu betrachten! Zwanzig tote Kerle! Zwanzig rote Nägel für die schwarze Säule!«

»Ihr solltet Euch jetzt um Eure Verwundeten kümmern«, riet Conan ihm. »Komm, Mädchen, laß mich dein Bein sehen.«

»Warte!« sie wehrte ungeduldig seine Hand ab. Die Kampfeslust brannte noch heiß in ihr. »Woher wollen wir wissen, daß es alle sind? Vielleicht haben die hier sich nur selbständig auf einen Plünderzug gemacht.«

»Für einen solchen Angriff würden sie ihre Kräfte nicht vergeuden«, versicherte ihr Olmec und schüttelte den Kopf. Offenbar kehrte ein wenig seines klaren Verstandes zurück. Ohne seine purpurne Robe wirkte er weniger wie ein Prinz, eher wie ein abstoßendes Raubtier. »Ich würde meinen Kopf dagegen setzen, daß wir sie alle getötet haben. Sie waren weniger, als wir dachten, und sie müssen verzweifelt gewesen sein. Aber wie gelang es ihnen, hier einzudringen?«

Tascela kam auf sie zu. Sie wischte den Säbel an

ihrem nackten Oberschenkel ab und streckte ihnen etwas entgegen, das sie der Leiche des gefiederten Anführers der Xotalancas abgenommen hatte.

»Die Flöte des Wahnsinns«, erklärte sie. »Von einem Krieger erfuhr ich, daß Xatmec den Xotalancas das Tor öffnete und von ihnen niedergemetzelt wurde, als sie in den Wachraum stürmten. Dieser Krieger wollte gerade den Wachraum von der inneren Halle betreten. Er sah, was geschah und hörte die letzten gespenstischen Klänge der Flöte, die ihm just die Seele erstarren ließen. Tolkemec erwähnte diese Flöte, die irgendwo – wie die Xuchotlaner behauptet hatten – mit den Gebeinen des alten Zauberers, der sie einst benutzt hatte, in den Katakomben verborgen lag. Irgendwie müssen die Xotalancas sie gefunden und ihr Geheimnis erfahren haben.«

»Jemand sollte sich nach Xotalanc begeben, um nachzusehen, ob noch irgend jemand am Leben geblieben ist. Wenn mir einer den Weg weist, werde ich es tun«, erbot sich Conan.

Olmecs Blick wanderte über die Überlebenden seines Clans – es waren gerade noch zwanzig, und von ihnen lagen mehrere stöhnend auf dem Boden. Tascela war die einzige der Tecuhltli, die ohne Verwundung davongekommen war, und das, obwohl sie wie eine Wildkatze gekämpft hatte.

»Wer begleitet Conan nach Xotalanc?« fragte Olmec.

Techotl humpelte herbei. Seine Hüftwunde war wieder aufgesprungen und blutete, und er hatte eine weitere Verletzung, eine Schnittwunde quer über die Rippen, davongetragen.

»Ich!« rief er.

»Nein, du mußt deine Wunden versorgen«, protestierte Conan. »Und du kommst genausowenig mit, Valerie, denn es wird nicht mehr lange dauern, dann ist dein Bein steif.«

»Ich führe Euch«, meldete sich ein Krieger, der gerade einen Stoffstreifen um eine Wunde am Unterarm verknotete.

»Gut, Yanath. Begleite den Cimmerier. Und du ebenfalls, Topal.« Olmec deutete auf einen weiteren Mann, dessen Verletzungen unerheblich waren. »Doch zuerst helft ihr mir, die Verwundeten auf die Diwane zu legen, damit wir uns ihrer Verwundungen annehmen können.«

Das war schnell getan. Als sie sich bückten, um eine mit einer Streitkeule betäubte Frau aufzuheben, streifte Olmecs Bart Topals Ohr. Conan hatte das Gefühl, daß der Prinz dem Krieger etwas zuflüsterte, aber er war nicht sicher. Eine kurze Weile später stapfte er mit seinen beiden Begleitern durch die Halle.

An der Tür blickte Conan auf das Schlachtfeld zurück, wo die Toten auf dem schwelenden Boden lagen, die blutbefleckten dunklen Gliedmaßen in ihrer letzten Anstrengung verkrampft, die dunklen Gesichter zu Masken des Hasses erstarrt, während die glasigen Augen zu den Feuersteinen hochstierten, die die grausige Szene in ihr düsteres Licht tauchten. Die Lebenden bewegten sich benommen zwischen den Toten. Conan hörte Olmec einer Frau zurufen, daß sie Valeries Wunde verbinden sollte. Die Piratin folgte der Frau in ein anschließendes Gemach, und Conan sah, daß sie bereits ein wenig hinkte.

Wachsam führten die beiden Tecuhltli Conan durch die Halle jenseits der Bronzetür und durch ein im grünen Licht schimmerndes Gemach nach dem anderen. Sie sahen niemanden, hörten nicht den geringsten Laut. Nachdem sie die Große Halle durchquert hatten, die die Trennlinie zwischen der nördlichen und südlichen Hälfte der Stadt war, erhöhten sie ihre Vorsicht, da sie sich feindlichem Gebiet näherten. Aber auch hier waren die Gemächer und Hallen leer. Schließlich erreichten sie eine mächtige Bronzetür, ähnlich dem Adlertor der Tecuhltli. Vorsichtig öffneten sie sie – ohne Widerstand schwang sie auf. Fast ehrfürchtig blickten sie in die grünbeleuchteten Gemächer dahinter. Seit fünfzig Jahren hatte kein Tecuhltli sie betreten, außer als Gefangener, der seinem grausamen Ende entgegensah. Nach Xotalanc zu kommen, war das Furchtbarste, das einem Tecuhltli widerfahren konnte. Allein der Gedanke daran war seit ihrer frühesten Kindheit schlimmer als jeder Alptraum. Und so war für Yanath und Topal diese bronzene Tür das Höllentor.

Sie wichen zurück, und wahnsinnige Furcht brannte in ihren Augen. Conan ging an ihnen vorbei, hinein nach Xotalanc.

Furchtsam folgten sie ihm. Als sie über die Schwelle traten, starrten sie wild um sich. Doch nur ihr keuchender Atem brach die Stille.

Sie waren in einen rechteckigen Wachraum gekommen, wie der hinter dem Adlertor, und wie dort führte von ihm eine Halle zu einem breiten Gemach, das das Gegenstück zu Olmecs Thronraum war.

Conan spähte durch die Halle mit ihren Teppichen und Diwanen und Wandbehängen und lauschte angespannt. Er hörte nicht den leisesten Laut, und irgendwie wirkten die Räume leer. Er glaubte nicht, daß irgendwelche Xotalancas in Xuchotl zurückgeblieben waren.

»Kommt!« brummte er und machte sich auf den Weg durch die Halle.

Er war noch nicht weit gekommen, als ihm auffiel, daß nur Yanath ihm folgte. Er wirbelte herum und sah, daß Topal mit schreckverzerrtem Gesicht stehengeblieben war und eine Hand ausstreckte, als wollte er etwas abwehren. Seine weit aufgerissenen Augen starrten wie gebannt auf etwas, das hinter einem Diwan hervorragte.

»Was, zum Teufel!« fluchte Conan. Da sah er, worauf Topal stierte, und verspürte ein leichtes Prickeln zwischen den Schulterblättern. Ein monströser Schädel erhob sich hinter dem Diwan, ein Reptilschädel, so groß wie der Kopf eines Krokodils, mit leicht gebogenen Fängen, die über den Unterkiefer hingen. Aber die Kreatur wirkte unnatürlich schlaff, und die gräßlichen Augen waren glasig.

Conan spähte hinter den Diwan. Es war eine gigantische Schlange, die in Todesschlaffung dahinter lag, aber eine, wie er sie nie zuvor gesehen hatte. Selbst jetzt noch umgab sie die Kälte und der Geruch tiefer schwarzer Erde, und ihre Schuppenhaut war von nicht beschreibbarem Farbton, der sich jeweils mit dem Winkel, aus der er sie betrachtete, veränderte. Eine klaffende Wunde am Hals verriet, woran sie eingegangen war.

»Das ist der Kriecher!« wisperte Yanath.

»Das ist die Kreatur, auf die ich auf der Treppe eingeschlagen habe«, brummte Conan. »Nachdem sie uns zum Adlertor verfolgte, hat sie sich hierhergeschleppt, um zu verrecken. Wie konnten die Xotalancas so ein Untier nur unter Kontrolle halten?«

Die Tecuhltli schüttelten sich.

»Sie brachten den Kriecher von den schwarzen Tunnels *unter* den Katakomben herauf. Sie deckten Geheimnisse auf, die den Tecuhltli verborgen blieben.«

»Jedenfalls ist er jetzt tot, und offenbar hatten sie keine weiteren, sonst hätten sie sie mitgebracht, als sie eure Burg überfielen. Kommt jetzt.«

Die beiden Dunkelhäutigen hielten sich dicht hinter ihm, als er durch die Halle schritt und die silberverzierte Tür am anderen Ende öffnete.

»Wenn wir auf diesem Stockwerk niemanden finden, steigen wir zu den anderen hinunter. Wir werden Xotalanc vom Dach bis zu den Katakomben durchsuchen.

Wenn es wie Tecuhltli ist, sind alle Räume beleuchtet – was, zum Teufel!«

Sie hatten den Thronraum erreicht. Hier war die gleiche Jadeplattform, derselbe Elfenbeinthron, die gleichen Diwane, Stühle, Teppiche und Behänge wie im Thronraum von Tecuhltli. Nur die schwarze Säule mit den roten Nägeln fehlte hinter dem Thronpodest, dafür gab es das, was Conan zu seinem Ausruf veranlaßt hatte.

An der Wand hinter dem Thron hingen Reihe um Reihe glasgeschützte Regale, und von diesen Regalen starrten Hunderte von Menschenköpfen, perfekt konserviert, mit glasigen Augen auf die erschrockenen Eindringlinge – so wie sie, wer weiß wie viele Monate und Jahre, bereits starrten.

Topal stieß eine Verwünschung aus, Yanath dagegen blickte sie stumm an, und das Feuer des Wahnsinns flackerte in seinen weit aufgerissenen Augen. Conan runzelte die Stirn, er wußte, wie wenig fehlte, um die Tlazitlans völlig in den Wahnsinn zu treiben.

Plötzlich deutete Yanath mit zitterndem Finger auf die grauenvollen Relikte.

»Das ist der Kopf meines Bruders!« flüsterte er. »Und dort der jüngere Bruder meines Vaters! Und im Regal darüber der älteste Sohn meiner Schwester!«

Ohne Tränen zu vergießen, begann er zu weinen, bis heftiges Schluchzen seinen ganzen Körper schüttelte. Er nahm den Blick nicht von den Köpfen. Sein Schluchzen wurde allmählich schriller und wechselte zu einem schrecklich gellenden Gelächter über, und daraus wurde schließlich ein fast unerträgliches Schrillen. Yanath hatte ohne Zweifel den Verstand verloren.

Conan legte eine Hand auf seine Schulter. Als hätte diese Berührung eine Sperre in seiner Seele gelöst, schrie Yanath, wirbelte herum und stieß mit dem Säbel nach dem Cimmerier. Conan parierte den Schlag, und

Topal versuchte, Yanaths Arm festzuhalten. Doch dem Besessenen gelang es auszuweichen, und, während Schaum auf seine Lippen trat, den Säbel durch Topals Leib zu stoßen. Topal sackte ächzend zusammen, und Yanath wirbelte mehrmals um seine eigene Achse, dann rannte er zu den Regalen. Gotteslästerlich fluchend schlug er mit der Klinge auf das Glas ein.

Conan sprang ihn von hinten an, in der Hoffnung, ihn zu überraschen und entwaffnen zu können. Aber der Wahnsinnige drehte sich um und warf sich wie eine verlorene Seele kreischend auf ihn. Conan wurde klar, daß Yanath unheilbar wahnsinnig war. Er wich seitwärts aus, und als der Besessene an ihm vorbeischoß, schwang er das Schwert, daß es Schulterbein und Brust durchdrang. Der Tote fiel neben seinen sterbenden Kameraden.

Conan beugte sich über Topal, dem zweifellos nur noch ein paar röchelnde Atemzüge vergönnt waren. Es wäre sinnlos, das aus der grauenvollen Wunde sprudelnde Blut stillen zu wollen.

»Es bleibt dir nicht mehr viel Zeit, Topal«, brummte Conan. »Möchtest du, daß ich deinen Leuten noch etwas von dir ausrichte?«

»Beug dich tiefer«, krächzte Topal. Conan tat es – und umfaßte einen Herzschlag später das Handgelenk des Mannes, als Topal versuchte, ihm den Dolch in die Brust zu stoßen.

»Crom!« fluchte der Cimmerier. »Hat auch dich der Wahnsinn gepackt?«

»Olmec befahl es!« keuchte der Sterbende. »Ich weiß nicht warum. Als wir die Verwundeten auf die Diwane hoben, flüsterte er mir zu, Euch auf dem Rückweg nach Tecuhltli zu töten...« Mehr brachte Topal nicht mehr heraus.

Mit gerunzelter Stirn blickte Conan verwirrt auf den Toten hinunter. Was sollte das bedeuten. War auch

Olmec wahnsinnig? Waren alle Tecuhltli verrückter, als er gedacht hatte? Schulterzuckend stapfte er durch die Halle und aus der Bronzetür. Die toten Tecuhltli ließ er vor den glasig auf sie starrenden Augen ihrer toten Clansbrüder liegen.

Conan brauchte keinen Führer, um durch das Labyrinth zurückzufinden. Der Orientierungssinn des Barbaren führte ihn unfehlbar den gleichen Weg zurück, den sie gekommen waren. Er war wachsam wie zuvor, mit dem Schwert in der Hand. Mit scharfen Augen spähte er in jeden schattenbehangenen Winkel, denn nun hatte er Schlimmes von seinen bisherigen Verbündeten zu befürchten, nicht von den Geistern der getöteten Xotalancas.

Er hatte die Große Halle durchquert und die dahinterliegenden Gemächer betreten, als er etwas vor sich hörte – etwas, das röchelte und keuchte und sich mit seltsam schleifenden Geräuschen bewegte. Einen Herzschlag später sah Conan einen Mann über den flammenden Boden auf ihn zukriechen, der eine tiefrote Spur hinterließ. Es war Techotl, dessen Augen dem Brechen nahe waren. Aus einer klaffenden Brustwunde, auf die er eine Hand gedrückt hatte, strömte Blut. Mit der anderen Hand zog er sich über den Boden.

»Conan«, rief er würgend. »Conan! Olmec hat sich der gelbhaarigen Frau bemächtigt!«

»Darum also hat er Topal befohlen, mich zu töten!« murmelte Conan und kniete sich neben den Mann, der – wie ihm seine Erfahrung verriet – nicht mehr lange zu leben hatte. »Olmec ist nicht so verrückt, wie ich dachte.«

Techotls tastende Finger krallten sich in Conans Arm. Im kalten, lieblosen und schrecklichen Leben der Tecuhltli hatte seine Bewunderung und Zuneigung für die Eindringlinge aus der Außenwelt ihm eine Wärme geschenkt, hatte ein Band mit einer natürlicheren Menschlichkeit geknüpft, die seinen Stammesbrüdern völlig fehlte, da ihre einzigen Gefühle Haß, Blutlust und der Drang nach sadistischer Grausamkeit waren.

»Ich versuchte es zu verhindern«, fuhr Techotl nach einem Blutsturz schwach fort. »Aber er stach mich nieder. Er hielt mich für tot, doch ich konnte mich davonstehlen. O Set, wie weit bin ich in meinem eigenen Blut gekrochen! Paßt auf Euch auf, Conan. Möglicherweise hat Olmec Euch einen Hinterhalt gestellt. Tötet Olmec! Er ist ein Ungeheuer! Nehmt Valerie und flieht! Fürchtet nicht, den Wald zu durchqueren. Olmec und Tascela logen, was die Drachen betrifft. Sie brachten einander schon lange gegenseitig um, nur der Stärkste überlebte. Seit zwölf Jahren gab es nur noch diesen einen Drachen – und da Ihr ihn getötet habt, gibt es im Wald nichts mehr, das Euch etwas anhaben könnte. Dieser Drache war der Gott, den Olmec verehrte. Ihm brachte er Menschenopfer dar: die ganz Alten und die Säuglinge, die er ihm gebunden von der Mauer zum Fraß vorwarf. Beeilt Euch! Olmec hat Valerie ins Gemach der …«

Sein Kopf sank auf den Boden. Er war tot, ehe er zu Ende sprechen konnte.

Conan sprang hoch. Seine Augen funkelten wie Gletscherfeuer. Olmec war gar nicht so dumm, er wußte, wie er die Fremden benutzen konnte. Sie hatten ihm geholfen, den Feind zu schlagen, und nun … Er hätte ahnen müssen, was hinter der Stirn dieses entarteten schwarzbärtigen Teufels vorging!

Alle Vorsicht mißachtend, rannte der Cimmerier jetzt weiter. Hastig rechnete er nach, mit wie vielen Gegnern er zu rechnen hatte. Einschließlich Olmec hatten einundzwanzig Tecuhltli den Wahnsinnskampf im Thronraum überlebt. Seither waren drei gestorben, also blieben achtzehn. In seinem brennenden Grimm fühlte Conan sich imstande, es allein mit dem ganzen Clan aufnehmen zu können.

Glücklicherweise gewann die Schläue der Wildnis Oberhand über seine blinde Wut. Er erinnerte sich der Warnung Techotls. Ja, es war durchaus möglich, daß der Prinz ihm einen Hinterhalt stellen würde, für den Fall, daß es Topal nicht gelungen war, seinen Befehl erfolgreich durchzuführen. Bestimmt würde Olmec erwarten, daß er denselben Weg, den sie genommen hatten, auch zurückkehrte.

Conan blickte zu einem Oberlicht hoch, unter dem er gerade vorbeikam, und sah verschwommenen Sternenschein. Er war dem Morgengrauen also noch nicht gewichen. Die Ereignisse der Nacht hatten sich in einer verhältnismäßig kurzen Zeitspanne zusammengedrängt.

Er verließ den direkten Weg und stieg eine Wendeltreppe zum nächsten Stockwerk hinunter. Er wußte zwar nicht, wo dort das Tor zur Burg war, aber er würde es zweifellos finden. Allerdings hatte er noch keine Ahnung, wie er hineingelangen konnte, denn er war überzeugt, daß auch dieses Tor, wie alle Türen nach Tecuhltli, schon aus reiner Gewohnheit verriegelt sein würde. Doch irgendwie würde er einen Weg finden.

Mit dem Schwert in der Hand eilte er lautlos durch ein Labyrinth fahlgrün beleuchteter oder dunkler Gemächer und Hallen. Er mußte Tecuhltli schon nahe sein, als ein Laut ihn abrupt anhalten ließ. Sofort wußte er, daß ein Mensch ihn verursacht hatte, der sich trotz eines würgenden Knebels bemerkbar machen wollte. Er kam von irgendwo links vorne. In diesen gespenstisch stillen Räumen hallte jeder Laut weit.

Conan bog nach links ab und suchte den Raum, aus dem der würgende Laut immer wieder kam. Schließlich spähte er durch eine Tür auf eine grausige Szene.

In der Kammer vor ihm lag eine Art eiserne Streckbank auf dem Boden. Eine riesenhafte Gestalt war ausgestreckt darauf gebunden. Ihr Kopf ruhte auf einem Kissen aus Eisendornen, die dort, wo sie bereits in den Hinterkopf drangen, blutbefleckt waren. Eine seltsame geschirrähnliche Vorrichtung war um den Schädel befestigt, aber so, daß das Lederband den Hinterkopf nicht vor den Dornen schützte. Eine feine Kette verband das Geschirr mit einem Mechanismus, der eine große Eisenkugel über der haarigen Brust des Gefangenen hielt. Solange es diesem gelang, sich ruhig zu verhalten, bewegte die Eisenkugel sich nicht. Doch wenn die Eisendornen solche Qualen verursachten, daß er den Kopf hob, senkte die Kugel sich ein wenig. Mit der Zeit würden die schmerzenden Nackenmuskeln nicht mehr imstande sein, den Kopf in seiner unnatürlichen Lage zu halten, und er mußte zurück auf die Dornen fallen. Es war offensichtlich, daß die Kugel ihn langsam, aber sicher zermalmen würde. Das Opfer war geknebelt. Seine großen schwarzen Augen starrten wild auf den staunend an der Tür Stehenden. Der Mann auf dem Martergerät war Olmec, der Prinz der Tecuhltli.

6

TASCELAS AUGEN

»Warum hast du mich in diese Kammer gebracht, um mir das Bein zu verbinden?« fragte Valerie scharf. »Hättest du das nicht genausogut im Thronraum machen können?«

Sie saß auf einem Diwan und hatte das verletzte Bein darauf ausgestreckt, das die Tecuhltlifrau mit Seidenstreifen umwickelt hatte. Valeries blutbeflecktes Schwert lag neben ihr auf dem Diwan.

Valerie hatte bei ihren Worten finster die Brauen zusammengezogen. Die Frau hatte sie stumm und geschickt versorgt, aber Valerie hatten weder die fast zärtliche Berührung der schmalen Finger, die sich viel Zeit ließen, gefallen, noch der Ausdruck der schwarzen Augen.

»Sie haben die restlichen Verwundeten in die anderen Gemächer geschafft«, antwortete die Frau mit der sanften Stimme aller Tecuhltlifrauen, die nicht zu ihrem Wesen paßte, denn sie waren ganz offenbar nicht weniger grausam und blutrünstig als die Männer. Es war auch noch gar nicht lange her, da hatte Valerie gerade diese Frau hier gesehen, als sie eine Kriegerin der Xotalancas erstach und einem verwundeten Xotalanca die Augäpfel zertrampelte.

»Die Toten werden sie hinunter in die Katakomben tragen«, fuhr sie fort, »damit ihre Geister nicht in die oberen Gemächer fliehen und dort hausen werden.«

»Glaubst du denn an Geister?« erkundigte sich Valerie.

»Ich weiß, daß der Geist Tolkemecs in den Katakomben spukt«, antwortete die Frau erschaudernd. »Einmal sah ich ihn, als ich mich in einer Gruft zwischen den Gebeinen einer toten Königin versteckte. Er kam in Gestalt eines Greises mit wallendem, weißem Bart, langem, weißem Haar, und Augen, die in der Dunkelheit leuchteten. Es war ohne Zweifel Tolkemec, ich erkannte ihn, denn als Kind sah ich ihn ganz genau, als er gefoltert wurde.«

Ihre Stimme wurde zum angsterfüllten Wispern. »Olmec lacht darüber, aber ich weiß sicher, daß Tolkemecs Geist in den Katakomben spukt! Olmec und die anderen behaupten, es seien Ratten, die das Fleisch von den neu Verstorbenen fressen – aber ernähren sich nicht auch Ghuls von Leichen? Wer weiß ...«

Sie blickte erschrocken auf, als ein Schatten über den

Diwan fiel. Valerie schaute hoch und sah Olmec sie anstarren. Der Prinz hatte sich Arme, Oberkörper und den blutbesprenkelten Bart gewaschen, doch noch nicht angezogen. Seine nackte, dunkle Haut mit den sich darunter wölbenden Muskeln strahlte irgendeine tierhaft grausame Kraft aus. Die tiefliegenden, schwarzen Augen brannten in noch elementarerem Feuer als bisher, und seine Finger schienen unkontrolliert zu zucken, als er an seinem dichten, blauschwarzen Bart zupfte.

Er blickte die Frau durchdringend an. Wortlos erhob sie sich und verließ die Kammer. An der Tür warf sie noch einen Blick auf Valerie zurück, der voll boshaften Hohnes war.

»Sie hat keine gute Arbeit geleistet«, brummte der Prinz, der sich über den Verband gebeugt hatte. »Laßt mich sehen ...«

Mit einer Behendigkeit, die bei seiner Statur erstaunte, faßte er Valeries Schwert und schleuderte es durch den Raum. Im nächsten Augenblick war er dabei, sie in seine Arme zu schließen.

Sein Zug war zwar schnell und unerwartet gewesen, aber Valerie war kaum langsamer. Noch während er nach ihr griff, hielt sie schon den Dolch in der Hand und stach nach seinem Hals. Mehr durch Glück als Geschicklichkeit bekam er ihr Handgelenk zu fassen – und ein wilder Ringkampf begann. Sie wehrte sich mit Fäusten, Füßen, Knien, Zähnen und Nägeln, mit all der Kraft ihres geschmeidigen Körpers und der Erfahrung im Zweikampf, die sie an Land und auf See als Piratin gewonnen hatte. Doch all das nutzte ihr nichts gegen seine brutale Kraft. Sie verlor ihren Dolch gleich im ersten Augenblick, und danach war sie nicht mehr in der Lage, ihrem gigantischen Angreifer entscheidende Verletzungen zuzufügen.

Das Brennen seiner gespenstischen, schwarzen Augen

änderte sich nicht. Ihr Ausdruck erfüllte sie mit Wut, die durch sein spöttisches, auf seinen bärtigen Lippen wie eingemeißeltes Lächeln noch verstärkt wurde. All der grausame Zynismus, der dicht unter der Fassade einer überkultivierten und degenerierten Rasse schlummert, sprach aus diesen Augen und diesem Lächeln. Zum erstenmal in ihrem Leben erwachte in Valerie Furcht vor einem Mann. Ihr war, als kämpfte sie gegen eine Naturgewalt. Seine eisenharten Arme unterdrückten ihre Gegenwehr so mühelos, daß lähmende Panik sie zu erfüllen begann. Was sie auch tat, Olmec schien keine Schmerzen zu empfinden. Nur einmal, als sie ihre weißen Zähne so heftig in sein Handgelenk stieß, daß es zu bluten begann, zuckte er zusammen. Und dann schlug er sie so brutal mit der Handfläche auf die Schläfe, daß Sterne vor ihren Augen blitzten und ihr Kopf auf die Schulter sackte.

Ihr Hemd war in diesem Kampf aufgerissen worden. Mit zynischer Grausamkeit rieb er seinen drahtigen Bart über ihre bloßen Brüste, daß er die weiße Haut aufschürfte. Ein Wut- und Schmerzensschrei entrang sich Valeries Lippen. Ihre verzweifelte Gegenwehr nutzte ihr nichts. Sie wurde entwaffnet und keuchend auf den Diwan gequetscht, und es störte Olmec absolut nicht, daß ihre Augen ihn wie die einer gefangenen Tigerin anfunkelten.

Einen Augenblick später trug er sie auf seinen Armen aus der Kammer. Sie wehrte sich nicht mehr, aber ihre schwelenden Augen verrieten, daß zumindest ihr Geist ungebrochen war. Sie hatte nicht um Hilfe geschrien. Sie wußte, daß Conan nicht in Hörweite war, und sie dachte nicht, daß irgend jemand in Tecuhltli sich gegen den Prinzen stellen würde. Nichtsdestoweniger fiel ihr auf, daß Olmec auf leisen Sohlen dahinschlich und den Kopf schräg legte, als lauschte er, ob er vielleicht verfolgt wurde. Er kehrte nicht zum

Thronraum zurück, sondern verschleppte sie durch eine Tür gegenüber der, durch die er eingetreten war, durchquerte das Gemach dahinter und stahl sich die nächste Halle hoch. Nun war Valerie überzeugt, daß er befürchtete, jemand wäre mit dieser Entführung nicht einverstanden. Also warf sie den Kopf zurück und schrie mit Leibeskräften.

Das brachte ihr einen Schlag ein, der sie halb betäubte. Und nun beschleunigte Olmec seinen Schritt.

Aber ihr Schrei war gehört worden. Valerie verdrehte sich fast den Kopf und sah durch die Tränen und funkelnden Sterne vor den Augen, daß Techotl ihnen nachhinkte.

Mit einem wütenden Knurren wirbelte Olmec herum und klemmte sich seine Gefangene sehr unfein unter einen Arm, wo sie sich wand und wild wie ein Kind um sich schlug, ohne daß sie damit etwas erreichte.

»Olmec!« protestierte Techotl. »So gemein kannst du doch nicht sein, daß du so etwas tust! Sie ist Conans Gefährtin! Sie half uns im Kampf gegen die Xotalancas und ...«

Wortlos ballte Olmec die mächtige Pranke und schlug den verwundeten Krieger nieder. Dann bückte er sich – und ließ sich überhaupt nicht von seiner wild um sich schlagenden Gefangenen stören –, zog Techotls Säbel aus der Scheide und stieß ihn dem Betäubten in die Brust. Er riß die Waffe zurück, warf sie achtlos von sich und floh weiter die Halle hoch. Er sah das dunkle Gesicht der Frau nicht, die ihm, hinter einem Türbehang versteckt, vorsichtig nachblickte. Nach kurzer Zeit ächzte Techotl, taumelte benommen auf die Füße und torkelte wie ein Betrunkener davon, dabei rief er krächzend Conans Namen.

Olmec stieg eine elfenbeinerne Wendeltreppe abwärts, überquerte mehrere Korridore und blieb schließlich in einem großen Gemach stehen, dessen Türen mit dickem Samt verkleidet waren – alle außer einer: einer schweren Bronzetür, ähnlich dem Adlertor im oberen Geschoß.

Er deutete darauf und brummte: »Das ist eine von Tecuhltlis Außentüren. Zum erstenmal seit fünfzig Jahren ist sie unbewacht. Aber wir brauchen sie auch nicht mehr zu bewachen, die Xotalancas sind alle tot.«

»Dank Conan und mir, du gemeiner Hund!« fauchte Valerie zitternd vor Wut. »Conan wird dir die Kehle aufschlitzen!«

Olmec machte sich nicht die Mühe, ihr zu erklären, daß des Cimmeriers Kehle inzwischen bereits auf seinen geflüsterten Befehl hin aufgeschlitzt war. Sein Zynismus war viel zu groß, als daß es ihn auch nur im geringsten interessiert hätte, was sie dachte oder von ihm hielt. Seine brennenden Augen verschlangen sie beinah und ließen keinen Blick von dem Weiß ihres Fleisches, wo das im Kampf zerrissene Hemd und Beinkleid es großzügig offenbarte.

»Vergiß Conan«, sagte er heiser. »Olmec ist der Herr von Xuchotl. Es gibt kein Xotalanc mehr und auch keine Fehde. Wir werden unser weiteres Leben mit Trinken und Lieben verbringen. Trinken wir als erstes.«

Er setzte sich an einen Elfenbeintisch und zog sie auf seine Knie. Wie ein dunkelhäutiger Satyr mit einer weißen Nymphe in den Armen sah er aus. Ohne auf ihr unnymphisches Fluchen zu achten, hielt er sie mit einem muskelstarken Arm um ihre Taille, während er mit der anderen Hand einen Krug mit Wein heranzog, der auf dem Tisch stand.

»Trink!« befahl er und drückte den Krug an ihre Lippen, als sie ihr Gesicht abzuwenden versuchte.

Die Flüssigkeit ergoß sich brennend über ihre Lippen und spritzte auf den nackten Busen hinunter.

»Dein Gast mag deinen Wein nicht, Olmec«, sagte eine kühle spöttische Stimme.

Olmec zuckte zusammen. Furcht spiegelte sich in seinen flammenden Augen. Langsam drehte er den mächtigen Schädel und starrte Tascela an, die aufreizend, mit einer Hand an der wohlgeformten Hüfte, an der Tür stand. Valerie entwand sich dem eisernen Griff und drehte sich zu ihr um. Als ihre Augen Tascelas brennendem Blick begegneten, lief ein kalter Schauder über ihren Rücken. Bisher unbekannte Gefühle quälten die stolze Seele der Piratin in dieser Nacht. Gerade erst hatte sie gelernt, einen Mann zu fürchten, nun wußte sie plötzlich, wie es war, eine Frau zu fürchten.

Olmec saß nun völlig reglos. Seine dunkle Haut nahm einen fahlgrauen Ton an. Tascela brachte ihre andere Hand zum Vorschein, die sie hinter dem Rücken versteckt hatte. Sie hielt einen goldenen Kelch.

»Ich dachte mir schon, daß sie von deinem Wein nicht erbaut sein würde, Olmec«, sagte die Prinzessin mit sanfter Stimme. »Deshalb brachte ich ein wenig von meinem – von dem, den ich vom Zuadsee mit mir nahm –, du verstehst doch, Olmec?«

Schweiß perlte plötzlich auf Olmecs Stirn. Seine Muskeln wurden schlaff. Valerie riß sich los und brachte den Tisch zwischen sich und ihn. Obgleich die Vernunft ihr riet, aus diesem Gemach zu laufen, so schnell sie konnte, hielt etwas sie hier wie gebannt fest.

Mit schwingenden Hüften näherte sich Tascela dem Prinzen. Ihre Stimme war weich, ja zärtlich, aber ihre Augen funkelten. Ihre schlanken Finger strichen sanft über seinen Bart.

»Du bist selbstsüchtig, Olmec«, sagte sie lächelnd. »Du wolltest unseren schönen Gast für dich allein haben, obgleich du wußtest, daß ich mich dieser Frau anzunehmen gedachte. Du hast dich wahrhaftig nicht richtig benommen, Olmec!«

Einen Augenblick lang legte sie die Maske ab. Tascelas Augen blitzten, ihr Gesicht war verzerrt, und ihre Finger legten sich mit unbeschreiblicher Kraft um seinen Bart und rissen eine ganze Handvoll des dicken Haares aus. Dieser Beweis unnatürlicher Kraft war kaum schlimmer als die flüchtige Offenbarung der teuflischen Wut, die hinter der milden Fassade tobte.

Brüllend taumelte Olmec hoch und blieb wie ein tapsiger Bär stehen. Seine gewaltigen Pranken öffneten und schlossen sich fast krampfartig.

»Schlampe!« Seine dröhnende Stimme echote hallend von den Wänden. »Hexe! Teufelin! Tecuhltli hätte dir vor fünfzig Jahren den Hals umdrehen sollen! Heb dich hinweg! Zu viel ließ ich mir von dir bereits gefallen! Diese weißhäutige Frau ist mein! Hinweg mit dir, ehe ich dich töte!«

Die Prinzessin lachte und schlug ihm die blutige Bartsträhne ins Gesicht. Ihr Lachen war gnadenloser als das Klirren von Schwertern.

»Früher fanden deine Lippen andere Worte für mich, Olmec«, spöttelte sie. »Früher sprachst du von Liebe. Ja, einst warst du mein Liebster, und weil du mich geliebt hast, schliefst du in meinen Armen unter dem verzaubernden Lotus – und gabst dadurch die Ketten in meine Hand, die dich versklavten. Du weißt, daß du mir nicht widerstehen kannst. Du weißt, daß ich dir nur in die Augen zu blicken brauche mit jener mystischen Kraft, die ein stygischer Priester mich vor langer, langer Zeit lehrte, und du hilflos bist. Du erinnerst dich an die Nacht unter dem schwarzen Lotus, der sich sanft über uns wiegte, obgleich keine irdische Brise ihn bewegte. Wieder riechst du wie damals diesen verzaubernden Duft, der sich wie eine Wolke über dir erhob, um dich zu versklaven. Du kannst nicht gegen mich an. Du bist mein Sklave, so wie du es in jener Nacht warst – und wie du es sein wirst, solange du lebst, Olmec von Xuchotl!«

Ihre Stimme war zu dem Murmeln eines Bächleins geworden, das durch sternenfunkelnde Dunkelheit plätschert. Sie beugte sich zu dem Prinzen vor und legte ihre langen schmalen Finger weit gespreizt auf seine Brust. Seine Augen verloren ihren Glanz, seine mächtigen Hände fielen schlaff an seine Seiten.

Mit einem boshaften, grausamen Lächeln hob Tascela den Goldkelch an seine Lippen.

»Trink!«

Willenlos gehorchte der Prinz. Sofort löste sich der Schleier vor seinen Augen, wilde Wut sprach aus ihnen und bei der Erkenntnis seiner Lage schreckliche Angst. Er öffnete den Mund weit, doch kein Laut drang heraus. Einen Moment taumelte er auf weichen Knien, dann sackte er schlaff auf den Boden.

Das riß Valerie aus ihrer Erstarrung. Sie drehte sich um und rannte zur Tür; doch mit einem Sprung, der einem Panther Ehre gemacht hätte, erreichte Tascela sie vor ihr. Valerie schlug mit der Faust, in der alle Kraft ihres geschmeidigen Körpers steckte, nach ihr. Der Hieb hätte einen kräftigen Mann zu Boden gestreckt, aber er traf die Prinzessin nicht. Sie wich mit einer behenden Drehung aus und packte die Piratin am Handgelenk. Im nächsten Moment hatte sie auch Valeries Linke gefaßt. Mit einer Hand hielt Tascela beide Handgelenke ihrer Gefangenen zusammen und band sie ungerührt mit einer Seidenkordel, die sie aus ihrem Gürtel zog. Valerie hatte gedacht, sie hätte in dieser Nacht bereits das Schlimmste an Demütigung durch Olmecs Behandlung erlebt, doch was sie jetzt empfand, war nichts gegen die bisherige Schmach. Immer war Valerie geneigt gewesen, mit Verachtung auf ihre Geschlechtsgenossinnen hinabzusehen, deshalb war es für sie nun um so bestürzender, von einer Frau wie ein hilfloses

Kind behandelt zu werden. Sie wehrte sich kaum, als Tascela sie auf einen Stuhl zwang, ihre gebundenen Hände zwischen den Knien nach unten zog und am Stuhl befestigte.

Gleichmütig stieg die Prinzessin über Olmec zur Bronzetür, zog den Riegel zurück und öffnete sie. Ein Korridor wurde sichtbar.

»Auf diesem Gang«, wandte sie sich zum erstenmal an ihre Gefangene, »ist ein Raum, der früher als Folterkammer benutzt wurde. Als wir uns nach Tecuhltli zurückzogen, nahmen wir die meisten Geräte mit, doch eines davon war zum Befördern zu schwer. Es funktioniert noch, es dürfte jetzt gerade rechtkommen.«

Olmec schien zu verstehen, worauf sie anspielte. Die Angst in seinen Augen wuchs. Tascela trat wieder zu ihm, bückte sich und faßte ihn am Haar.

»Er ist nur zeitweilig gelähmt«, bemerkte sie nebenbei. »Er kann hören, denken und fühlen – o ja, und erst recht alles spüren!«

Nach diesen bedeutungsvollen Worten wandte sie sich zur Tür. Den schweren Riesen zog sie mit einer Mühelosigkeit hinter sich her, die die Piratin erschreckte. Ohne zu zögern zerrte sie ihn den Korridor entlang und verschwand schließlich mit ihm durch eine Tür, hinter der kurz darauf das Rasseln von Eisen zu hören war.

Valerie fluchte leise und zog, mit den Beinen gegen den Stuhl gestemmt, an ihren Banden. Aber die Seidenkordel gab nicht nach.

Nach einer Weile kehrte Tascela allein zurück. Ein gedämpftes Stöhnen klang aus der Kammer, deren Tür sie hinter sich geschlossen, aber nicht verriegelt hatte. Tascela war kein gewöhnlicher Mensch, auch regten sich keinerlei menschliche Instinkte oder Gefühle in ihr.

Valerie beobachtete benommen die Frau, in deren schlanken Händen jetzt ihr Geschick ruhte.

Tascela packte sie am blonden Haar und zwang so Valeries Kopf zurück. Gleichmütig blickte sie ihr ins Gesicht. Aber das Glitzern ihrer Augen war alles andere als gleichmütig.

»Ich habe dich für eine große Ehre auserkoren«, sagte sie. »Du wirst Tascela die Jugend wiedergeben. Oh, da schaust du? Gewiß, ich sehe jung aus, doch ich spüre bereits, wie die träge Kälte des nahenden Alters sich durch meine Adern stiehlt. Tausendmal zuvor habe ich es schon gespürt. Ich bin alt, so alt, daß ich mich nicht mehr an meine Kindheit erinnern kann. Doch einst war ich ein schönes junges Mädchen, und ein Priester Stygiens liebte mich. Er schenkte mir das Geheimnis der Unsterblichkeit und der ewigen Jugend. Er starb – durch Gift, wie man sagte. Doch ich lebte in meinem Palast am Ufer des Zuadsees, ohne daß die schwindenden Jahre mich berührten. Dann kam die Zeit, da ein König von Stygien mich begehrte. Mein Volk duldete es nicht, es rebellierte und brachte mich hierher in dieses Land. Olmec nannte mich Prinzessin, obwohl ich nicht von königlichem Geschlecht bin. Aber ich bin größer und mehr als jede Prinzessin. Ich bin Tascela, der deine herrliche Jugend ihre eigene zurückgeben wird!«

Valerie schluckte. Das Geheimnis um diese Frau war schlimmer als jede Entartung, mit der sie gerechnet hatte.

Die größere Frau löste die Fesseln um die Handgelenke der Aquilonierin und zog sie auf die Füße. Doch nicht vor der ungeheuren Körperkraft beugte sich Valerie, nicht sie war es so sehr, die sie zur hilflosen Gefangenen machte – sondern die brennenden, willenberaubenden Augen Tascelas.

7
ER AUS DER FINSTERNIS

»Na, wer hätte das gedacht!«

Conan blickte den Mann auf dem Foltergerät finster an.

»Wie, zum Teufel, kommst *du* auf dieses Ding?«

Unverständliche Laute drangen durch den Knebel. Conan bückte sich und zog ihn dem anderen aus dem Mund. Der Gefangene brüllte vor Schrecken auf, denn durch die heftige Bewegung sackte die Eisenkugel so tief hinab, daß sie die breite Brust fast berührte.

»Um Sets willen, seid vorsichtig!« bat Olmec.

»Warum?« entgegnete Conan. »Es ist mir völlig gleichgültig, was mit dir geschieht! Ich wollte nur, ich hätte die Zeit hierzubleiben und zuzusehen, wie dieser niedliche Ball dir die Eingeweide herausdrückt! Aber ich bin in Eile. Wo ist Valerie?«

»Bindet mich los?« flehte Olmec ihn an. »Ich werde Euch alles sagen.«

»Sag es mir zuvor!«

»Nein!« weigerte der Prinz sich und schob verbissen das Kinn vor.

»Auch gut.« Conan setzte sich auf eine Bank in der Nähe. »Ich werde sie auch so finden, nachdem ich mir das Vergnügen gegönnt habe abzuwarten, wie du zerquetscht wirst. Ich glaube, ich kann es beschleunigen, indem ich die Schwertspitze ein wenig in deinem Ohr drehe«, fügte er hinzu und streckte die Klinge aus.

»Wartet!« Nun quollen die Worte aus den aschgrauen Lippen des Gefangenen. »Tascela hat sie mir weggenommen. Ich war nie etwas anderes als eine Marionette in Tascelas Händen.«

»Tascela?« schnaubte Conan und spuckte aus. »Oh, diese schmutzige ...«

»Nein, nein!« keuchte Olmec. »Es ist viel schlimmer, als Ihr glaubt. Tascela ist alt – viele Jahrhunderte alt. Sie verlängert ihr Leben und ihre Jugend, indem sie beides schönen jungen Mädchen in einem Ritual nimmt. Das ist einer der Gründe, daß unser Clan so geschrumpft ist. Sie wird Valeries Lebensessenz aufnehmen und selbst in neuer Kraft und Schönheit erblühen.«

»Sind die Türen verriegelt?« erkundigte sich Conan und strich mit dem Daumen über die Schwertschneide.

»Ja, aber ich weiß, wie man nach Tecuhltli hineingelangen kann – über einen Weg, den nur Tascela und ich kennen. Und sie wird mich für gefangen und hilflos und Euch für tot halten. Wenn Ihr mich losbindet, schwöre ich Euch, daß ich Euch helfen werde, Valerie zu befreien. Ohne mich kommt Ihr nicht in die Burg hinein, denn selbst wenn Ihr mir das Geheimnis durch Folterung entringen würdet, könntet Ihr nichts damit anfangen. Befreit mich, dann schleichen wir uns in Tecuhltli ein und töten Tascela, ehe sie ihren Zauber wirken lassen – ehe sie uns mit ihren Augen bannen kann. Ein Messer, in den Rücken geschleudert, müßte sie unerwartet treffen. Auf diese Weise hätte ich sie längst schon töten sollen, doch ich befürchtete immer, daß die Xotalancas uns ohne ihre Hilfe überwältigen würden. Aber auch sie brauchte meine Hilfe, nur deshalb ließ sie mich so lange leben. Doch jetzt ist keiner mehr auf den anderen angewiesen, und nun muß einer von uns beiden sterben. Ich schwöre Euch, wenn wir die Hexe umgebracht haben, wird niemand Euch und Valerie zurückhalten. Meine Leute werden mir gehorchen, sobald Tascela tot ist.«

Conan beugte sich vor und durchschnitt die Fesseln des Prinzen. Olmec glitt vorsichtig unter der gewaltigen Eisenkugel hervor und erhob sich. Er schüttelte den Kopf wie ein Stier und fluchte wild, als er die von den Eisendornen verursachten leichten Wunden an seinem Hinterkopf betastete. Schulter an Schulter boten die beiden Männer ein beeindruckendes Bild ursprünglicher Kraft. Olmec war so groß wie Conan, doch schwerer, und er erschien irgendwie abstoßend und auf unbeschreibbare Weise monströs, ganz im Gegensatz zu dem kraftvollen, muskulösen Cimmerier, der auf seine Weise anziehend wirkte und eine innere Sauberkeit ausstrahlte. Conan war aus dem blutigen, zerfetzten Hemd geschlüpft und bot so die mächtigen Muskeln offen dem Blick dar. Seine kräftigen Schultern waren so breit wie Olmecs, aber von besserem Wuchs, und die gewaltige, geschwellte Brust verlief in edlen Linien zur schmaleren, festen Taille und dem flachen, harten Bauch, während Olmecs Bauch über die Brust quoll. Conan hätte ein Bronzestandbild sein können, das urwüchsige Kraft symbolisierte. Olmecs Haut war dunkler, von Natur aus, nicht lediglich sonnenverbrannt wie des Cimmeriers. War Conan eine Gestalt aus dem Morgen der Menschheit, so war Olmec ein vormenschliches Wesen aus der Finsternis der Urzeit.

»Geh voraus!« befahl der Cimmerier. »Und bleib vor mir, ich traue dir nicht über den Weg.«

Olmec drehte sich um und schritt vor ihm her. Die Hand um seinen verschwundenen Bart zitterte. Er führte Conan nicht zum Bronzetor, da er natürlich annahm, daß Tascela es verriegelt hatte, sondern zu einem ganz bestimmten Gemach, direkt an der Grenze nach Tecuhltli.

»Dieses Geheimnis wurde seit fünfzig Jahren streng gehütet«, brummte er. »Nicht einmal unsere eigenen Leute wußten davon, und die Xotalancas stießen auch nie darauf. Tecuhltli ließ diese Geheimtür ohne das Wissen anderer einbauen und tötete, nachdem sie vollendet war, die Sklaven, die er für diese Arbeit auserwählt hatte. Er brauchte diese Geheimtür, weil er befürchtete, eines Tages von Tascela ausgesperrt zu werden, deren Leidenschaft für ihn schon nach kurzer Zeit in Haß umgeschlagen war. Doch sie entdeckte die Geheimtür und verbarrikadierte sie, während er eines Tages auf einem Plünderzug unterwegs war. Als er von Xotalancas verfolgt zurückfloh, konnte er nicht mehr in die Burg hinein. Die Feinde nahmen ihn gefangen und zogen ihm lebendigen Leibes die Haut ab. Ich stieß auf die Geheimtür, als ich einmal Tascela nachspionierte, die durch sie nach Tecuhltli zurückkehrte.«

Er drückte auf eine goldene Verzierung an der Wand. Ein Paneel schwang zur Seite und offenbarte eine Elfenbeintreppe, die nach oben führte.

»Diese Treppe befindet sich zwischen zwei Innenwänden«, erklärte Olmec. »Wenn man ihr folgt, kommt man zu einem Turm auf dem Dach, und von dort braucht man nur eine der normalen Treppen zu den verschiedenen Gemächern zu nehmen. Beeilt Euch!«

»Nach dir!« versicherte ihm Conan spöttisch und spielte bedeutungsvoll mit dem Schwert. Olmec zuckte die Schultern und trat auf die Treppe. Sofort folgte der Cimmerier ihm, und die Tür schloß sich hinter ihm. Mehrere Feuersteine hoch über ihren Köpfen beleuchteten die Treppe mit ihrem gespenstischen Schein.

Sie stiegen hoch, bis Conan annahm, daß sie sich über dem dritten Stock befanden, und da kamen sie auch bereits in einen runden Turm, an dessen Kuppeldecke die Feuersteine glimmten. Durch Fenster aus unzerbrechlichen Kristallscheiben, die mit einem goldenen Gitter verziert waren – die ersten Fenster, wenn man die Oberlichten nicht zählte, die Conan in Xuchotl sah –, bot sich Conan ein Blick auf hohe Giebel, Kuppeln und Türme, die sich dunkel gegen den Sternenhimmel abhoben. Das also waren die Dächer von Xuchotl!

Olmec achtete nicht auf die Fenster. Er rannte eine der mehreren in die Tiefe führenden Treppen hinunter. Schon nach wenigen Stufen endete sie an einem schmalen, kurvenreichen Korridor, und sie kamen zu einer weiteren, sehr steilen Treppe. Hier blieb Olmec stehen.

Gedämpft, aber unverkennbar drang von unten ein Schrei an ihre Ohren, ein Schrei, der eine Mischung aus Wut, Angst und Schmach war. Conan erkannte Valeries Stimme.

In dem wilden Grimm, den dieser Schrei in ihm weckte, und durch seine Überlegungen, welche Art von Bedrohung ihn wohl den Lippen der tapferen Valerie entlockt haben mochte, vergaß Conan Olmec. Er eilte an ihm vorbei die Treppe hinunter. Doch ein Instinkt warnte ihn, gerade als der Prinz seine gewaltige Faust auf ihn hinabsausen ließ. Der Schlag war auf Conans Hinterkopf gerichtet, doch da der Cimmerier herumwirbelte, traf er ihn nur an der Halsseite. Jedem schwächeren Mann hätte er das Leben gekostet. Conan taumelte zurück, doch fast im gleichen Moment ließ er sein in dieser Enge nutzloses Schwert los, packte Olmecs ausgestreckten Arm und riß so den Prinzen im Fallen mit sich. Kopfüber stürzten sie um sich schlagend die Stufen hinunter. Noch ehe sie unten aufprallten, hatten Conans kräftige Finger Olmecs Kehle gefunden und legten sich um sie.

Hals und Schulter des Barbaren waren wie betäubt von dem heftigen Hieb des Prinzen, der mit aller Kraft der mächtigen Arm- und Schultermuskeln durchgeführt worden war. Doch das tat seiner Wildheit keinen Abbruch. Wie eine Bulldogge hielt er den anderen fest, während sie durchgeschüttelt wurden und auf jeder Stufe heftig aufprallend die Treppe hinunterrollten, bis sie schließlich an ihrem Fußende mit einer solchen Gewalt gegen eine Elfenbeintür schlugen, daß sie zersplitterte und sie hindurchpolterten. Olmec war zu diesem Zeitpunkt bereits tot, denn die eisernen Finger seines Gegners hatten ihn erwürgt, und im Fallen hatte er sich obendrein das Genick gebrochen.

Conan erhob sich. Er schüttelte die Elfenbeinsplitter von sich und wischte sich Blut und Staub aus den Augen.

Er war geradewegs in dem Thronraum angelangt. Außer ihm befanden sich hier noch fünfzehn weitere Personen. Die erste, die er sah, war Valerie. Ein seltsamer schwarzer Altar stand vor dem Thronpodest. Sieben schwarze Kerzen standen auf ihm in goldenen Haltern. Dicker grüner, ekelerregend süßer Rauch stieg in Spiralen auf, die sich nahe der Decke zu einer dikken Wolke vereinten und einen gespenstischen Bogen über dem Altar beschrieb. Auf dem Altar lag Valerie splitternackt. Ihre weiße Haut bildete einen auffallenden Kontrast zu dem glänzenden, pechschwarzen Gestein. Sie war nicht gefesselt. Mit ausgestreckten Armen lag sie in voller Länge auf dem Altar. An seinem Kopfende kniete ein junger Mann, der ihre Handgelenke festhielt. Am Fußende kniete eine junge Frau und umklammerte die Fußgelenke der Piratin. So war es ihr unmöglich, sich aufzurichten.

Elf Männer und Frauen der Tecuhltli knieten in einem Halbkreis um den Altar. Ihre Augen glitzerten erwartungsvoll.

Tascela saß auf dem Elfenbeinthron. Aus bronzenen Räucherschalen kräuselte Rauch empor, der ihre nackten Glieder wie zärtliche Finger umschmeichelte. Sie saß nicht still, sie wand sich genüßlich wie in einem Sinnestaumel.

Seltsamerweise änderte das Krachen der berstenden Tür, als die beiden Leiber in den Thronsaal rollten, nichts an der gespenstischen Szene. Die knienden Männer und Frauen widmeten der Leiche ihres Herrschers und dem Mann, der sich aus den Splittern erhob, lediglich einen flüchtigen gleichgültigen Blick, dann wandten sie sich erneut mit lüsternen Augen der sich hilflos auf dem Altar windenden weißen Gestalt zu. Tascela blickte Conan nur spöttisch an, lachte kurz höhnisch auf und ließ sich weiter von den duftenden Rauchschwaden liebkosen.

»Schlampe!« Conan sah rot. Seine Hände ballten sich wie zu Eisenhämmern, als er auf sie zustapfte. Doch schon nach wenigen Schritten krachte etwas laut, und Stahl biß in seine Wade. Die Zähne einer eisernen Falle hatten sich um sein Bein geschlossen und hielten ihn fest. Nur die angespannten Wadenmuskeln retteten Waden- und Schienbein davor, gebrochen zu werden. Die verfluchte Falle war ohne Warnung aus dem Boden geschossen. Jetzt, da er darauf achtete, sah er die Vertiefungen im Boden, wo die Falle gut getarnt gelegen hatte.

»Dummkopf!« Tascela lachte. »Hast du dir eingebildet, ich würde keine Vorkehrungen gegen dein mögliches Wiederkommen treffen? Jede Tür in diesem Raum ist durch Fallen geschützt. Bleib ruhig stehen und sieh zu, wie das Geschick deiner hübschen Gefährtin sich erfüllt. Danach werde ich deines beschließen.«

Instinktiv fuhr Conans Hand an den Gürtel, doch die Scheide daran war leer. Das Schwert lag auf der Treppe hinter ihm, und sein Dolch irgendwo im Wald, wo der Drache ihn sich aus dem Rachen gerissen hatte. Der Stahl in seinem Bein fühlte sich wie glühende Kohle an, doch der Schmerz war nicht so heftig, wie die Wut, die in ihm tobte. Wie ein Wolf steckte er im Fangeisen. Hätte er sein Schwert gehabt, er würde sich das Bein abhauen und über den Boden zu Tascela kriechen, um sie umzubringen. Valeries Augen wandten sich ihm stumm flehend zu. Das und seine eigene

Hilflosigkeit überschwemmten sein Gehirn mit Wellen roten Wahnsinns.

Er ließ sich auf das Knie seines freien Beines fallen und bemühte sich, die Finger zwischen die Zähne des Eisens zu zwängen, um es zu öffnen. Blut füllte seine Fingernägel, doch die einzelnen Teile des Fangeisens schlossen sich in einem engen Kreis rund um die Wade, so daß die Finger nichts auszurichten vermochten. Jedesmal, wenn sein Blick auf Valeries nackten Leib fiel, wuchs seine Wut.

Tascela beachtete ihn nicht mehr. Lässig erhob sie sich und blickte von einem ihrer Untertanen zum anderen. »Wo sind Xamec, Zlanath und Techic?« fragte sie.

»Sie sind nicht aus den Katakomben zurückgekehrt, Prinzessin«, antwortete ein Mann. »Wie wir anderen trugen sie die im Kampf Gefallenen in die Grüfte. Seither sahen wir sie nicht mehr. Vielleicht hat Tolkemecs Geist sie geholt.«

»Schweig, Narr!« fauchte Tascela. »Es gibt keinen Geist!«

Sie stieg vom Podest hinunter. Ihre Finger spielten mit dem goldenen Knauf eines feinen Dolches. Ihre Augen brannten in vermengendem Höllenfeuer. Neben dem Altar blieb sie stehen und brach mit lauter Stimme die Stille, die wieder eingesetzt hatte.

»Dein Leben wird mich erneut jung machen, weiße Frau. Ich werde mich über deinen Busen beugen und meine Lippen auf deine drücken. Und langsam – ah, ganz langsam – steche ich diesen Dolch in dein Herz, damit dein Leben, das dem sterbenden Leib entflieht, in mich dringt und mich in neuer Jugendkraft erblühen läßt und mein eigenes Leben – verlängert.«

Langsam wie eine Schlange sich über ihr erstarrtes Opfer beugt, neigte sie sich durch den kräuselnden Rauch der reglosen Frau entgegen, die in ihre glühenden dunklen Augen starrte – Augen, die immer größer und tiefer zu werden schienen, wie Monde zwischen wallenden Wolken.

Die Knienden bohrten in ihrer Erregung die Fingernägel in ihre Handflächen und hielten den Atem an in Erwartung des blutigen Höhepunkts. Conans wildes Keuchen, während er sich aus der Falle zu befreien versuchte, war der einzige Laut im Thronraum.

Aller Augen hingen starr am Altar und der weißen Gestalt darauf. Selbst ein Donnerschlag hätte den Bann nicht gebrochen – aber ein leises Kichern schaffte es, das alle herumwirbeln ließ. So leise dieses Kichern war, stellte es jedem die Härchen im Nacken auf. Mit weit aufgerissenen Augen sahen alle, über wessen Lippen es gekommen war.

In der Tür links des Thronpodests stand ein Alptraumwesen: ein Mann mit verfilztem, langem Weißhaar und nicht weniger verfilztem, weißem Bart, der ihm weit über die Brust hing. Schmutzige Fetzen bedeckten die Gestalt nur unvollständig. Die halbnackten Gließmaßen wirkten seltsam unnatürlich. Die Haut war anders als die eines normalen Menschen. Sie wirkte irgendwie *schuppig,* als hätte dieser Mann lange Zeit unter Bedingungen gelebt, wie sie für Menschen nicht gedacht waren. An den Augen, die durch die wirren Haarsträhnen blitzten, war nichts Menschliches mehr – schimmernde Scheiben waren es, unbewegt, ohne jegliche Spur von Gefühl und Vernunft. Der Mund war weit offen, doch keine verständlichen Worte drangen aus ihm, lediglich ein irres Kichern.

»Tolkemec!« flüsterte Tascela mit fahlgrauem Gesicht, während die anderen ihn nur stumm vor Entsetzen anstarrten. »Also kein Aberglaube, kein Geist! Bei Set! Du hast tatsächlich zwölf Jahre in völliger Dunkelheit gehaust – zwölf Jahre zwischen den Gebeinen der Toten. Mit welch schrecklichem Fleisch hast du dich ernährt? Welch furchtbares Leben hast du in der ewigen Nacht geführt? Ich verstehe jetzt, weshalb Xamec, Zlanath und Techic nicht aus den Katakomben zurückkehrten. Doch warum hast du so lange gewartet? Hast du in der schwarzen Tiefe etwas gesucht? Eine Geheimwaffe, von der du wußtest, daß sie dort verborgen war? Und hast du sie schließlich gefunden?«

Das gräßliche Kichern war Tolkemecs einzige Antwort, als er mit einem langen Satz in den Raum sprang – einem so langen, daß er die verborgene Falle an der Tür unberührt hinter sich ließ. War das Zufall gewesen, oder hatte er sich der Hinterlist der Bewohner von Xuchotl erinnert? Er war nicht wahnsinnig im Sinne des Wortes, er war nur ganz einfach nicht mehr wirklich menschlich, weil er eine so lange Zeit fern jeglicher Ansprache gehaust hatte. Nur ein dünner, in Haß gebetteter Faden der Erinnerung und der Drang nach Vergeltung hatten ihn noch mit der Menschheit verbunden, von der er abgeschnitten gewesen war, und ihn in der Nähe jener Menschen lauern lassen, die er in seiner Rachsucht so sehr haßte. Ja, nur dieser dünne Faden hatte ihn davor zurückgehalten, durch die schwarzen Korridore und unterirdischen Gewölbe zu rasen, die er vor langer Zeit entdeckt hatte, und immer weiter, bis zu seinem Tod, durch sie zu stürmen.

»Du hast etwas Verborgenes gesucht!« flüsterte Tascela und wich vor ihm zurück. »Und du hast es gefunden! Du hast die Fehde nicht vergessen. In all den Jahren der Finsternis hast du sie nicht vergessen!«

In der dürren Hand Tolkemecs hatte sie einen jadegrünen Stab bemerkt, an dessen einem Ende ein roter Knauf, wie ein Granatapfel geformt, glühte. Sie sprang hastig zur Seite, als er diesen Stab wie einen Speer vorstieß und eine Feuerzunge aus dem Granatapfelknauf schoß. Sie verfehlte Tascela, aber die Frau, die Valeries Fußgelenke hielt, befand sich in ihrer Bahn. Sie traf sie zwischen den Schulterblättern. Ein Knistern und Zischeln war zu hören. Die Flammenzunge drang aus der Brust heraus und schlug funkensprühend gegen den schwarzen Altar. Die Frau kippte zur Seite. Sie schrumpfte und verrunzelte noch im Fallen zur Mumie.

Valerie rollte sich auf der anderen Seite vom Altar und kroch auf allen vieren zur Wand, denn im Thronraum des toten Olmec war die Hölle ausgebrochen.

Der Mann, der Valeries Hände gehalten hatte, starb als nächster. Er hatte sie losgelassen und versucht, sich in Sicherheit zu bringen, doch er hatte noch keine sechs Schritte zurückgelegt, da sprang Tolkemec mit einer für seinen Zustand unglaublichen Behendigkeit vor ihn, so daß er sich zwischen ihm und dem Altar befand. Wieder schnellte die rote Flammenzunge vor. Der Tecuhltli stürzte leblos zu Boden, nachdem die Flamme blaue Funken sprühend vom Altar zurückgeprallt war.

Und dann begann das Gemetzel erst richtig. Laut schreiend rannten die Tecuhltli durch den Thronraum, stießen aneinander, stolperten und fielen. Zwischen ihnen sprang und hüpfte Tolkemec herum und teilte den Tod aus. Durch die Türen konnten sie nicht entkommen, denn offenbar erfüllte ihr Metallbeschlag den gleichen Zweck wie der mit Metall durchzogene Stein des Altars. Er warf die Teufelsflamme zurück und vollendete so ihren Kreislauf. Wann immer Tolkemec einen Man oder eine Frau zwischen sich und den Altar oder eine Tür drängen konnte, richtete er den Stab auf sein Opfer. Er traf dabei keine Auswahl, sondern streckte sie nieder, wie er sie erwischte, während er wild herumhüpfte, mit flatternden Fetzen herumwirbelte und sein schrilles Kichern die Schreie seiner Opfer übertönte. Rund um den Altar und an den Türen fielen die Tecuhltli wie welke Blätter. Mit dem Mut der Verzweiflung stürzte sich ein Krieger mit erhobenem Dolch auf den Alten, doch auch er hauchte sein Leben aus, ehe er ihm nahe genug kam. Die anderen erfüllte jedoch eine solche Panik, daß sie gar nicht an Widerstand dachten.

Der letzte Tecuhltli, ausgenommen Tascela, war gefallen, als sie den Cimmerier erreichte und das Mädchen, das bei ihm Schutz gesucht hatte. Tascela bückte sich und drückte auf eine Stelle im roten Boden. Sofort löste sich das Fangeisen von der blutenden Wade und sank in den Boden zurück.

»Töte ihn, wenn du kannst!« keuchte sie und drückte Conan einen wuchtigen Dolch in die Hand. »Ich habe keinen Zauber gegen ihn.«

Knurrend sprang der Cimmerier vor die beiden Frauen, ohne in seiner Kampfeslust auf das verwundete Bein zu achten. Tolkemec kam auf sie zu. Seine wilden Augen funkelten, doch beim Anblick der Klinge in Conans Hand zögerte er. Ein grimmiges Spiel begann, als Tolkemec versuchte, Conan zu umkreisen und ihn so zwischen sich und den Altar oder eine Tür zu bekommen, während der Cimmerier sich bemühte, das zu verhindern und ihm seinerseits den Dolch zwischen die Rippen zu stoßen. Angespannt und mit angehaltenem Atem beobachteten die zwei Frauen die beiden.

Es war kein Laut zu hören, außer dem leichten Scharren sich schnell verlagernder Füße. Tolkemec sprang und hüpfte nicht mehr herum. Ihm war klar, daß dieser Mann es ihm nicht so leicht machen würde wie die Tecuhltli, die schreiend und fliehend gestorben waren. In dem eisigen Funkeln der blauen Augen las er die tödliche Entschlossenheit des Barbaren, die seiner keineswegs nachstand. Vor und zurück glitten sie, und wenn der eine sich bewegte, tat der andere es mit ihm, als hielten unsichtbare Bande sie zusammen. Aber kaum merklich kam Conan immer näher an seinen Gegner heran. Schon spannte er die Muskeln zum

Sprung, als Valerie warnend aufschrie. Einen flüchtigen Moment lang war eine Bronzetür genau hinter Conan. Die rote Flamme schnellte vor. Sie versengte Conans Hüfte, als er sich zur Seite warf, doch mit derselben Bewegung schleuderte er den Dolch. Der alte Tolkemec ging zu Boden – nun wahrhaftig tot. Nur der Dolchgriff in seiner Brust vibrierte noch leicht.

Tascela machte einen langen Satz, doch nicht auf Conan zu, sondern zu dem wie ein Lebewesen glimmenden Stab auf dem Boden. Sofort sprang auch Valerie mit einem Dolch in der Hand, den sie einem Toten entrissen hatte. Die mit aller Kraft geschwungene Klinge spießte die Prinzessin der Tecuhltli auf. Tascela, der die Dolchspitze aus der Brust ragte, schrie gellend auf, dann stürzte sie tot auf den Boden. Valerie stieß sie mit dem Absatz zur Seite.

»Ich mußte es tun, um meine Selbstachtung wiederzugewinnen«, erklärte sie Conan keuchend, der sie über die schlaffe Leiche hinweg anblickte.

»Damit ist die Fehde beendet«, brummte er. »Das war vielleicht eine Nacht! Wo bewahrten diese Leute ihre Vorräte auf? Ich bin verdammt hungrig!«

»Laß dich erst einmal verbinden!« mahnte Valerie. Sie riß von einem Seidenvorhang einen Streifen ab, wand ihn sich um die Hüften und verknotete ihn an der Taille. Dann besorgte sie sich schmälere Streifen, die sie geschickt um Conans offene Wade band.

»Verschwinden wir von hier«, schlug er vor. »Ich kann schon laufen, die Wunde ist nicht so schlimm. Es ist bereits Morgen außerhalb dieser verfluchten Stadt. Ich habe genug von Xuchotl. Es ist ganz gut, daß diese Brut sich selbst ausgerottet hat. Ich will nichts von ihren verdammten Edelsteinen, denn wer weiß, ob nicht ein Fluch an ihnen haftet.«

»Du hast recht, es gibt genug sauberes Plündergut auf der Welt für dich und mich«, sagte Valerie und richtete sich auf. In ihrer makellosen Schönheit stand sie vor Conan.

Heißes Verlangen funkelte in des Cimmeriers Augen. Und diesmal wehrte sie sich nicht, als er sie heftig in die Arme schloß.

»Es ist ein langer Weg zur Küste«, sagte sie nach einer Weile.

»Was macht das schon?« Er lachte. »Es gibt nichts, was wir nicht schaffen könnten. Wir werden Deckplanken unter den Füßen haben, ehe die Stygier ihre Häfen für den Sommer öffnen. Und dann machen wir Beute wie nie zuvor!«

Der Schatz von Gwahlur

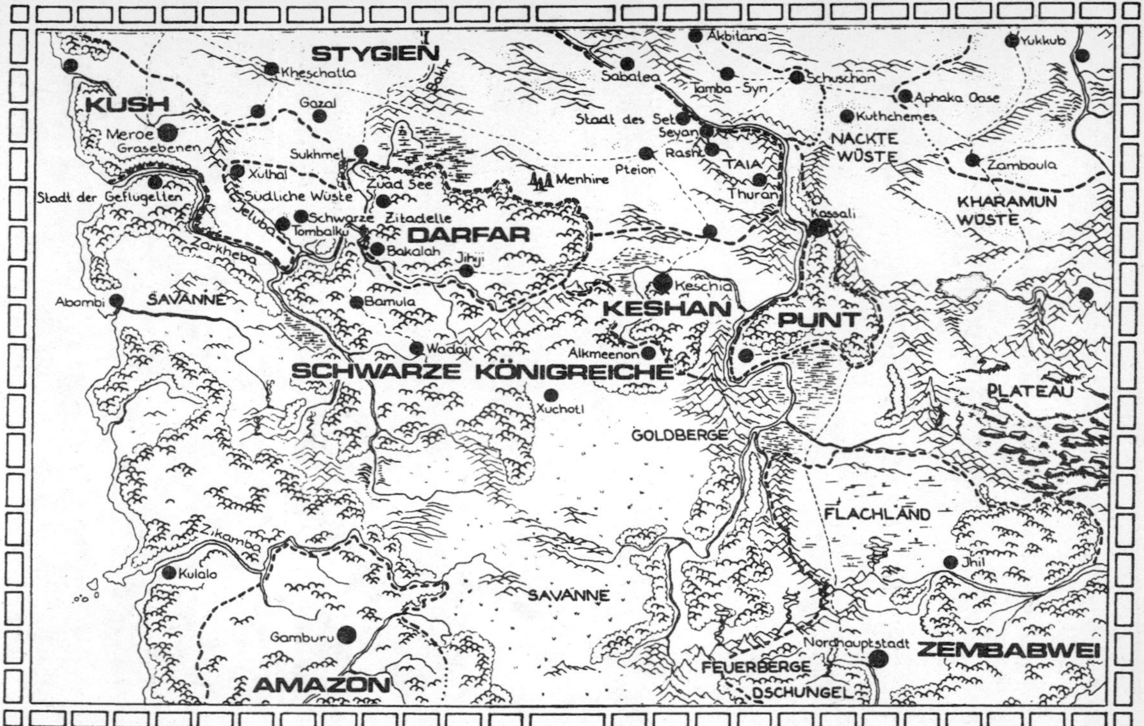
STYGIEN
Kheschalla
Bakhr
KUSH
Gazal
Meroe
Grasebenen
Sukhmet
Xuthal
Stadt der Geflugelten
Zuad See
Südliche Wüste
Schwarze Zitadelle
Jeluba
Tombalku
DARFAR
Bakalah
Zarkheba
Jihiji
Menhire
Abombi
SAVANNE
Bamula
Wadai
SCHWARZE KÖNIGREICHE
Xuchotl
Akbilana
Sabalea
Tamba - Syn
Schuschan
Stadt des Set
Seyan
Rash
TAIA
Pteion
Thuran
Kassali
Keschia
KESHAN
PUNT
Alkmeenon
GOLDBERGE
Yukkub
Aphaka Oase
Kuthchemes
NACKTE WÜSTE
Zamboula
KHARAMUN WÜSTE
PLATEAU
FLACHLAND
Jhil
Zikamba
Kulalo
SAVANNE
Gamburu
AMAZON
FEUERBERGE
DSCHUNGEL
Nordhauptstadt
ZEMBABWEI

Der Schatz von Gwahlur

Robert E. Howard

Conans Verhältnis mit Valerie ist nicht von langer Dauer, vielleicht deshalb, weil jeder die Führungsrolle für sich beansprucht. Jedenfalls trennen sie sich. Valerie kehrt zur See zurück, Conan versucht sein Glück in den Schwarzen Königreichen. Als er von den unschätzbaren ›Zähnen von Gwahlur‹ hört – einem Vermögen an alten Edelsteinen, die irgendwo in Kheshan verborgen sein sollen –, bietet er dem *reizbaren König von Keshan seine Dienste an, um dessen Truppen für den Krieg gegen das benachbarte Königreich Punt auszubilden.*

1

INTRIGEN

Die Felswand erhob sich steil aus dem Dschungel, einem Schutzwall gleich, ihr Stein glühte in der aufgehenden Sonne grünblau und tiefrot. In einem weiten Bogen zog sie sich gen Osten und Westen über dem wogenden grünen Meer aus Blättern und Wedeln dahin. Unbezwingbar sah sie aus, diese gigantische Mauer mit ihren Steilwänden, deren Felsgestein mit glitzerndem Quarz durchzogen war. Aber der Mann, der sich mühsam hocharbeitete, hatte sie schon bis auf halbe Höhe erklommen.

Er stammte von einer Rasse, die in den Bergen zu

Hause und der kein Felsen zu schroff war, und dazu verfügte er über ungewöhnliche Kraft und Behendigkeit. Als einziges Kleidungsstück trug er eine knielange Hose aus roter Seide. Die Sandalen hatte er sich um die Schultern geschlungen, damit sie ihn nicht behinderten, genau wie sein Schwert und seinen Dolch.

Der Mann war von mächtigem Körperbau und doch geschmeidig wie ein Panther. Die Sonne hatte seine Haut tiefbronze gebrannt. Ein silbernes Stirnband hielt die gerade geschnittene Mähne schwarzen Haares. Seine eisernen Muskeln, die flinken scharfen Augen und die sicheren Füße kamen ihm hier sehr zustatten, denn die Erklimmung dieser Felswand forderte das Äußerste. Hundertfünfzig Fuß unter ihm wogte der Dschungel, und genausoweit entfernt hob sich der Felsrand vom Morgenhimmel ab.

Er kämpfte sich hoch, als wäre er in größter Eile, und doch kam er nur im Schneckentempo weiter, während er wie eine Fliege an der Wand klebte. Seine tastenden Hände und Füße fanden winzige Simse, Spalten und unbedeutende Vorsprünge, die kaum Halt gewährten, und manchmal hing er nur an seinen Fingernägeln. Trotzdem kam er immer höher, auch wenn er sich nur um Handbreiten hochziehen konnte. Hin und wieder legte er eine kurze Pause ein, um seinen schmerzenden Muskeln Ruhe zu gönnen. Dann schüttelte er sich den Schweiß aus den Augen und verdrehte sich fast den Kopf, um suchend über den Dschungel zu spähen und Ausschau nach irgendwelchen Spuren oder Bewegungen zu halten, die auf die Anwesenheit von Menschen schließen ließen.

Das Ende der Felswand war nahe, als er wenige Fuß über seinem Kopf eine Öffnung in der Wand entdeckte. Gleich darauf hatte er sie erreicht. Vor ihm lag eine kleine Höhle unmittelbar unter dem Rand der Felswand. Als er den Kopf in gleicher Höhe mit dem

Boden hatte, blinzelte er erstaunt und stemmte sich noch ein Stück höher. Auf die Ellbogen gestützt, sah er sich genauer um. Die Höhle war nicht viel mehr als eine Nische – aber sie war nicht leer. Eine verschrumpelte braune Mumie saß mit überkreuzten Beinen und auf der Brust verschränkten Armen darin. Der Kopf war auf die Brust gesackt. In dieser Stellung wurde sie durch Lederschnüre gehalten, die jedoch schon sehr morsch aussahen. Falls die Mumie nicht nackt hierhergeschafft worden war, war ihre Kleidung völlig zu Staub zerfallen, denn von ihr gab es nicht die geringste Spur mehr. Wohl aber steckte etwas zwischen den verschränkten Armen und der eingefallenen Brust – eine vergilbte Pergamentrolle.

Der Mann streckte einen langen Arm aus und holte sich diese Schriftrolle. Ohne sie zu betrachten, schob er sie in seinen Gürtel, dann zog er sich hoch, bis er in der Nischenöffnung stand. Von hier aus erreichte er mit einem Sprung das Ende der Felswand mit den Händen, und schon stand er oben.

Keuchend schaute er auf der anderen Seite in die Tiefe.

Es war, als blickte er in eine gewaltige Schale mit kreisrunden Steinwänden. Bäume und andere Pflanzen bedeckten den Boden dieser Schale, doch war der Bewuchs bei weitem nicht so dicht wie der äußere Dschungel. Die Schalenwand war nirgendwo durchbrochen und rundum gleich hoch. Es war eine Laune der Natur, etwas, was vielleicht nirgendwo sonst auf der Welt zu finden sein mochte: ein riesiges, natürliches Amphitheater, ein kreisrundes Stück bewaldeter Ebene, etwa drei oder vier Meilen im Durchmesser, vom Rest der Welt völlig abgeschlossen und gefangen im Kreis der steilen Felswand.

Doch der Mann oben auf dem Rand widmete diesem Naturwunder keinen Gedanken. Angespannt wanderte sein Blick über die Baumwipfel unter ihm. Er atmete tief auf, als er das Schimmern von Marmorkuppeln zwischen dem saftigen Grün entdeckte. Also war es nicht nur Legende gewesen: Der fabelhafte, verlassene Palast von Alkmeenon lag hier unter ihm.

Conan, der Cimmerier, der in seinem abenteuerlichen Leben bereits die halbe Welt durchstreift hatte, war auf der Fährte eines sagenhaften Schatzes, der den der turanischen Könige weit übertraf, ins Königreich Keshan gekommen.

Keshan war ein barbarisches Königreich im östlichen Hinterland Kushs, wo der breite Streifen Weideland sich mit den Wäldern aus dem Süden verband. Das Volk war gemischter Rasse, eine nicht ganz schwarze Oberschicht edler Geburt regierte über fast ausschließlich negroide Untertanen. Die Herrscher – Fürsten und Hohepriester – behaupteten, von einer weißen Rasse abzustammen, die vor undenkbarer Zeit über ein Königreich geherrscht hatte, dessen Hauptstadt Alkmeenon gewesen war. Einander widersprechende Legenden versuchten, den Untergang dieser Rasse und die Aufgabe der Stadt durch die Überlebenden zu erklären. Genauso nebulös waren die Geschichten über die Zähne von Gwahlur, den Schatz von Alkmeenon. Doch Conan hatten diese unsicheren Legenden genügt, um ihn aus weiter Ferne, über Ebenen, flußdurchzogenen Dschungel und hohe Berge nach Keshan zu führen.

Er hatte Keshan gefunden, das man in vielen nördlichen und westlichen Nationen selbst für legendär hielt. Und dort hatte er so manches erfahren, das seine Überzeugung bestätigt hatte. ja, er glaubte sicher, daß es diesen Schatz, der die Zähne von Gwahlur genannt wurde, tatsächlich gab. Nur wo er versteckt war, konnte er nicht herausfinden. Bald sah er sich der Notwendigkeit gegenüber, den Grund seines Aufenthalts in Keshan zu erklären. Ungebetene Fremde waren dort nicht willkommen.

Aber das brachte ihn nicht in Verlegenheit. Mit gleichmütigem Selbstbewußtsein bot er den argwöhnischen Edlen des auf barbarische Weise prächtigen Hofes seine Dienste an. Er war Söldner, der angeblich auf der Suche nach einer Anstellung nach Keshan gekommen war. Für gutes Gold war er bereit, die keshanischen Truppen auszubilden und sie gegen Punt – den Erzfeind Keshans – zu führen. Punts kürzliche Erfolge auf dem Schlachtfeld hatten den Grimm des reizbaren Königs von Keshan noch gesteigert.

Dieses Angebot war gar nicht so abwegig, wie es den Anschein haben mochte. Conans Ruf war ihm sogar ins ferne Keshan vorausgeeilt. Seine Abenteuer als Kapitän der schwarzen Korsaren, den Wölfen der südlichen Küsten, hatten seinen Namen in den gesamten Schwarzen Königreichen bekannt gemacht, und er wurde dort bewundert und gefürchtet. Er ließ es sich gefallen, daß die dunkelhäutigen Edlen ihn auf die Probe stellten. In den ständigen Scharmützeln entlang den Grenzen bekam der Cimmerier genügend Gelegenheit, seine Geschicklichkeit im Handgemenge zu beweisen. Seine tollkühne Wildheit beeindruckte die Herren von Keshan, denen sein Ruf als Heerführer durchaus bekannt war. Die Aussichten schienen also recht günstig zu sein. In Wirklichkeit brauchte Conan die Anstellung natürlich nur als plausiblen Grund, um lange genug in Keshan bleiben zu können, bis er das Versteck der Zähne von Gwahlur entdeckt hatte. Doch dann geschah etwas Unvorhergesehenes. Thutmekri kam als Führer einer Abordnung von Zembabwei nach Keshan.

Thutmekri war Stygier – ein Abenteurer und Halunke, der sich durch seine Schläue bei den Doppelmonarchen des großen gemischten Handelsreichs, viele Tagesmärsche östlich gelegen, beliebt gemacht hatte. Er und der Cimmerier kannten einander schon seit langem, waren einander jedoch alles andere als wohlgesinnt. Auch Thutmekri wollte dem König von Keshan ein Angebot machen, das mit der Eroberung Punts zusammenhing – dieses Königreich östlich von Keshan hatte erst vor kurzem alle zembabweischen Handelsstationen niedergebrannt.

Sein Angebot überwog Conans Ruf. Er erbot sich, Punt aus dem Osten mit einer Armee schwarzer Speerträger, shemitischer Bogenschützen und Söldnerschwertkämpfer anzugreifen und dem König von Keshan zu helfen, das feindliche Königreich zu annektieren. Die wohlmeinenden Könige von Zembabwei erbaten sich für ihre Hilfe lediglich das Monopol auf den Handel in Keshan und den ihm angeschlossenen Gebieten – und als Zeichen ihrer guten Beziehungen einige der Zähne von Gwahlur. Diese würden keineswegs für irgendwelche weltlichen Zwecke benutzt werden, beeilte Thutmekri sich den mißtrauischen Edlen zu versichern. Nein, sie sollten ihren Ehrenplatz im Tempel von Zembabwei erhalten, neben den gedrungenen Goldidolen Dagons und Derketos, um das Bündnis zwischen Keshan und Zembabwei zu besiegeln. Diese Behauptung veranlaßte Conan zu einem abfälligen Grinsen.

Der Cimmerier machte keine Anstalten, sich mit gleicher Schläue ins rechte Licht zu setzen oder wie Thutmekri und sein shemitischer Partner Zargheba zu intrigieren. Er wußte, wenn Thutmekri den Auftrag bekam, würde er auf die sofortige Verbannung seines Rivalen drängen. Conan blieb nur eine Möglichkeit: die Juwelen zu finden und mit ihnen zu fliehen, ehe der König von Keshan seine Entscheidung traf. Inzwischen war er sicher, daß sie nicht in Keshia, der Königsstadt, verborgen waren, die aus nicht viel mehr als ein paar strohgedeckten Hütten bestand, die sich an die Lehmmauer rings um den Palast aus Stein, Lehm und Bambus kauerten.

Während seine Ungeduld wuchs, erklärte der Hohepriester Gorulga, daß vor einer Entscheidung die Götter über das beabsichtigte Bündnis mit Zembabwei befragt werden mußten und auch darüber, ob einige der Steine aufgegeben werden durften, die seit langem als heilig und unberührbar galten. Zu diesem Zweck sollte das Orakel von Alkmeenon befragt werden.

Das war etwas schon lange nicht mehr Dagewesenes. Überall, im Palast und in den armseligen Hütten, unterhielt man sich aufgeregt darüber. Seit einem ganzen Jahrhundert hatten die Priester die Stadt des Schweigens nicht mehr besucht. Das Orakel, so erzählte man sich, war Prinzessin Yelaya, die letzte Herrscherin von Alkmeenon, die in der Blüte ihrer Jugend und Schönheit den Tod gefunden hatte und deren Körper auf gar wundersame Weise die undenkbar lange Zeit hindurch makellos erhalten geblieben war. Früher waren immer Priester in die verlassene Stadt gepilgert, und Yelaya hatte ihnen die Wege der Weisheit gelehrt. Der letzte Priester, der das Orakel aufgesucht hatte, war von Grund auf verderbt gewesen und hatte versucht, jene eigenartig geschliffenen Edelsteine zu stehlen, die man die Zähne von Gwahlur nannte. Doch ein grauenvolles Geschick hatte ihn in dem verlassenen Palast ereilt. Die Akoluthen, die ihn begleitet hatten, flohen und erzählten Schreckliches darüber. Daraufhin hatte sich seit hundert Jahren keiner der Priester mehr in die Stadt und zum Orakel gewagt.

Doch Gorulga, der gegenwärtige Hohepriester, dem seine Integrität den Mut gab, erklärte, daß er mit einer Handvoll Begleitern die alte Sitte wieder aufnehmen würde. In der Aufregung saßen die Zungen etwas locker, und Conan kam zu dem Hinweis, auf den er seit Wochen gehofft hatte – er belauschte das Gespräch eines Unterpriesters. Die Priester beabsichtigten, im Morgengrauen des nächsten Tages nach Alkmeenon aufzubrechen, also mußte er ihnen zuvorkommen. Deshalb verließ er Keshia klammheimlich in finsterer Nacht.

Eine Nacht, einen Tag und noch eine Nacht ritt er so schnell dahin, wie er es nur wagen konnte, und erreichte schließlich im frühen Morgengrauen die schützende Felswand um Alkmeenon, das sich in der Südwestecke des Königreichs befand, mitten zwischen wilden Dschungeln, die tabu für den einfachen Mann waren. Nur Priester durften sich dem Tal nähern, und nicht einmal ein Priester hatte seit hundert Jahren Alkmeenon besucht.

Der Legende nach hatte nie je ein Mensch diese Felswände erklommen, und nur die Priester kannten den geheimen Durchgang ins Tal. Conan vergeudete keine Zeit mit der Suche nach ihm. Schroffe Abgründe und Steilwände, an die diese Schwarzen – das Reitervolk und die Menschen der Ebenen und Wälder – sich nicht wagten, waren kein Hindernis für jemanden, der in den rauhen Bergen Cimmeriens geboren war.

Während er nun hinunter in das kreisrunde Tal blickte, fragte er sich, was es gewesen sein mochte – Seuche, Krieg oder Aberglaube –, das diese alte weiße Rasse aus ihrer natürlichen Festung vertrieben und so dazu geführt hatte, daß sie mit den schwarzen Stämmen ringsum verschmolz und in ihnen aufging.

Dieses Tal war ihre Zitadelle gewesen. Dort prangte ihr Palast, wo lediglich die königliche Familie und ihre Höflinge gelebt hatten. Die eigentliche Stadt lag außerhalb der Felswände. Der wogende Dschungel verbarg ihre Ruinen. Doch die zwischen dem Laubdach unter ihm glitzernden Kuppeln waren so unbeschädigt wie der ganze Palast, der dem Zahn der Zeit getrotzt hatte.

Conan schwang ein Bein über den Rand und kletterte eilig hinunter. Die Innenseite der Felswand war weit weniger glatt und steil als die Außenseite. Er brauchte nicht halb so lange, die Talsohle zu erreichen, wie zum Aufstieg.

Mit einer Hand um den Schwertgriff blickte er sich wachsam um. Es gab keinen Grund zur Annahme, daß die Behauptung der Keshani, die Stadt sei leer und verlassen und nur der Hauch der Vergangenheit hafte ihr an, nicht stimmte. Aber Conan war von Natur aus mißtrauisch und wachsam. Die Stille war vollkommen. Nicht einmal die Blätter an den Zweigen wisperten. Als er sich bückte, um durch die geraden Reihen der Bäume hindurchzuspähen, sah er nichts als ihre mächtigen Stämme, die sich in der blauen Düsternis der Waldestiefe verloren.

Trotzdem schlich er wachsam voran, mit dem Schwert in der Hand. Unentwegt spähte er von einer Seite zur anderen. Seine geschmeidigen Schritte verursachten keinen Laut auf dem Grasboden. Rings um sich erblickte er die Zeichen einer uralten Zivilisation. Mamorspringbrunnen standen stumm und zerfallend zwischen Bäumen, die zu exakt im Kreis um sie angeordnet waren, als daß die Natur sie so gesetzt haben konnte. Wild wachsende Bäume und Unterholz waren in die säuberlich symmetrisch angeordneten Haine gedrungen, trotzdem war ihre ursprüngliche Form noch gut zu erkennen. Breite Pflasterwege führten durch sie hindurch, aber die Steine wiesen breite Risse auf, in denen Gras und Unkraut wucherten. Conan sah Mauern mit reich verzierten Kronen und kunstvoll durchbrochene Steinwände, vermutlich von Pavillons.

Durch die Bäume vor ihm schimmerten die Kuppeln, und die Bauwerke, die sie trugen, wurden beim Näherkommen deutlicher erkennbar. Als er sich einen Weg durch rankenüberwucherte Zweige gebahnt hatte, gelangte er an eine etwas lichtere Stelle, wo die Bäume weiter auseinanderstanden und kein Unterholz sich zwischen sie drängte. Und dort sah er den Portikus des Palasts vor sich.

Beim Betreten der breiten Marmorstufen des Treppenaufgangs sah er, daß dieses Bauwerk weit besser erhalten war, als die unbedeutenderen, die ihm bisher aufgefallen waren. Die mächtigen Mauern und gewaltigen Säulen schienen zu massiv zu sein, als daß Zeit und Elemente ihnen viel hätten anhaben können. Überall herrschte die gleiche, wie verzauberte Stille, so daß seine katzensanften Schritte geradezu laut wirkten.

Irgendwo in diesem Palast befand sich das Abbild, das in früherer Zeit den Priestern von Keshan als Orakel gedient hatte. Und wenn es stimmte, was er erlauscht hatte, so mußte hier auch der verborgene Schatz der vergessenen Könige von Alkmeenon zu finden sein.

Conan trat in eine breite, hohe Halle mit einer Säulenreihe zu beiden Längsseiten, zwischen denen Torbögen gähnten, deren Türen dem Zahn der Zeit zum Opfer gefallen waren. Er schritt durch die Düsternis dieser Halle und an ihrem anderen Ende durch eine gewaltige Bronzeflügeltür, die halb offenstand – vielleicht bereits seit Jahrhunderten. Er kam in einen riesigen Saal mit Kuppeldecke, der den Königen von Alkmeenon wahrscheinlich als Audienzhalle gedient hatte.

Er war achteckig, und die gewaltige Kuppel mußte geschickt angelegte Belüftungsschlitze haben, denn dieser Saal war weit heller, als die Halle, die zu ihm geführt hatte. Am hinteren Ende erhob sich ein Podest mit breiten Lapislazulistufen, auf dem ein massiver Thron mit kunstvoll verzierten Armlehnen und hoher Rückenlehne stand, über den sich früher sicher ein Baldachin aus goldenem Stoff gewölbt hatte.

Conan brummte anerkennend. Das also war der goldene Thron Alkmeenons, der in Legenden unvergeßlich geblieben war. Mit geübtem Auge betrachtete er ihn abschätzend. Er war ein Vermögen für sich, nur wäre es sehr schwierig, ihn fortzuschaffen. Aber sein Wert spornte seine Phantasie an: Wie ungeheuerlich mußte da erst der sagenhafte Schatz sein! Er fieberte vor Aufregung und konnte es kaum erwarten, die Juwelen durch seine Finger rieseln zu lassen – die Edelsteine, die die Märchenerzähler auf den Marktplätzen von Keshia so beschrieben, wie sie es selbst gehört hatten und wie es seit Jahrhunderten überliefert wurde. Edelsteine, die es so angeblich keine zweitesmal auf der Welt gab, was ihre Schönheit und Makellosigkeit und Größe betraf: Rubine, Smaragde, Brillanten, Blutsteine, Opale, Saphire.

Er hatte erwartet, das Orakel auf dem Thron vorzufinden. Da es dort nicht war, mußte es in einem anderen Teil des Palasts sein – wenn es dieses Abbild überhaupt gab! Doch seit er in Keshan war, hatten sich so viele Mythen als Wirklichkeit erwiesen, daß er gar nicht bezweifelte, tatsächlich auf ein Idol oder einen Gott zu stoßen.

Hinter dem Thron klaffte ein schmaler Türbogen, der früher bestimmt hinter Wandbehängen verborgen gewesen war. Er warf einen Blick hindurch und sah einen Alkoven, von dem in rechtem Winkel ein Korridor wegführte. Er wandte sich davon ab und entdeckte einen zweiten Türbogen links vom Thronpodest. Seine Tür war, im Gegensatz zu allen bisherigen, noch erhalten. Doch kam es gewiß daher, daß es sich hier um keine gewöhnliche Tür handelte: Sie war aus demselben Edelmetall wie der Thron und mit seltsamen Arabesken verziert.

Sie schwang bei seiner Berührung so leicht auf, als wären ihre Angeln erst vor kurzem geölt worden. Mit großen Augen schaute er sich um.

Vor ihm lag ein rechteckiges, nicht sehr großes Gemach, dessen Marmorwände von einer kunstvoll mit Gold verzierten Decke gekrönt wurden. Goldene Friese zierten den unteren und oberen Rand der Wände, und außer der Tür, durch die er eingetreten war, gab es keine weitere. Doch all das bemerkte er nur nebenbei, denn seine Aufmerksamkeit war auf etwas gerichtet, das auf einem Elfenbeinpodest vor ihm lag.

Er hatte ein kunstvolles Abbild erwartet, von begnadeten Bildhauern einer längst vergessenen Zeit gemeißelt, doch das, was er hier vor sich sah, war von einer Vollendung und Schönheit, wie selbst der größte Künstler es nicht hätte erschaffen können.

Es war auch keine Statue aus Stein, Metall oder Elfenbein. Es war der natürlich gewachsene Körper einer Frau, den die ungeahnten Kräfte der alten Rasse durch all die Jahrhunderte makellos erhalten hatten, und selbst der Kleidung sah man ihr Alter nicht an. Als ihm das bewußt wurde, runzelte der Cimmerier die Stirn. Ein vages Unbehagen erfüllte ihn. Die Kräfte, die imstande waren, den Körper zu erhalten, hätten doch eigentlich keinen Einfluß auf die Gewandung haben dürfen, dachte er, und betrachtete die goldenen Brustschalen näher, die mit kleinen Edelsteinen in konzentrischen Kreisen verziert waren, und den kurzen, von einem juwelenbesetzten Gürtel gehaltenen Seidenrock. Sowohl Stoff als auch Metall sahen aus wie neu.

Selbst im Tod war Yelaya von kalter Schönheit. Ihr Körper wirkte wie Alabaster, er war schlank und doch wohl gerundet. Ein roter Edelstein blitzte in der dunklen Fülle des Haares.

Stirnrunzelnd blickte Conan auf sie hinab, dann klopfte er mit dem Schwert das Podest nach einem Hohlraum ab, in dem der Schatz versteckt sein mochte, doch zu seiner Enttäuschung hörte der Stein sich massiv an. Überlegend stapfte er in dem Gemach hin und her. Wo sollte er, bei der kurzen Zeit, die ihm blieb, zuerst suchen? Der Priester, den er belauscht hatte, hatte in seiner Verliebtheit einer Kurtisane erzählt, der Schatz sei im Palast verborgen. Nur war der Palast von beachtlicher Größe. Er fragte sich, ob er sich nicht vielleicht verstecken sollte, bis die Priester gekommen und wieder gegangen waren. Aber es war durchaus möglich, daß sie die Juwelen mit sich nach Keshia nahmen, denn er war überzeugt davon, daß Thutmekri Gorulga bestochen hatte.

So gut kannte Conan Thutmekri, daß er sich in seine Haut versetzen konnte. Ohne alle Zweifel hatte er den Königen von Zembabwei die Eroberung Punts vorgeschlagen, die im Grund genommen nur ein Schritt auf ihr tatsächliches Ziel zu war: die Aneignung der Zähne von Gwahlur! Ehe die vorsichtigen Könige sich zu drastischeren Schritten entschlossen, wollten sie sich vergewissern, daß es den Schatz auch tatsächlich gab. Die Steine, um die Thutmekri als Zeichen des guten Willens gebeten hatte, sollten der Beweis sein.

Hatten sie sich von dem Vorhandensein des Schatzes überzeugt, würden die Könige von Zembabwei ihren Plan durchführen. Punt sollte gleichzeitig von Osten und Westen angegriffen werden, aber die Zembabwer würden es so arrangieren, daß der Kampf hauptsächlich von den Keshani bestritten wurde. Waren sowohl Punt als auch Keshan dann geschwächt, würden die Zembabwer beide Rassen zu Boden zwingen, Keshan ausplündern und sich die Zähne von Gwahlur mit Waffengewalt holen, selbst wenn sie dazu das Land dem Boden gleichmachen und jeden einzelnen in diesem Königreich foltern oder gar töten mußten.

Doch gab es natürlich immer noch eine weitere Möglichkeit: Wenn es Thutmekri gelang, den Schatz in die Hand zu bekommen, würde er seine Auftraggeber hintergehen. Er würde den Schatz für sich behalten, sich damit davonstehlen und den zembabweischen Gesandten die Sache ausbaden lassen.

Conan hielt die Befragung des Orakels für nichts weiter als eine List, um den König von Keshan dazu zu bringen, auf Thutmekris Wünsche einzugehen. Conan zweifelte nicht einen Augenblick daran, daß Gorulga genauso verschlagen und gerissen war wie alle anderen Beteiligten an diesem gewaltigen Schwindel. Der Cimmerier hatte sich nicht selbst an den Hohenpriester gewandt, da er wußte, daß er, was Erpressung und Intrigen betraf, nicht gegen Thutmekri ankam. Versuchte er es, würde er dem Stygier nur in die Hände spielen. Gorulga könnte ihn dem Volk gegenüber als den Verräter hinstellen und so seine scheinbare Integrität beweisen – und dadurch wäre Thutmekri seines Rivalen entledigt. Er fragte sich, womit Thutmekri den Priester bestochen hatte, der, wenn er wollte, jederzeit das größte Vermögen der Welt in seinen Besitz bringen konnte.

Auf jeden Fall war er sicher, daß das Orakel dazu gebracht werden würde, zu verkünden, es sei der Wille der Götter, auf Thutmekris Vorschläge einzugehen – und zweifellos würde es auch ein paar Bemerkungen über Conan fallen lassen, die ihm gefährlich werden konnten. Danach würde Keshia zu heiß für ihn werden. Ganz abgesehen davon, hatte er auch gar nicht die Absicht gehabt zurückzukehren, als er sich des Nachts davonstahl.

Das Gemach des Orakels bot ihm keine Hinweise. Er ging in den Thronsaal und drückte gegen den Thron. Er war schwer, doch gelang es ihm, zwei Beine hochzustemmen. Aber der Marmorboden darunter war massiv. Er wandte sich nun dem Alkoven zu. Irgendwie war er überzeugt, daß es in der Nähe des Orakels eine Geheimkammer geben mußte. Sorgfältig klopfte er die Wände ab – tatsächlich klang eine Stelle unmittelbar gegenüber der schmalen Einmündung des Korridors hohl. Ganz genau betrachtete er an dieser Stelle die Fuge zwischen den Marmorblöcken und stellte fest, daß sie etwas breiter als die üblichen war. Er klemmte die Dolchspitze hinein.

Lautlos schwang eine Marmorplatte zurück und offenbarte eine Nische in der Wand – doch das war auch alles. Conan fluchte herzhaft. Die winzige Geheimkammer war leer und sah auch durchaus nicht so aus, als hätte sie jemals als Versteck eines Schatzes gedient. Nun schaute er sich in der Nische näher um. Etwa in Kopfhöhe entdeckte er eine Anordnung winziger Löcher in der Wand. Er spähte hindurch und nickte. Es war eine Trennwand zwischen der Geheimkammer und dem Orakelgemach. Von dem Gemach aus waren die Löcher nicht zu sehen gewesen. Er grinste. Das erklärte das Geheimnis des Orakels, es war primitiver, als er erwartet hatte. Gorulga würde sich entweder selbst in der Nische verstecken oder einen Vertrauten beauftragen, durch die Löcher zu sprechen – und die gläubigen Akoluthen, ohne Ausnahme Schwarze, würden die Stimme für die Yelayas halten.

Plötzlich erinnerte der Cimmerier sich an die Pergamentrolle, die er der Mumie abgenommen hatte. Er rollte sie vorsichtig auf, denn sie war so morsch, daß er befürchtete, sie würde unter seinen Fingern zerfallen. Stirnrunzelnd studierte er die verblaßten Glyphen. Auf seinen abenteuerlichen Streifzügen quer durch die Welt hatte er sich ein weites, wenn auch oberflächliches Wissen angeeignet, vor allem, was Sprachen und Schriften anbelangte. So mancher Gelehrte hätte über des Cimmeriers linguistische Fähigkeiten gestaunt, den die Erfahrung gelehrt hatte, daß die Kenntnis einer fremden Sprache über Leben oder Tod entscheiden mochte.

Die Glyphen verwirrten ihn ein wenig, denn sie erschienen ihm gleichzeitig vertraut und unleserlich. Schließlich verstand er wieso. Es waren die Schriftzeichen des alten Pelishtisch, die sich in mancher Hinsicht von der modernen Schrift unterschieden, die er beherrschte. Sie war vor drei Jahrhunderten nach der Eroberung Pelishtiens durch einen Nomadenstamm aus der alten entwickelt worden. Obwohl diese ältere Schrift einfacher war, gab sie ihm Rätsel auf. Eine öfter wiederkehrende Glyphenverbindung erkannte er schließlich als Eigennamen: Bît-Yakin. Conan nahm an, daß es sich dabei um den Namen des Verfassers handelte.

Unwillkürlich bewegten sich seine Lippen, während er sich mit der Entzifferung plagte. Das meiste stellte sich als unübersetzbar heraus, und der Rest war auch nicht recht klar.

Aus dem Ganzen schloß er, daß der mysteriöse Bît-Yakin von weither mit seinen Dienern gekommen war und im Tal Alkmeenon gelebt hatte. Viel des folgenden sagte ihm nichts, da es darin von ihm unbekannten Schriftzeichen wimmelte. Was er übersetzen konnte, deutete darauf hin, daß eine lange Zeit vergangen war. Der Name Yelaya kam häufig vor, und gegen Ende des Schriftstücks wurde es offensichtlich, daß Bît-Yakin von seinem bevorstehenden Tod gewußt hatte. Irgendwie zuckte Conan zusammen, als ihm klar wurde, daß die Mumie in der kleinen Höhle der Verfasser des Schriftstücks, dieser geheimnisvolle Bît-Yakin, gewesen sein mußte. Der Mann war gestorben, wie er es vorhergesagt hatte, und seine Diener hatten ihn, genau nach seinen Anweisungen kurz vor seinem Tod, in diese Höhle geschafft.

Es war merkwürdig, daß Bît-Yakin in keiner der Legenden über Alkmeenon erwähnt wurde. Offenbar war er erst ins Tal gekommen, nachdem die eigentlichen Bewohner es verlassen hatten – das deutete auch das Schriftstück an –, trotzdem war es recht merkwürdig, daß die Priester, die in alter Zeit zum Orakel gekommen waren, den Mann und seine Diener nicht gesehen hatten. Conan war ziemlich sicher, daß die Mumie und das Pergament älter als hundert Jahre waren. Bît-Yakin hatte im Tal gelebt, als die Priester noch kamen, um die tote Yelaya zu verehren. Und doch sprach keine Legende von ihm, bloß von einer verlassenen Stadt, in der es nur die Geister der Toten gab.

Weshalb hatte Bît-Yakin an diesem trostlosen Ort gehaust, und wohin hatten seine Diener sich zurückgezogen, nachdem sie die Leiche ihres Herrn in die Höhle gebracht hatten?

Conan zuckte die Schulter und schob die Schriftrolle in seinen Gürtel zurück – plötzlich zuckte er heftig zusammen, und die Haut auf seinen Handrücken prickelte. In der unendlichen Stille hatte ein mächtiger Gong gedröhnt!

Er wirbelte herum wie eine Raubkatze, mit dem Schwert in der Hand, und spähte den schmalen Gang entlang, aus dem der Gongschlag offenbar gekommen war. Waren die Priester von Keshia bereits eingetroffen? Er wußte, daß das unmöglich war, dazu war noch nicht genug Zeit vergangen. Aber dieser Gong verriet ohne Zweifel die Anwesenheit eines Menschen.

Conan war von Natur aus ein Tatmensch, der instinktiv und ohne langes Überlegen handelte. Alle Vorsicht und Feinheiten hatte er sich erst im Lauf der Zeit durch seinen Kontakt mit den verschiedensten Rassen angeeignet, die weniger geradeheraus als er waren. Doch wenn er von etwas völlig Unerwartetem überrascht wurde, handelte er wieder, wie es seiner barbarischen Natur gegeben war. Statt sich nun zu verstecken oder sich in die entgegengesetzte Richtung zurückzuziehen, wie ein anderer es üblicherweise getan hätte, rannte er geradewegs den Gang hoch, aus dem der Gongschlag gekommen zu sein schien. Seine Sandalen waren nicht lauter als die weichen Ballen eines Panthers. Die Augen hatte er zu Schlitzen zusammengekniffen und die Lippen zu einem Fletschen verzerrt. Ganz flüchtig hatte die Panik seine Seele bei dem Schock durch das Unerwartete berührt, und so war die rote Wut des Urwüchsigen, die immer in dem Cimmerier lauerte, erwacht, wie bei allen Wilden, wenn sie sich bedroht fühlen.

Aus dem gewundenen Korridor kam er auf einen kleinen, offenen Hof. Sein Blick fiel auf etwas in der Sonne Glitzerndes. Es war der Gong, eine große, goldene Scheibe, die von einer goldenen Strebe an der zerfallenen Mauer hing. Ein Messingklopfer lag daneben, doch von Lebenden gab es keine Spur. Die Torbögen ringsum waren alle leer. Conan blieb, wie ihm schien, lange an der Korridortür stehen. Im ganzen Palast war nicht der geringste Laut zu hören. Als seine Geduld schließlich erschöpft war, schlich er von Torbogen zu Torbogen und spähte hindurch, jederzeit bereit, wie ein Blitz zur Seite zu springen oder wie eine Kobra zuzuschlagen.

Er erreichte den Gong und blickte durch den nächsten Türbogen. Das Gemach dahinter lag im Zwielicht. Auf dem Fußboden lagen Trümmer der halbeingefallenen Wände. Unter dem Gong selbst wiesen die glänzenden Marmorfliesen keinerlei Fußabdrücke auf, aber ein schwach modriger Geruch, auf den er sich keinen Reim machen konnte, hing hier in der Luft. Seine Nasenflügel weiteten sich wie die eines wilden Tieres, in seiner Bemühung, sich über diesen Geruch klar zu werden.

Er wandte sich dem Türbogen zu – da zersplitterten die scheinbar festen Marmorfliesen unter seinen Füßen. Im Fallen streckte er die Arme aus und bekam den Rand des Loches, in das er stürzte, zu fassen. Doch auch der Rand zerbröckelte unter seinen Fingern. Er stürzte in absolute Schwärze, in eisiges Wasser, das ihn mit atemberaubender Geschwindigkeit mit sich riß.

2

EINE GÖTTIN ERWACHT

Der Cimmerier machte anfangs keine Anstalten, sich gegen die Strömung zu wehren, die ihn durch die lichtlose Nacht riß. Er bemühte sich, den Kopf über Wasser zu halten. Das Schwert, das er auch im Stürzen nicht losgelassen hatte, hielt er mit den Zähnen. Er dachte gar nicht darüber nach, was ihn wohl erwarten würde, doch plötzlich durchstieß ein Lichtstrahl die Dunkelheit vor ihm. Er sah die wirbelnde schwarze Oberfläche des Wassers, das aussah, als würde es von einem gewaltigen Ungeheuer in der Tiefe aufgewühlt, und bemerkte, daß die senkrechten Steinwände des Tunnels sich oben in einer Wölbung trafen. An jeder Seite verlief, etwas unterhalb der Wölbung, ein schmales Sims, das jedoch zu hoch war, als daß er es hätte erreichen können. An einer Stelle war die Decke eingebrochen – hier schien das Licht hindurch. Jenseits davon war es jedoch wieder pechschwarz. Panik ergriff den Cimmerier, als er erkannte, daß er an dem Licht vorbei wieder in die tiefe Schwärze getragen werden würde.

Da entdeckte er noch etwas anderes: Von den Simsen führten in regelmäßigen Abständen Bronzeleitern bis zur Wasseroberfläche – eine lag fast unmittelbar vor ihm. Sofort schwamm er darauf zu und kämpfte gegen die Strömung an, die ihn in der Mitte des Flusses gehalten hatte. Wie mit Fingern, die eigenes Leben hatten, zerrte sie an ihm, doch mit der Kraft der Verzweiflung wehrte er sich gegen sie und kam Zoll um Zoll der Wand näher. Nun war er in gleicher Höhe mit der Leiter. Mit einem letzten wilden Sprung bekam er die unterste Sprosse zu fassen und hielt sich atemlos an ihr fest.

Ein paar Herzschläge später zog er sich an den verrottenden Sprossen hoch. Sie bogen sich unter seinem Gewicht, aber sie brachen glücklicherweise nicht, und es gelang ihm, das schmale Sims zu erreichen, das kaum eine Mannshöhe unter der gewölbten Decke verlief. Der hochgewachsene Cimmerier mußte den Kopf einziehen, als er sich aufrichtete. Am Kopfende der Leiter befand sich eine Bronzetür, aber sie ließ sich nicht öffnen, so sehr Conan sich auch plagte. Blutspuckend – denn die scharfe Klinge hatte ihm in seinem heftigen Kampf mit dem Fluß die Lippen zerschnitten – nahm er das Schwert aus den Zähnen und schob es in seine Scheide zurück, ehe er sich der eingefallenen Decke widmete.

Er konnte die Arme durch das Loch stecken und sich an seinem Rand festhalten. Das tat er auch, nachdem er sich vergewissert hatte, daß er sein Gewicht tragen würde. Einen Augenblick später hatte er sich durch das Loch hochgezogen und stand in einem breiten Gemach, das sich in einem schlimmen Zustand befand. Der größte Teil der Decke war eingebrochen, genau wie ein großes Stück des Bodens, der über dem gewölbten Dach eines unterirdischen Flusses lag. Halb zerfallene Türbogen öffneten sich zu weiteren Gemächern und Korridoren, und so war Conan ziemlich sicher, daß er sich immer noch im Palast befand. Er fragte sich voll Unbehagen, wie viele Gemächer diesen Fluß direkt unter sich hatten und wann wieder Fliesen nachgeben und ihn erneut in die Strömung befördern würden, aus der er sich gerade erst befreit hatte.

Ebenso fragte er sich, ob es nur ein Zufall gewesen war, daß er unter dem Gong eingebrochen war, oder ob jemand irgendwie nachgeholfen hatte. Etwas zumindest stand fest: Er war nicht der einzige Lebende in dem Palast. Der Gong hatte nicht von allein geschlagen – ob er nun damit in den Tod gelockt werden sollte oder nicht. Die Stille des Palasts erschien ihm nun mit einemmal unheimlich, voll verborgener Bedrohung.

Konnte es sein, daß jemand aus demselben Grund hier war wie er? Ein plötzlicher Gedanke kam ihm bei der Erinnerung an den mysteriösen Bît-Yakin. War es nicht möglich, daß dieser Mann – während er so lange hier gehaust hatte – die Zähne von Gwahlur gefunden und seine Diener sie mit sich genommen hatten, als sie Alkmeenon verlassen hatten? Die Möglichkeit, daß er völlig umsonst hier herumsuchte, weckte Wut in dem Cimmerier.

Er wählte einen Korridor, von dem er glaubte, daß er in den Teil des Palasts zurückführte, durch den er ursprünglich gekommen war. So leichtfüßig wie nur möglich rannte er ihn entlang, denn er dachte immer daran, daß unter ihm der schwarze Fluß dahinbrauste.

Doch auch mit dem Orakelgemach beschäftigten sich seine Gedanken und der so vollkommen erhaltenen Toten. Irgendwo dort mußte es einen Hinweis auf das Versteck des Schatzes geben, wenn dieser sich überhaupt noch im Palast befand.

Nur seine leisen Schritte brachen die immer noch herrschende Stille. Die Räume, durch die er zuerst lief, waren halb zerfallen, doch je weiter er zurückkam, desto besser erhalten wirkten sie. Kurz fragte er sich, aus welchem Grund von den Simsen Leitern zu dem unterirdischen Fluß hinunterführten, doch dann beschäftigte er sich wieder mit anderen Dingen.

Er war nicht ganz sicher, wo das Orakelgemach von dieser Richtung aus lag, aber schließlich kam er in einen Korridor, der durch einen der Türbogen in den Thronsaal mündete. Er hatte inzwischen einen Entschluß gefaßt. Es war sinnlos, ohne Ziel durch den Palast zu laufen, um den Schatz zu suchen. Er würde sich statt dessen irgendwo hier verstecken und warten, bis die Priester aus Keshani kamen. Wenn sie das Theater mit der Orakelbefragung hinter sich hatten, würde er ihnen zum Versteck der Juwelen folgen, denn er war sicher, daß sie beabsichtigten sie zu holen. Vielleicht würden sie nur ein paar der Steine mit sich nehmen – der Rest genügte ihm.

Er wußte selbst nicht wieso, aber er fühlte sich auf unheimliche Weise vom Orakelgemach angezogen. Er betrat es und blickte hinab auf die reglose Prinzessin, die als Göttin verehrt wurde. Ihre kalte Schönheit beeindruckte ihn. Welche Geheimnisse die Tote wohl bergen mochte?

Plötzlich zuckte er heftig zusammen. Er hielt den Atem an, und die Härchen in seinem Nacken stellten sich auf. Der Leichnam lag, wie er ihn beim erstenmal gesehen hatte: reglos, mit edelsteinbesetzten goldenen Brustschalen, goldenen Sandalen und Seidenrock – und doch gab es einen sichtbaren Unterschied. Die geschmeidigen Gliedmaßen waren nicht starr, ein Hauch von Rot färbte die Wangen, und die Lippen waren von tieferem Rot …

Mit einem panikartigen Fluch riß Conan sein Schwert aus der Hülle.

»Crom! Sie lebt!«

Bei seinen Worten hoben sich die langen, dunklen Wimpern, die Augen öffneten sich und blickten ihn rätselhaft an. Dunkle Augen waren es, voll tiefer Geheimnisse. Wie erstarrt blickte er sie an.

Grazil setzte sie sich auf, ohne den Blick von ihm zu lassen.

Er benetzte die trockenen Lippen und krächzte:

»Seid – seid Ihr – Yelaya?«

»Ich bin Yelaya!« Die Stimme war angenehm und klangvoll. Sein Staunen wuchs. »Fürchte dich nicht. Ich werde dir kein Leid zufügen, wenn du tust, was ich dir sage.«

»Wie kann eine Tote nach all den Jahrhunderten ins Leben zurückkehren?« fragte Conan, als zweifle er an dem, was seine Sinne ihm bewiesen. Seine Augen glommen auf seltsame Weise.

In mystischer Gebärde hob sie die Arme.

»Ich bin eine Göttin. Vor tausend Jahren verhängten die größeren Götter, die Götter der Finsternis jenseits der Grenzen des Lichtes, einen Fluch über mich. Die Sterbliche in mir erlag ihm, die Göttin in mir war jedoch unsterblich. Und so lag ich hier all diese Jahrhunderte und erwachte jeden Abend bei Sonnenuntergang, um Hof zu halten, wie einst mit aus den Schatten der Vergangenheit herbeigerufenen Geistern. Mensch, wenn du nicht erblicken willst, was deine Seele für immer in Verdammnis führt, so hebe dich schnell hinfort! Ich befehle es dir! Geh!« Ihre Stimme klang hart, und ihr Arm deutete in eine Richtung.

Conan hatte die Augen zu funkelnden Schlitzen zusammengekniffen. Er schob das Schwert in die Scheide zurück, achtete jedoch nicht auf ihren Befehl. Er trat näher, wie unter einem Zwang – und dann, ohne die geringste Vorwarnung, hob er sie hoch wie ein Bär. Sie stieß einen Schrei aus, der gar nichts Göttinnenhaftes an sich hatte, dann riß er ihr mit einem Handgriff den Seidenrock auseinander.

»Göttin! Ha!« schnaubte er voll Verachtung und kümmerte sich nicht darum, daß seine Gefangene sich verzweifelt in seinem Griff wand. »Es kam mir doch gleich merkwürdig vor, daß eine Prinzessin von Alkmeenon mit corinthischem Akzent spricht! Als ich mich wieder gefaßt hatte, erinnerte ich mich, daß ich dich schon irgendwo gesehen habe. Du bist Muriela, Zarghebas corinthische Tänzerin. Das sichelförmige Muttermal an deiner Hüfte beweist es. Ich sah es, als Zargheba dich einmal auspeitschte. Göttin! Pah!« Er versetzte der verräterischen Hüfte einen klatschenden Klaps, und das Mädchen heulte mitleiderregend auf.

Vergessen war ihre majestätische Haltung. Sie war keine mystische Prinzessin aus alter Zeit mehr, sondern eine furchterfüllte gedemütigte Tänzerin, wie man sie fast auf jedem shemitischen Marktplatz kaufen kann. Sie weinte herzzerbrechend. Conan blickte mit grimmigem Triumph auf sie hinab.

»Göttin! Ha! Du warst eine der verschleierten Frauen, die Zargheba mit nach Keshia brachte. Hast du dir eingebildet, du könntest mich zum Narren halten, kleine Törin? Vor einem Jahr sah ich dich in Akbitana mit diesem Halunken Zargheba – und ich vergesse keine Gesichter, genausowenig wie die Figur einer Frau. Ich glaube, ich werde ...«

Sie wand sich weiter in seinem Griff und wußte sich schließlich nicht mehr zu helfen, als ihre Arme um seinen Hals zu schlingen. Tränen strömten über ihre Wangen, und ihr Schluchzen war nicht ganz ohne Hysterie.

»O bitte, tu mir nichts! Bitte! Ich mußte doch gehorchen! Zargheba brachte mich hierher, damit ich das Orakel spiele!«

»Du gotteslästerliches kleines Weibsstück!« polterte Conan. »Hast du denn überhaupt keine Ehrfurcht vor den Göttern? Crom! Gibt es gar keine Ehrlichkeit mehr?«

»Bitte!« flehte sie ihn zitternd vor grauenvoller Furcht an. »Ich konnte doch Zargheba den Befehl nicht verweigern. Oh, was soll ich tun? Diese heidnischen Götter werden mich verdammen!«

»Was glaubst du, werden die Priester erst mit dir

tun, wenn sie entdecken, daß du eine Betrügerin bist?« fragte er.

Bei dem Gedanken daran gaben ihre Beine nach, und sie sackte erschaudernd zusammen. Mit einem kaum verständlichen Wimmern um Gnade, um seinen Schutz und der Versicherung, daß sie keiner bösen Absichten schuldig war, umklammerte sie Conans Knie. Es war ein beachtlicher Wandel von ihrer majestätischen Pose als Prinzessin alter Zeit, aber durchaus nicht überraschend. Die Furcht, die ihr zuvor den Mut gegeben hatte, überwältigte sie jetzt.

»Wo ist Zargheba?« fragte Conan barsch. »Verdammt, hör endlich auf zu wimmern und antworte!«

»Draußen vor dem Palast«, schluchzte sie. »Er hält Ausschau nach den Priestern.«

»Wie viele Männer hat er bei sich?«

»Keine. Wir kamen allein.«

»Ha!« Es klang wie das zufriedene Brummen eines jagenden Löwen. »Ihr müßt Keshia bald nach mir verlassen haben. Seid ihr die Felswand hochgeklettert?«

Sie schüttelte den Kopf. Zu sehr würgten die unterdrückten Tränen sie noch, als daß sie hätte verständlich sprechen können. Ungeduldig schüttelte er sie an den Schultern, bis sie heftig nach Luft keuchte.

»Hörst du vielleicht endlich auf zu japsen und antwortest? Wie seid ihr ins Tal gelangt?«

»Zargheba kannte den Geheimgang«, wimmerte Muriela. »Der Priester Gwarunga beschrieb ihn ihm und Thutmekri. An der Südseite des Tales schließt ein Teich direkt an den Felsen an. Unter der Wasseroberfläche liegt ein Höhleneingang, der von oben nicht so ohne weiteres zu sehen ist. Wir tauchten in das Wasser und in die Höhle, die schräg aufwärts und so aus dem Wasser führt. Die Öffnung im Tal ist hinter scheinbar undurchdringlichem Dickicht verborgen.«

»Ich bin die Felswand an der Ostwand hochgeklettert«, brummte Conan. »Was dann?«

»Wir kamen zum Palast. Zargheba versteckte mich zwischen den Bäumen, während er das Orakelgemach suchte. Ich glaube, er traute Gwarunga nicht so ganz. Während er weg war, glaubte ich, einen Gong schlagen zu hören, aber so ganz sicher war ich nicht. Schließlich kehrte Zargheba zurück und brachte mich in den Palast und in dieses Gemach, wo die Göttin Yelaya auf dem Podest lag. Er zog sie aus und ich mußte in ihre Kleidung schlüpfen. Dann versteckte er die Leiche und ging hinaus, um auf die Priester zu warten. Ich hatte solche Angst. Als du hereingekommen bist, wollte ich aufspringen und dich bitten, mich von hier fortzubringen, aber die Angst vor Zargheba hielt mich zurück. Und dann bemerktest du, daß ich lebte, da fiel mir nichts anderes ein, denn zu versuchen, dir Furcht einzujagen, damit du von hier verschwinden würdest.«

»Und was solltest du als Orakel sagen?« fragte Conan.

»Ich sollte den Priestern raten, Thutmekri ein paar der Zähne von Gwahlur als Unterpfand zu überlassen und den Rest nach Keshia in den Palast mitzunehmen. Ich sollte sie warnen, daß eine schreckliche Gefahr über Keshan herabkommen würde, wenn sie nicht auf Thutmekris Vorschlag eingingen. O ja, dann sollte ich auch noch sagen, daß du sofort lebenden Leibes gehäutet werden müßtest, wollte man die Gefahr vollends abwehren.«

»Thutmekri wollte den Schatz also dort haben, wo er – oder die Zembabwer – mit Leichtigkeit an ihn herankommen konnten«, überlegte Conan laut, ohne auf die Bemerkung einzugehen, die ihn selbst betraf. »Ich werde noch mit ihm abrechnen. Gorulga ist natürlich an dem Schwindel beteiligt?«

»O nein! Er glaubt an seine Götter und ist unbestechlich. Er hat absolut keine Ahnung, was vorgeht. Er wird dem Orakel gehorchen. Es war ganz allein Thutmekris Plan. Er war sicher, daß die Keshani das Orakel befragen würden, und so veranlaßte er Zargheba, mich mit der Abordnung von Zembabewei mitzubringen, verschleiert, selbstverständlich.«

»Na so was!« staunte Conan. »Ein Priester, der wahrhaftig an sein Orakel glaubt und sich nicht bestechen läßt! Crom! Ich frage mich, ob es Zargheba gewesen war, der auf den Gong geschlagen hat. Wußte er, daß ich hier war? War ihm bekannt, daß die Fliesen dort einbrechen würden? Wo ist er jetzt, Mädchen?«

»Er hat sich zwischen dichtstehenden Lotusbäumen versteckt, ganz in der Nähe der alten Prunkstraße, die von der Felswand im Süden zum Palast führt«, antwortete sie. Da entsann sie sich ihrer mißlichen Lage. »O Conan, hab Erbarmen mit mir! Ich fürchte mich so in dieser unheilträchtigen, uralten Stadt. Ich habe mich ganz bestimmt nicht getäuscht, als ich verstohlene Schritte um mich hörte! Bitte, Conan, nimm mich mit dir! Zargheba wird mich umbringen, wenn ich meinen Zweck hier erfüllt habe – das weiß ich genau. Und falls die Priester von der Täuschung erfahren, habe ich erst recht keine Gnade zu erwarten!

Zargheba ist ein Teufel. Er kaufte mich von einem Sklavenhändler, der mich aus einer nach Südkush reisenden Karawane raubte. Er hat mich von Anfang an zum Werkzeug seiner Intrigen gemacht. Laß nicht zu, daß ich wieder in seine Hände fallen! Du kannst gar nicht so grausam sein, wie er es ist! Ich würde hier nicht mehr lebend herauskommen. O bitte! Bitte!«

Sie kniete vor dem Cimmerier und umklammerte seine Beine. Ihr verweintes und trotzdem noch wunderschönes Gesicht blickte zu ihm hoch. Das dunkle Seidenhaar hing zerzaust über die weißen Schultern. Conan hob sie auf und nahm sie auf die Knie.

»Hör mir zu. Ich beschütze dich vor Zargheba. Die Priester werden nichts von deiner Täuschung erfahren. Aber du mußt tun, was ich dir sage.«

Stammelnd versprach sie ihm, aufs Wort zu gehorchen, und legte die Arme um seinen mächtigen Hals, als gäbe die Berührung ihr Sicherheit.

»Schön. Wenn die Priester kommen, spielst du Yelayas Rolle, genau wie Zargheba es geplant hat – es ist düster im Thronsaal und im Fackellicht würden die Priester dich nicht erkennen, selbst wenn sie dich schon einmal gesehen oder Yelaya gekannt hätten. Folgendes wirst du zu ihnen sagen. ›Es ist der Wille der Götter, daß der Stygier und seine shemitischen Hunde aus Keshan vertrieben werden. Sie sind Diebe und Betrüger, die die Götter berauben wollen. Vertraut die Zähne von Gwahlur General Conan an und ernennt ihn zum Befehlshaber der gesamten Streitmacht von Keshan. Die Götter sind ihm wohlgesinnt.‹«

Muriela erschauderte und blickte Conan verzweifelt an, doch sie nickte.

»Aber was ist mit Zargheba?« rief sie verstört. »Er wird mich töten!«

»Mach dir Zarghebas wegen keine Sorgen«, brummte Conan. »Ich kümmere mich schon um diesen Hundesohn. Tu du, was ich von dir erwarte. So, steck dein Haar wieder hoch, es ist dir ja ganz über die Schultern gefallen, und der Edelstein hat sich gelöst!«

Er steckte das Juwel wieder fest und nickte anerkennend. »Dieser Stein allein ist schon ein Gemach voll Sklaven wert! Und rück deinen Rock zurecht. Er ist an der Seite aufgerissen, aber das werden die Priester nicht bemerken. Wisch dir auch das Gesicht ab. Eine Göttin heult nicht wie ein geprügeltes Schulmädchen. Bei Crom, du siehst Yelaya tatsächlich sehr ähnlich, das Gesicht, das Haar, die Figur, alles! Wenn du den Priestern die Rolle der Göttin vorspielst, wie du es bei mir getan hast, wirst du keine Schwierigkeiten haben, sie zu täuschen.«

»Ich werde mein Bestes tun«, versprach sie zitternd.

»Gut, und ich werde zusehen, daß ich Zargheba jetzt finde.«

Sie brach wieder in Panik aus.

»Nein! Bitte laß mich nicht allein! Hier treiben Geister ihr Unwesen!«

»Es gibt nichts hier, was dir ein Leid zufügen könnte!« versicherte er ihr ungeduldig. »Nichts oder vielmehr niemand außer Zargheba, und um ihn kümmere ich mich schon. Ich bin bald wieder zurück und passe ganz in der Nähe auf. Falls während der Zeremonie etwas schiefgeht, greife ich ein. Aber wenn du deine Rolle richtig spielst, wird schon alles gutgehen.«

Er drehte sich um und verließ eilig das Orakelgemach, ohne auf Murielas Jammern zu achten.

Dämmerung hatte sich herabgesenkt. Die Räume des Palasts lagen in tiefen Schatten, durch die die Kupferfriese schimmerten. Wie ein Phantom huschte Conan durch die mächtigen Hallen. Er verstand jetzt, wieso das Mädchen sich in dieser Umgebung fürchtete, denn selbst ihn beschlich nun das Gefühl, von unsichtbaren Geistern der Vergangenheit beobachtet zu werden.

Lautlos wie ein jagender Panther rannte er, mit dem Schwert in der Hand, die Marmorstufen hinunter. Stille herrschte über dem Tal, und über dem Rand der Felswände funkelten die ersten Sterne. Wenn die Priester von Keshia das Tal inzwischen betreten hatten, verriet zumindest nicht der geringste Laut und keinerlei Bewegung zwischen Bäumen oder Büschen ihre Anwesenheit. Er fand die uralte Prunkstraße, deren Pflastersteine nun mit Unkraut überwuchert waren und die zwischen gewaltigen Farnwedeln und dichtem Buschwerk südwärts verlief. Er folgte ihr wachsam und hielt sich an ihrem Rand, wo die Schatten der

Sträucher ihn verbargen. Schließlich hoben sich, dunkel gegen die Düsternis, die Lotusbäume ab, wie sie so typisch für die schwarzen Länder Kushs waren. In diesem Hain hielt sich, wenn das Mädchen recht hatte, Zargheba versteckt. Wie ein Schatten schien Conan nun mit dem Dickicht zu verschmelzen.

Er näherte sich dem Lotushain in leichtem Bogen. Kaum ein Zweig raschelte, als er sich durch das Dickicht zwängte. Am Rand der Bäume hielt er abrupt an und kauerte sprungbereit wie ein Panther zwischen dem Buschwerk. Ein bleiches Oval zeigte sich ihm zwischen dem dichten Laub. Es war in der Düsternis nicht genau zu erkennen und hätte eine der riesigen weißen Blüten sein können, die die Lotusbäume dick schmückten. Aber Conan wußte, daß es das Gesicht eines Mannes war – und es war ihm zugewandt Tiefer wich er in die Schatten zurück. Hatte Zargheba ihn erspäht? Der Mann blickte genau in seine Richtung. Ein paar Herzschläge verstrichen. Das bleiche Gesicht hatte sich nicht bewegt. Conan konnte nun sogar den kurzen, schwarzen Bart erkennen.

Plötzlich wurde Conan sich bewußt, daß etwas nicht stimmte. Zargheba, erinnerte er sich, war kein sehr großer Mann. Aufrechtstehend reichte sein Kopf knapp bis zu des Cimmeriers Schulter, doch dieses Gesicht war in gleicher Höhe mit Conans. Stand der Mann auf irgend etwas? Conan bückte sich und spähte auf den Boden der Stelle, wo sich das Gesicht erhob. Aber das Unterholz und die dicken Stämme verweigerten ihm die Sicht. Doch etwas anderes sah er, das ihn zusammenzucken ließ. Durch eine Lücke im Unterholz sah er den Stamm des Baumes, unter dem Zargheba, dem Gesicht nach zu schließen, stehen mußte. Allerdings hätte er von Rechts wegen nicht den Stamm sehen dürfen, sondern Zarghebas Körper – aber es gab dort keinen Körper!

Angespannter als ein Tiger, der sich seinem Opfer anschleicht, glitt Conan tiefer in das Dickicht. Einen Moment später zog er einen dichtbelaubten Zweig zur Seite und starrte in das Gesicht, das sich nicht bewegt hatte. Und das würde es auch nie wieder, jedenfalls nicht ohne fremde Hilfe. Vor ihm hing, mit dem langen, schwarzen Haar an einen Ast geknüpft, Zarghebas abgetrennter Kopf!

3

DIE WIEDERKEHR DES ORAKELS

Conan drehte sich geschmeidig um, und die scharfen Augen wanderten forschend durch die Schatten ringsum. Nirgendwo in der Nähe entdeckte er den Leib des Gemordeten, wohl aber war das üppige Gras neben dem Baum zertrampelt und naß und dunkler als das restliche. Conan atmete kaum, während er mit angespannten Ohren lauschte. Finster, still und geheimnisvoll hoben die großen, blassen Blüten sich gegen die immer tiefere Düsternis ab.

Primitive Angst stellte dem Cimmerier die Härchen im Nacken auf. Steckten die Priester Keshans hinter diesem Mord? Wenn ja, wo waren sie? War es Zargheba gewesen, der den Gong geschlagen hatte? Wieder drängte sich Conan die Erinnerung an Bît-Yakin und seine mysteriösen Diener auf. Bît-Yakin war tot, zur Mumie verschrumpelt und in seiner ausgehöhlten Gruft festgebunden, um für immer und alle Zeit die aufgehende Sonne zu begrüßen. Doch was aus seinen Dienern geworden war, wußte er nicht. *Es gab keine Hinweise, daß sie das Tal je verlassen hatten!*

Conan dachte an das Mädchen Muriela, das er allein und schutzlos in dem riesigen, unheimlichen Palast zurückgelassen hatte. Er drehte sich um und rannte die schattenüberzogene Straße zurück. Wie ein argwöhnischer Panther rannte er, bereit, selbst mitten im Sprung nach links oder rechts herumzuwirbeln und zuzuschlagen.

Nun war der Palast bereits durch die Bäume zu sehen und noch etwas anderes – Feuer, das sich rot auf dem polierten Marmor spiegelte. Er huschte in die Büsche entlang der Straße, glitt fast lautlos durch sie hindurch und erreichte schließlich den Rand des offenen Platzes vor dem Portikus. Stimmen drangen zu ihm, Fackeln flackerten weiter vorne, und ihr Schein fiel auf glänzend schwarze Schultern. Die Priester von Keshan waren eingetroffen.

Sie waren nicht über die überwucherte ehemalige Prunkstraße gekommen, wie Zargheba erwartet hatte. Offenbar gab es mehr als einen geheimen Eingang ins Tal von Alkmeenon.

Sie stiegen gerade den breiten Marmoraufgang empor und hielten die Fackeln hoch. Erster war Gorulga, dessen Profil im Fackelschein wie aus Kupfer gehämmert zu sein schien. Die anderen waren Akoluthen – riesenhafte Schwarze, auf deren glänzender Haut sich das Licht spiegelte. Den Abschluß machte ein besonders großer, kräftiger Neger mit auffallend verschlagenem Gesicht, bei dessen Anblick Conans Miene sich verfinsterte. Das war Gwarunga, der Zargheba den Teicheingang verraten hatte. Conan fragte sich, wie weit der Mann in die Intrigen des Stygiers verwickelt war.

Im Schatten am Rand des freien Platzes rannte er auf leisen Sohlen zum Portikus. Der kleine Zug hatte keine Wachen zurückgelassen. Der Fackelschein verlor sich allmählich durch die lange Halle. Ehe der Trupp die mächtige Bronzeflügeltür erreichte, befand Conan sich bereits im Anfang der Halle hinter ihm. An der Wand hinter den Säulenreihen schlich er den Priestern nach. Sie blickten kein einzigesmal zurück. Im Gänsemarsch schritten sie hintereinander durch den weiten Saal. Die Straußenfedern ihres Kopfschmucks wippten, und ihre Tuniken aus Leopardenfell bildeten einen auffallenden Kontrast zu dem Marmor und den metallenen Arabesken des alten Palasts. Vor der goldenen Tür links vom Thronpodest blieben sie kurz stehen. Gorulgas Stimme dröhnte gespenstisch und hohl in dem großen, leeren Raum, doch die Worte waren Conan unverständlich. Dann öffnete der Hohepriester die goldene Tür. Beim Eintreten verbeugte er sich mehrmals tief. Hinter ihm senkten und hoben sich die Fackeln und sprühten Funken, als die Akoluthen es ihrem Herrn gleichtaten. Die goldene Tür schloß sich hinter ihnen, so daß Conan sie jetzt weder sehen noch weiter hören konnte. Er eilte durch den Thronsaal in den Alkoven hinter dem Thron und war dabei leiser als der Wind, wenn er durch ein Gemach streicht.

Lichtschein strahlte durch die Öffnungen in der Wand, als er den Marmorstein zur Seite schob. Er spähte hindurch. Muriela saß hochaufgerichtet auf dem Elfenbeinpodest. Die Arme hatte sie über der Brust verschränkt und den Kopf nur wenige Zoll von ihm an die Wand gelehnt. Der Duft ihres Haares stieg ihm in die Nase. Er konnte natürlich ihr Gesicht nicht sehen, aber ihrer Haltung nach schien sie ruhig in unermeßliche Fernen über die geschorenen Köpfe der Schwarzen hinwegzublicken, die vor ihr knieten. Conan grinste zufrieden. Das Mädchen ist keine schlechte Schauspielerin, dachte er. Er wußte, daß sie insgeheim vor Angst fast verging, aber anzumerken war es ihr nicht. Im Flackern der Fackeln sah sie tatsächlich genauso aus wie die Göttin, die er zuvor auf dem Podest hatte liegen sehen – wenn man sich eine Göttin so voller Leben vorstellen konnte.

Gorulga betete mit tiefer Stimme in einer Sprache, die Conan fremd war – vermutlich die des alten Alkmeenon, die von einer Priestergeneration auf die andere weitergegeben worden war. Conan hatte das Gefühl, daß er endlos vor sich hinleierte, und er wurde ungeduldig. Je länger die Sache dauerte, desto schlimmer wurde die innere Anspannung Murielas. Wenn sie durchdrehte … Er legte die Hand um den Schwertgriff und schob den Dolch zurecht. Er würde nicht zulassen, daß das Mädchen von den Schwarzen gefoltert und getötet wurde.

Aber das fast bedrohlich wirkende Gebet kam schließlich zu einem Ende, in das die Akoluthen lautstark einfielen. Gorulga schaute auf und richtete die erhobenen Arme auf die stumme Gestalt auf dem Podest. Mit tiefer, tönender Stimme, wie sie den Priestern der Keshani gegeben war, rief er: »O große Göttin, die du vertraut mit dem Mächtigen der Finsternis bist, öffne dein Herz und deine Lippen dem Sklaven, der sich in den Staub vor deinen Füßen beugt. Sprich, o große Göttin des heiligen Tales! Dir sind die Pfade vor uns offenbart, die Dunkelheit, die sie uns verhüllt, ist für dich dem Licht der Mittagssonne gleich. Erhelle die Pfade deiner Diener mit dem Strahlen deiner Weisheit! Verkünde uns, o Mund der Götter: Was halten sie von dem Vorschlag Thutmekris, des Stygiers?«

Die hochgetürmte Fülle dunklen Haares glitzerte im Fackelschein und bewegte sich ganz leicht. Die Schwarzen vermochten einen tiefen Seufzer der Ehrfurcht und Furcht nicht zu unterdrücken. In der einsetzenden Stille konnte Conan Murielas Stimme ganz deutlich hören. Sie klang kühl und unbeteiligt, doch unwillkürlich zuckte er bei ihrem corinthischen Akzent zusammen.

»Es ist der Wille der Götter, daß der Stygier und seine shemitischen Hunde aus Keshan vertrieben werden!« Sie wiederholte genau die ihr aufgetragenen Worte. »Sie sind Diebe und Betrüger, die die Götter berauben wollen. Vertraut die Zähne von Gwahlur General Conan an und ernennt ihn zum Befehlshaber der gesamten Streitmacht von Keshan. Die Götter sind ihm wohlgesinnt.«

Gegen Ende ihrer Botschaft zitterte ihre Stimme. Conan spürte, wie ihm die Hände feucht wurden. Er befürchtete, daß sie am Rand eines hysterischen Zusammenbruchs war. Doch den Schwarzen fiel das Zittern ihrer Stimme genausowenig auf wie ihr corinthischer Akzent. Sanft schlugen sie die Hände zusammen, und sie murmelten staunend und ehrfurchtsvoll. Gorulgas Augen glitzerten im Fackelschein fanatisch.

»Yelaya hat gesprochen!« rief er mit verzückter Stimme. »Es ist der Wille der Götter. Vor langer Zeit, in den Tagen unserer Vorfahren, wurden die Zähne von Gwahlur, die am Anfang der Welt den Königen der Finsternis entrissen worden waren, als heilig anerkannt und auf Befehl der Götter verborgen. Auf ihren neuen Befehl sollen sie nun ihrem Versteck entnommen werden. O sternengeborene Göttin, erlaube uns, uns zurückzuziehen, um die Zähne zu holen und sie ihm zu geben, den die Götter lieben!«

»Eure Bitte sei euch gewährt!« antwortete die falsche Göttin mit majestätischer Geste der Verabschiedung, die Conan ein Grinsen entlockte. Mit zahllosen tiefen Verbeugungen, bei denen ihre Straußenfedern erneut wippten, verließen die Priester rückwärtsgehend das Gemach.

Die goldene Tür schloß sich hinter ihnen. Mit einem tiefen Seufzer sank die vermeintliche Göttin schwach auf das Elfenbeinpodest zurück. »Conan!« wisperte sie zitternd. »O Conan!«

»Psst!« warnte er sie durch die Öffnungen. Er drehte sich um, trat aus der Nische und ließ die Marmorplatte zurückgleiten. Ein Blick durch den Türspalt zeigte ihm die Fackeln, die sich im Thronsaal immer weiter entfernten. Gleichzeitig wurde er sich eines Leuchtens bewußt, das nicht von den Fackeln kam. Nur flüchtig erschrak er, doch dann sah er, was es verursachte. Der Mond war aufgegangen, und sein Schein fiel schräg durch die Schlitze in der Kuppel, die geschickt so gearbeitet waren, daß sie das Licht verstärkten. Die leuchtende Kuppel von Alkmeenon war also keine Fabel! Vielleicht waren ihre Innenwände aus dem seltsamen, weiß glühenden Kristall, das nur in den Bergen der schwarzen Länder zu finden war? Das Licht überflutete den Thronsaal und drang auch in die unmittelbar anschließenden Gemächer.

Als Conan auf die Tür zum Thronsaal zutrat, ließ ihn ein plötzliches Geräusch herumwirbeln, das aus dem vom Alkoven weiterführenden Gang zu kommen schien. Zum Sprung geduckt, blickte er ihn entlang und erinnerte sich an den Gongschlag, den er ebenfalls durch diesen Korridor gehört und der ihn in eine Falle gelockt hatte. Das Leuchten aus dem Thronsaal drang nicht weit in diesen schmalen Gang und erhellte nur ein kurzes, leeres Stück. Doch weiter in ihm glaubte er verstohlene Schritte zu vernehmen.

Während er zögerte, ließ ihn der würgende Schrei einer Frau herumwirbeln. Er schoß durch die Tür hinter dem Thron. Ein unerwarteter Anblick bot sich ihm im Leuchten des Kristalls.

Die Fackeln der Priester waren inzwischen aus der großen Halle ins Freie verschwunden – doch ein Priester war im Palast zurückgeblieben: Gwarunga. Seine verschlagenen Züge waren wutverzerrt. Er hatte die vor Angst zitternde Muriela am Hals gepackt und würgte sie, um zu verhindern, daß sie weiterschrie, und dazu schüttelte er sie heftig.

»Verräterin!« zischte er wie eine Kobra durch die

wulstigen roten Lippen. »Welches Spiel treibst du mit uns? Hat Zargheba dir nicht genau befohlen, was du sagen solltest? Ich weiß es von Thutmekri? Betrügst du deinen Herrn, oder betrügt er seine Freunde durch dich? Schlampe! Ich drehe dir den Hals um, doch zuerst…«

Das Aufleuchten der schönen Augen des Mädchens, die über seine Schulter sahen, warnten den riesenhaften Schwarzen. Er ließ Muriela los und wirbelte herum, gerade als Conans Schwert herabsauste. Die Wucht des Hiebes warf ihn rückwärts auf den Marmorboden, wo er zuckend liegenblieb, und sein Blut einer klaffenden Schädelwunde entquoll.

Conan wollte auf ihn zu, um ein Ende mit ihm zu machen – denn er wußte, daß seine Klinge den Neger nicht ganz wie beabsichtigt getroffen hatte, da er sich noch bewegte –, aber Muriela schlang hysterisch die Arme um seinen Hals.

»Ich habe getan, was du mir befohlen hast!« wimmerte sie. »Bring mich jetzt fort von hier. O bitte, bring mich fort!«

»Noch nicht«, brummte Conan. »Ich muß erst den Priestern folgen, um festzustellen, wo sie die Juwelen holen. Vielleicht sind dort noch weitere Schätze verborgen. Aber du kannst mich begleiten, wenn du möchtest. Wo ist der Edelstein, den du ins Haar gesteckt hattest?«

»Er muß mir auf dem Podest hinuntergefallen sein.« Sie tastete vergebens danach. »Ich hatte ja solche Angst! Als die Priester das Gemach verlassen hatten, rannte ich hinaus, um dich zu suchen, aber dieser Halunke war zurückgeblieben und packte mich…«

»Na gut, such den Stein, während ich mich dieses Kadavers entledige«, forderte er Muriela auf. »Geh schon, der Juwel ist allein ein Vermögen wert!«

Sie zögerte, als scheute sie sich, in das ihr unheimliche Gemach zurückzukehren. Doch dann, als Conan Gwarunga am Gürtel packte und in den Alkoven schleifte, drehte sie sich um und kehrte ins Orakelgemach zurück.

Der Cimmerier ließ den Schwarzen auf den Boden fallen und hob sein Schwert. Zu lange hatte er in Ländern gelebt, wo Erbarmen eine Tugend war, die man sich nicht leisten konnte, wollte man überleben. Nur ein toter Feind war keine Gefahr mehr! Doch ehe er die Klinge herabsausen lassen konnte, schreckte ihn ein gellender Schrei auf. Er kam aus dem Orakelgemach.

»Conan! Conan! *Sie ist zurück!*« Der Schrei endete in würgendem Gurgeln und dem Scharren von Füßen.

Fluchend schoß Conan aus dem Alkoven, quer über das Thronpodest und hinein in das Orakelgemach, noch ehe die Geräusche verstummt waren. Verwirrt blieb er stehen. Allem Anschein nach lag Muriela friedlich auf dem Elfenbeinpodest und hatte die Augen wie im Schlaf geschlossen.

»Was, zum Donner, bildest du dir ein!« brüllte er aufgebracht. »Jetzt ist wahrhaftig nicht die Zeit für irgendwelche Spielchen ...«

Abrupt verstummte er. Sein Blick war über die sanft geschwungenen Hüften gewandert, die der Seidenrock eng einhüllte. Dieser Rock hätte von Gürtel bis Saum klaffen müssen, schließlich hatte er selbst ihn aufgerissen, als er nach dem Muttermal Ausschau hielt. Aber der Rock war unversehrt Mit einem Satz war er am Podest und legte eine Hand auf den Körper mit der elfenbeinfarbenen Haut. Doch sofort zog er sie zurück, als hätte er glühendes Eisen berührt, nicht die kalte Reglosigkeit des Todes.

»Crom!« fluchte er, und die Augen funkelten wild aus den halb zusammengekniffenen Lidern. »Das ist nicht Muriela! Es ist Yelaya!«

Jetzt verstand er den verzweifelten Schrei Murielas

beim Betreten des Gemachs. Die Göttin war zurückgekehrt! Zargheba hatte ihr die Kleidung abgenommen, um sie seiner Sklavin zu geben. Doch nun trug die echte Göttin wieder Seide, Gold und Juwelen, genau wie Conan sie gesehen hatte, als er das Gemach zum erstenmal betrat. Des Cimmeriers Haut prickelte.

»Muriela!« schrie er plötzlich. »*Muriela!* Wo, zum Teufel, bist du?«

Höhnisch warfen die Wände seine Stimme zurück. Es gab keinen Zutritt in dieses Gemach als durch die goldene Tür – und durch sie hätte niemand kommen oder gehen können, ohne daß er es gesehen hätte. Doch eines stand fest: Yelaya war in der kurzen Zeit, nachdem Muriela das Gemach verlassen und von Gwarunga überwältigt worden war, und ehe sie zurückkehrte, wieder auf das Podest gelegt worden. Immer noch hallte der Schrei des Mädchens in Conans Ohren wider – aber Muriela war verschwunden, als hätte sie sich in dünne Luft aufgelöst. Es gab nur eine Erklärung, wenn er das Übernatürliche ausschloß: Irgendwo in diesem Gemach mußte sich ebenfalls eine Geheimtür befinden. Noch während er sich mit diesem Gedanken beschäftigte, sah er sie.

In der Wand, in der er zuvor keine Öffnung vermutet hatte, entdeckte er etwas wie einen senkrechten Riß, und aus ihm hing ein winziger Fetzen Seide. Sofort beugte er sich darüber. Das Seidenstück war von Murielas zerrissenem Rock. Zweifellos hatte er sich in der schließenden Tür verfangen, als das Mädchen, von wem auch immer, davongeschleppt worden war, und das Stück hatte sich losgerissen und verhindert, daß die Tür sich wieder unsichtbar in die Wand fügte.

Conan zwängte die Dolchspitze in den dünnen Spalt, um sie als Hebel zu benutzen. Die Klinge bog sich, doch sie war aus unzerbrechlichem, akbitanischem Stahl. Die Marmortür schwang auf. Mit erhobenem Schwert spähte Conan durch die Öffnung, aber er sah nichts Bedrohliches. Das ins Orakelgemach gefilterte Licht offenbarte eine kurze Marmortreppe. Er öffnete die Tür soweit es ging, und steckte den Dolch in einen Bodenspalt, damit sie sich nicht schließen konnte. Dann stieg er ohne Zögern die Stufen hinunter. Er sah und hörte nichts. Nach etwa einem Dutzend Stufen endete die Treppe an einem schmalen Gang, der sich in der Finsternis verlor.

Abrupt blieb er am Fuß der Treppe stehen und betrachtete die Fresken an den Wänden, die im von oben herabsickernden Licht schwach zu erkennen waren. Sie waren zweifellos pelishtischen Stiles – ähnliche hatte er in Asgalun gesehen. Doch die abgebildeten Szenen hatten keinerlei Bezug zu etwas Pelishtischem, mit Ausnahme der menschlichen Gestalt, die vielmals abgebildet war: ein hagerer, weißbärtiger Greis, dessen Rassenmerkmale unverkennbar waren. Die Bilder stellten verschiedene Teile des oberen Palasts dar. Mehrere Szenen handelten im Orakelgemach. Yelaya lag ausgestreckt auf dem Elfenbeinpodest, und riesenhafte Schwarze knieten davor. Und hinter der Wand, in der Nische, hielt sich der greise Pelishtier verborgen. Auch andere Gestalten waren zu sehen, die sich in dem verlassenen Palast bewegten, den Pelishtier bedienten und auf sein Geheiß Unnennbares aus dem unterirdischen Fluß fischten. In dem kurzen Augenblick, da Conan starr wie eine Statue stand, wurden ihm bisher unverständliche Sätze auf der Schriftrolle auf erschreckende Weise klar. Die losen Teile des Musters fügten sich an den richtigen Stellen zusammen. Das Geheimnis um Bît-Yakin war ihm nun keines mehr, genausowenig wie das seiner Diener.

Conan drehte sich um und spähte in die Dunkelheit, während ein eisiger Schauder über seinen Rücken lief. Trotzdem schlich er mit leisen Sohlen unaufhaltsam tiefer und tiefer in die Finsternis des Korridors. Der gleiche Modergeruch, nur noch stärker, der ihm im Hof des Gonges in die Nase gestiegen war, hing hier dick in der Luft.

In der absoluten Schwärze hörte er plötzlich ein Geräusch vor sich – das Schlurfen von bloßen Füßen oder das Rascheln eines über den Boden streifenden Gewandes. Was es genau war, vermochte er nicht zu sagen. Einen Augenblick später stießen seine ausgestreckten Hände auf eine Barriere: eine Tür aus verziertem Metall. Vergebens versuchte er, sie zu öffnen, und auch seine Schwertspitze tastete umsonst nach einem Spalt. Die Tür war wie an die Schwellen und Seitenwände geschweißt. Conan strengte all seine Kraft an und stemmte die Füße gegen den Boden. Die Schläfenadern schwollen ihm an, doch es nutzte nichts. Der Ansturm einer Elefantenherde hätte diese Tür vermutlich nicht einzubrechen vermocht.

Während er noch überlegend davorstand, vernahm er auf ihrer anderen Seite ein Geräusch, das er sofort erkannte: Es war das Krächzen rostigen Eisens, das sich als Hebel in einem Schlitz bewegte. Instinktiv handelte er. Ein gewaltiger Satz brachte ihn ein gutes Stück zurück, und schon war das Scharren eines gewaltigen Gewichts an der Decke zu hören, und ein donnerndes Krachen füllte den Gang mit betäubender Lautstärke. Splitter flogen an ihm vorbei, und einige trafen ihn auch, als ein schwerer Steinblock – das entnahm er dem Krachen des Aufschlags – dort auf dem Boden landete, wo er soeben noch gestanden hatte. Hätte er nur um einen Herzschlag langsamer reagiert, wäre er jetzt wie eine Ameise zerquetscht worden.

Conan wich noch ein Stück zurück. Irgendwo hinter dieser Tür wurde Muriela gefangengehalten, falls sie noch lebte. Aber er konnte nicht durch sie hindurch. Blieb er in diesem Tunnel, mochte noch ein

Block herunterfallen, und dann hatte er vielleicht nicht soviel Glück. Dem Mädchen würde es nichts helfen, wenn er zu rotem Brei zermalmt wurde. In dieser Richtung seine Suche weiter fortzusetzen, war also sinnlos. Er mußte an die Oberfläche zurückkehren und einen anderen Weg finden. Er drehte sich um und rannte zur Treppe zurück. Erleichtert atmete er auf, als es wieder einigermaßen hell um ihn wurde. Doch gerade als er den Fuß auf die unterste Stufe setzte, schwand das Licht, und über ihm fiel die Marmortür knallend zu.

Es fehlte nicht viel, und Panik hätte den Cimmerier erfaßt, als er sich hier in dem schwarzen Tunnel gefangen sah. Er wirbelte herum, hob sein Schwert und spähte mit funkelnden Augen in die Finsternis hinter ihm, denn er erwartete geradezu einen Ansturm ghulischer Angreifer. Doch nicht das leiseste Geräusch war in diesem Gang zu hören. Glaubten die Männer – wenn es Männer waren –, der Steinblock, den zweifellos eine Maschinerie in Bewegung gesetzt hatte, hätte ihm bestimmt ein Ende bereitet?

Aber wenn ja, warum war dann die Tür über ihm geschlossen worden? Sinnlos, diesen Gedanken nachzuhängen! Conan tastete sich die Stufen hoch. Bei jedem Schritt prickelte seine Haut in Erwartung eines Dolchstoßes in den Rücken. Er ersehnte sich jetzt nichts mehr als einen blutigen Kampf, der ihm helfen würde, seine Panik zu überwinden.

Er drückte gegen die Marmortür und fluchte heftig, weil sie nicht aufsprang. Doch als er mit der Rechten das Schwert hob, um auf den Marmor einzuschlagen, berührte seine tastende Linke einen metallenen Riegel, der offenbar beim Schließen der Tür von oben einrastete. In Herzschlagschnelle hatte er ihn zurückgezogen, und sofort ließ die Tür sich öffnen. Mit zu Schlitzen verkniffenen Augen stürmte er ins Gemach und knurrte vor Wut. Er wollte sich endlich auf den Feind stürzen können, der ihn hier zum Narren hielt.

Der Dolch steckte nicht mehr im Bodenspalt. Das Gemach war leer, genau wie das Elfenbeinpodest. Yelaya war erneut verschwunden.

»Bei Crom!« fluchte der Cimmerier. »Ist sie vielleicht tatsächlich nicht tot?«

Verwirrt schritt er hinaus in den Thronsaal. Plötzlich fiel ihm etwas ein. Er trat hinter den Thron und blickte in den Alkoven. Der Marmorboden war an der Stelle blutig, wo er den bewußtlosen Gwarunga zurückgelassen hatte, doch das war auch alles. Der Schwarze war ebenso verschwunden wie Yelaya.

4

DIE ZÄHNE VON GWAHLUR

Wut und Verwirrung quälten den Cimmerier. Er wußte weder, wo er Muriela suchen sollte, noch was er tun sollte, um die Zähne von Gwahlur zu finden. Nur ein Gedanke kam ihm: den Priestern zu folgen. Vielleicht entdeckte er im Versteck des Schatzes einen Hinweis, wie er zu Muriela kommen konnte. Es war zwar nur eine geringe Chance, aber doch besser, als ziellos herumzuirren.

Während er durch die düstere Halle zum Portikus rannte, erwartete er fast, daß die lauernden Schatten an den Wänden und in den Ecken zum Leben erwachten und sich mit Fängen und Klauen über ihn stürzen würden. Doch nur der laute Schlag seines Herzens begleitete ihn im Mondschein, der den Marmor stellenweise verzauberte.

Am Fuß des breiten Treppenaufgangs schaute er sich im hellen Mondlicht nach einer Spur um, die ihm verraten konnte, in welche Richtung er sich wenden mußte. Und er fand eine: Im Gras verstreute Blütenblätter sagten ihm, wo ein Arm oder Gewand gegen einen blütenüberladenen Zweig gestoßen war. Und er sah auch, wo das Gras niedergetreten war. Conan, der in seinen heimatlichen Bergen den Fährten der Wölfe gefolgt war, hatte keine Schwierigkeiten, auf der Spur der Keshanipriester zu bleiben.

Sie führte fort vom Palast durch exotisch duftende Sträucher, an denen bleiche Blüten ihre schimmernden Kelche öffneten, durch Dickicht, das bei der kleinsten Berührung Blüten regnete, bis er schließlich zu einem Felsenwirrwarr kam, das sich wie die Burg eines Riesen von der Felswand ausbreitete und erhob, und zwar an der Stelle, wo die Felswand dem Palast am nächsten und zum großen Teil hinter rankenüberwucherten Bäumen verborgen lag. Offenbar hatte der gesprächige Priester in Keshan sich getäuscht, als er behauptete, die Zähne seien im Palast versteckt. Die Fährte hatte Conan von der Stelle fortgeführt, an der Muriela verschwunden war, doch irgendwie war er inzwischen überzeugt, daß jeder Teil des Tales durch unterirdische Gänge mit dem Palast verbunden war.

Der Cimmerier kauerte sich in die tiefen Schatten der Büsche und studierte die Felsenmasse, die sich scharf im Mondschein abhob. Und nun sah er, daß es behauene Steine waren, mit Reliefs verziert, die Menschen und Tiere darstellten und halb tierähnliche Kreaturen, die Götter oder Teufel sein mochten. Der Kunststil unterschied sich so kraß von dem im Rest des Tales, daß Conan sich fragte, ob er nicht aus einem anderen Zeitalter und von einer anderen Rasse stammte und nicht schon damals ein Relikt alter Zeit gewesen war, als die Alkmeenoner vor undenklicher Zeit in dieses verwunschene Tal gekommen waren.

Eine große Tür stand in der Felswand offen. Über ihr

war ein gewaltiger Drachenschädel aus dem Stein gehauen, in dem die Tür der klaffende Rachen war. Die Tür selbst war aus gehämmerter Bronze und sah aus, als wäre sie mehrere Tonnen schwer. Sie hatte kein Schloß, da sie aber offenstand, waren innen eine Reihe von Riegeln zu erkennen – ein Schließmechanismus, wie er zweifellos nur den Priestern von Keshan bekannt war.

Die Spur verriet, daß Gorulga und sein Gefolge durch die Tür ins Innere verschwunden waren. Conan zögerte. Zu warten, bis sie zurückkehrten, würde vermutlich bedeuten, daß sie ihm die Tür vor der Nase verschlossen und er nicht imstande sein würde, das Geheimnis ihrer Öffnung zu lüften. Folgte er ihnen andererseits ins Innere, schlossen sie ihn möglicherweise unbemerkt ein.

Aber übertriebene Vorsicht brachte ihn nicht weiter. Er schlich durch die Tür. Irgendwo in dieser ausgebauten Höhle befanden sich die Priester, die Zähne von Gwahlur und, wenn er Glück hatte, auch ein Hinweis, der ihn zu Muriela führen mochte. Persönliche Risiken hatten Conan noch nie von irgend etwas abgehalten.

Mondschein fiel noch viele Fuß weit in den breiten Gang hinter der Tür. Irgendwo weiter vorne bemerkte der Cimmerier ein schwaches Glühen, und er hörte die Echos eines dumpfen Geleieres. Die Priester waren ihm gar nicht so weit voraus, wie er angenommen hatte. Der Gang weitete sich zu einem breiten Raum – so weit reichte der Mondschein noch. Dieser Höhlenraum hatte eine hohe, gewölbte Decke mit einer aus sich leuchtenden Krustenschicht – ein Phänomen, das in diesem Teil der Welt, wie Conan wußte, häufig vorkam. Sie verlieh der Höhle ein gespenstisches Halblicht, in dem er auf einem Altar ein Götzenbild in Tiergestalt erkennen konnte, aber auch die Mündung von sechs oder sieben Tunnels, die von diesem Höhlenraum abzweigten. Durch den breitesten Tunnel unmittelbar hinter dem kauernden Idol, das zur Richtung der Außentür starrte, sah er das Flackern von Fackeln, das sich im Gegensatz zu dem Leuchten der Krustenschicht bewegte, außerdem wurde das Geleiere lauter.

Er folgte kühn diesem Tunnel und blickte schon bald in eine größere Höhle als die, die er gerade verlassen hatte. Hier leuchtete die Decke nicht, dafür fiel Fackelschein auf einen größeren Altar und ein häßlicheres und abstoßenderes Götzenbild, das darauf kauerte. Vor dieser ekelerregenden Gottheit knieten Gorulga und seine zehn Akoluthen. Während sie vor sich hinleierten, verbeugten sie sich in regelmäßigen Abständen immer so tief, daß ihre Stirn den Boden berührte. Conan verstand jetzt, warum sie so langsam vorangekommen waren. Ganz offensichtlich mußten sie, ehe sie sich den verborgenen Zähnen von Gwahlur näherten, ein zeitraubendes Ritual durchführen.

Seine Ungeduld wuchs. Endlich verstummten die Priester. Sie erhoben sich und schritten in den Tunnel unmittelbar hinter dem Götzenbild. Ihre Fackeln zogen in einer unregelmäßigen Reihe durch das finstere Gewölbe. Er folgte ihnen dichtauf. Die Gefahr entdeckt zu werden, bestand kaum. Wie ein Nachtgeschöpf rannte er dahin. Selbst wenn seine Schritte laut gewesen wären, hätten die Priester ihn nicht gehört, so vertieft waren sie in ihr rituelles Geleiere. Offenbar war ihnen nicht einmal Gwarungas Fehlen aufgefallen.

Sie gelangten in einen gewaltigen Höhlenraum. In Reihen übereinander zogen sich galerieähnliche Simse entlang ihrer sich hoch oben zu einem Gewölbe zusammenschließenden Wände. Auch hier stand ein Altar, der größer war als die bisherigen, und darauf ein Götzenbild, das noch abscheulicher war als die anderen. Hier setzten die Priester ihre Anbetung fort.

Conan kauerte sich in den dunklen Eingang und betrachtete die Wände, auf denen sich der Fackelschein spiegelte. Er sah eine in den Stein gehauene Treppe, die sich von einer Reihe der Simsgalerie zur anderen wand. Die gewölbte Decke selbst verlor sich in der Finsternis.

Er schrak zusammen, als das Geleiere plötzlich abbrach und die knienden Schwarzen ihre Köpfe zurückwarfen, um hochzuschauen. Eine nichtmenschliche Stimme erdröhnte weit über ihnen. Die Priester erstarrten. Ihre dunklen Gesichter nahmen in einem unheimlichen Licht, das mit einemmal von der Decke herabstrahlte und dann mit pulsierendem Glühen weiterbrannte, einen fahlblauen Ton an. Gedämpft fiel das Licht auf eine Galerie.

Der Hohepriester schrie auf, und die Akoluthen stöhnten erschaudernd. Das erste Strahlen hatte dort oben flüchtig eine schlanke weiße Gestalt offenbart, die hochaufgerichtet in kurzem Seidenrock und funkelndem, juwelenverziertem Gold dastand. Doch nachdem das Strahlen zum pulsierenden Glühen geworden war, war nicht mehr als ein verschwommenes, elfenbeinfarbenes Schimmern zu sehen.

»*Yelaya!*« rief Gorulga verstört. Sein braunes Gesicht war aschfahl. »Weshalb bist du uns gefolgt? Was ist dein Geheiß?«

Die gespenstische, nichtmenschliche Stimme echote donnernd von der Gewölbedecke, die sie um ein Vielfaches verstärkte und veränderte.

»Wehe den Ungläubigen! Wehe den falschen Kindern Keshias! Verderben jenen, die ihre Gottheit verleugnen!«

Ein Schreckensschrei entquoll den Kehlen der Priester. Gorulga wirkte im Fackellicht wie ein verstörter Geier.

»Ich – ich verstehe nicht!« stammelte er. »Wir sind

wahre Gläubige. Im Orakelgemach hast du uns befohlen …«

»Achtet nicht auf das, was ihr dort gehört habt!« grollte die schreckliche Stimme, und das Echo vervielfältigte sie, so daß diese Warnung immer aufs neue wiederholt wurde. »Hütet euch vor falschen Propheten und falschen Göttern! Eine Dämonin nahm meine Gestalt an und sprach zu euch im Palast, doch nicht im Sinne der Götter. Hört nun auf mich und gehorcht, denn ich bin die wahre Göttin. Eine Chance gebe ich euch, dem Unheil zu entgehen.

Nehmt die Zähne von Gwahlur aus ihrem Versteck, in das sie vor so langer Zeit gegeben wurden. Alkmeenon ist nicht länger ein heiliger Ort, da er von Gotteslästerern geschändet wurde. Übergebt die Zähne von Gwahlur dem Stygier Thutmekri, damit er sie im Tempel von Dagon und Derketo in Sicherheit bringt. Das allein kann Keshan vor dem Untergang retten, den die Dämonen der Finsternis für das Land planen. Nehmt nun die Zähne von Gwahlur, und kehrt sofort nach Keshia zurück. Übergebt sie dort Thutmekri. Dann nehmt den fremden Teufel Conan fest und zieht ihm öffentlich am Hauptplatz die Haut lebendigen Leibes ab!«

Es gab keinen Zweifel, daß die Priester diesen Befehl befolgen würden. Zähneklappernd vor Angst schwankten die Schwarzen hoch und eilten zur Tür hinter dem greulichen Tiergötzen. Gorulga rannte allen voraus. In ihrer Hast verklemmten sie sich am Eingang und wimmerten, wenn die wildgeschwungenen Fakkeln ihre schwarzen Leiber berührten. Doch dann waren sie hindurch, und ihre hastigen Schritte verhallten im Tunnel.

Conan folgte ihnen nicht. Das Verlangen, die Wahrheit herauszufinden, wütete in ihm. War das wahrhaftig Yelaya gewesen, wie der kalte Schweiß auf seinem

Rücken schließen ließ, oder Muriela, die ihn verraten hatte? Wenn …

Ehe die letzte Fackel im schwarzen Tunnel verschwunden war, stürmte er rachsüchtig die Treppe hoch. Das pulsierende blaue Glühen erlosch allmählich, doch noch vermochte er die elfenbeinfarbene Gestalt reglos auf der Galerie stehen sehen. Sein Blut drohte zu stocken, als er sich ihr näherte, aber er zögerte nicht. Mit erhobenem Schwert stürzte er auf sie zu.

»Yelaya!« knurrte er. »Tot, wie schon seit tausend Jahren! *Ha!*«

Aus dem dunklen Eingang eines Seitengangs hinter ihm sprang eine finstere Gestalt. Doch das schwache Scharren der nackten Füße verriet sie dem Cimmerier. Wie eine Katze wirbelte er herum und wich dem mörderischen Hieb aus, der seinem Rücken gegolten hatte. Als der blitzende Stahl in der Dunkelheit an ihm vorbeizischte, schlug er mit der Wut eines gereizten Pythons zurück. Seine lange gerade Klinge drang durch seinen Angreifer und ragte eineinhalb Fuß aus dessen Rücken.

Conan riß sein Schwert zurück, als sein Opfer zusammenbrach und röchelnd auf den Boden sackte. Der Mann krümmte sich noch kurz, dann erstarrte er. Im erlöschenden Licht sah der Cimmerier einen schwarzen Körper und ein dunkles Gesicht, das in dem blauen Glühen noch häßlicher als sonst war. Es gehörte Gwarunga!

Conan wandte sich von der Leiche ab und der Göttin zu. Lederbänder um ihre Knie und den Busen hielten sie aufrecht an einer Steinsäule, und das dichte Haar war ebenfalls um die Säule geknüpft, um den Kopf hochzuhalten. In dem unsicheren Licht waren die Bande schon aus kurzer Entfernung nicht mehr zu erkennen.

Er muß zu sich gekommen sein, als ich zu dem Tunnel hinunterstieg, dachte Conan. Und dann vermutet haben, daß ich unten war, also zog er den Dolch heraus. Der Cimmerier bückte sich, nahm eben jene Waffe aus den toten Fingern, betrachtete sie und schob sie in seinen eigenen Gürtel zurück. Und dann, dachte er weiter, knallte er die Tür zu und hob Yelaya auf, um seine leichtgläubigen Brüder hereinzulegen. Er war es, der gebrüllt hat. In diesem widerhallenden Gewölbe war seine Stimme natürlich nicht erkennbar. Und diese blendende und schließlich pulsierende blaue Flamme – sie kam mir gleich bekannt vor. Das ist ein Trick der stygischen Priester. Thutmekri muß Gwarunga etwas von dem Pulver gegeben haben.

Der Bursche konnte die Höhle mit Leichtigkeit vor den anderen erreicht haben. Er hatte offenbar durch Karten, oder weil es die Priester durch mündliche Überlieferung erfahren hatten, genau gewußt, wo sie war. Er hatte sie mit der Göttin auf den Armen nach den anderen betreten und war auf Umwegen durch Tunnels und Höhlenräume vorausgeeilt. Er hatte sich mit seiner Last auf der Galerie eingerichtet, während Gorulga und die Akoluthen mit ihrem endlosen Ritual beschäftigt waren.

Das blaue Glühen war nun ganz erloschen, doch jetzt wurde Conan sich eines anderen Glühens aus dem Eingang eines weiteren Tunnels bewußt, der sich auf das Sims öffnete. Irgendwo entlang dem Korridor mußte sich ebenfalls eine dieser Krustenschichten an der Decke befinden, denn zweifellos kam dieses Leuchten davon. Dieser Tunnel verlief in die Richtung, die die Priester genommen hatten. Er entschloß sich, ihm zu folgen, statt in die Dunkelheit der großen Höhle hinunterzusteigen. Sicher führte er zu einer Galerie in einem anderen Höhlenraum, der möglicherweise sogar das Ziel der Priester war. Er rannte los.

Das Leuchten wurde stärker, bis er Boden und Wände des Tunnels erkennen konnte. Unter ihm und vor ihm hörte er die Priester erneut bei ihrem leiernden Beten.

Plötzlich hob sich in der linken Wand ein Eingang in dem gespenstischen Glühen ab, und an seine Ohren drang ein schwaches hysterisches Schluchzen. Er wirbelte herum und blickte durch die Öffnung.

Vor ihm lag ein aus dem Fels gehauenes Gemach, keine natürliche Höhle wie die anderen. Das Leuchten kam von der gewölbten Decke. Die Wände waren fast völlig mit goldenen Arabesken verziert.

An der Wand gleich neben dem Eingang erhob sich ein Granitthron, der Bogentür zugewandt. Auf ihm saß der monströse Pteor, der Gott der Pelishtier, ganz aus Messing, mit seinen übertrieben dargestellten männlichen Attributen, wie sein Kult es verlangte. Auf seinem Schoß lag eine schlaffe weiße Gestalt.

»Na so was!« knurrte Conan. Er schaute sich mißtrauisch um. Eine zweite Tür war in diesem Gemach nicht zu sehen, auch befand sich sonst niemand hier. Lautlos schritt er auf den Thron zu und blickte hinunter auf das Mädchen, deren schmale Schultern unter dem herzzerreißenden Schluchzen heftig zuckten. Ihre Arme verbargen das Gesicht. Von den breiten Goldbändern um die Arme des Götzenbilds hingen dünne Goldketten zu schmaleren Reifen an den Handgelenken des Mädchens. Conan legte eine Hand auf ihre nackte Schulter. Sie zuckte vor Angst noch heftiger, bis sie endlich wagte, ihm das tränenverschmierte Gesicht entgegenzuheben.

»*Conan!*« Sie wollte die Arme um seinen Hals schlingen, aber die Ketten ließen es nicht zu. Mit dem Dolch durchschnitt er das weiche Gold so dicht an ihren Handgelenken wie nur möglich, und brummte: »Du wirst diese Armbänder tragen müssen, bis ich einen Meißel oder eine Feile finde. Laß mich los, verdammt!

Ihr Schauspielerinnen seid zu verdammt gefühlsduselig. Was ist überhaupt passiert?«

»Als ich ins Orakelgemach zurückgegangen bin«, wimmerte Muriela, »sah ich die Göttin auf dem Podest liegen, wie beim erstenmal, als ich mit Zargheba dort hinkam. Ich rief dir und wollte zur Tür rennen – da packte mich etwas von hinten. Es drückte die Hände auf meine Lippen und schleppte mich durch ein Paneel in der Wand, dann eine Treppe abwärts und durch einen dunklen Korridor. Erst als wir durch eine schwere Metalltür in einen Gang gekommen waren, der wie dieses Gemach beleuchtet war, sah ich, wer mich entführt hatte.

Es fehlte nicht viel, und ich wäre in Ohnmacht gefallen. Genau wie die anderen war es kein wirklich menschliches Wesen, Conan, sie sind graue, haarige Teufel, die aufrecht wie Menschen gehen und deren Gebrabbel kein Mensch verstehen kann. Sie standen nur wie wartend, und nach einer Weile glaubte ich, daß jemand an der anderen Seite die Tür zu öffnen versuchte. Da zog eines der Wesen an einem metallenen Hebel in der Wand, und auf der anderen Seite der Tür stürzte etwas mit erschreckendem Krachen auf den Boden.

Danach trugen sie mich immer weiter durch verschlungene Tunnels und mehrere Steintreppen hoch, bis wir diesen Raum erreichten. Sie fesselten mich auf die Knie dieses gräßlichen Götzen und verließen mich. O Conan, wer sind diese Kreaturen?«

»Die Diener Bît-Yakins«, antwortete er. »Ich fand eine Schriftrolle, die mir so allerlei verriet. Und dann fand ich auch noch Fresken, denen ich den Rest entnahm. Bît-Yakin war ein Pelishtier, der mit seinen Dienern nach Alkmeenon kam, nachdem seine ursprünglichen Bewohner das Tal verlassen hatten. Er entdeckte den Leichnam der Prinzessin Yelaya und stellte fest, daß die Priester hin und wieder in das Tal zurückkehrten, um ihr Opfer darzubringen, denn schon damals wurde sie als Göttin verehrt.

Er war es, der sie zum Orakel machte und ihr seine Stimme verlieh, indem er aus einer Nische sprach, die er in die Wand hinter dem Elfenbeinpodest hauen ließ. Die Priester argwöhnten nichts, denn nie sahen sie ihn oder seine Diener, da diese sich immer verbargen, wenn jemand ins Tal kam. Bît-Yakin lebte und starb hier, ohne je von den Priestern entdeckt zu werden. Nur Crom mag wissen, wie lange er hier lebte, aber es dürften Jahrhunderte gewesen sein. Die Weisen von Pelishtien wissen, wie sie ihre Lebensdauer um Hunderte von Jahren verlängern können. Einige von ihnen lernte ich selbst kennen. Ich habe keine Ahnung, warum Bît-Yakin so einsam hier hauste und weshalb er das Orakel spielte. O doch, letzteres kann ich mir sehr wohl denken. Er tat es, damit die Stadt unberührt und heilig blieb und er so nicht gestört würde. Er aß die Nahrungsmittel, die die Priester Yelaya als Opfergabe brachten, und seine Diener verzehrten etwas anderes – ich weiß schon lange, daß ein unterirdischer Fluß von dem See wegführt, in den die Menschen des puntischen Hochlands ihre Toten werfen. Dieser Fluß strömt unter dem Palast hindurch. Es führen Leitern zum Wasser, an denen die Diener sich festhalten, wenn sie die Leichen herausfischen, die die Strömung mit sich trägt. Bît-Yakin legte all das auf der Schriftrolle und durch Malereien an den Wänden nieder.

Aber schließlich starb auch er. Seine Diener mumifizierten ihn nach den Anweisungen, die er ihnen vor seinem Tod erteilt hatte, und brachten ihn in eine kleine Höhle in der Felswand. Der Rest ist nur Vermutung. Seine Diener, deren Lebensdauer noch weit länger als seine war, blieben weiter im Tal. Als das nächstemal ein Hoherpriester kam, um das Orakel zu befragen, rissen sie ihn in Stücke, denn sie hatten ja keinen Herrn mehr, der sie hätte zurückhalten können. Also kam seither – bis Gorulga – niemand mehr zu dem Orakel.

Ganz offensichtlich erneuerten sie immer wieder die Kleidung der Göttin, wie sie Bît-Yakin es hatten tun sehen. Zweifellos gibt es irgendwo eine verborgene Kammer, in dem die Seidenröcke vor der Verrottung geschützt aufbewahrt werden. Sie bekleideten die Göttin und brachten sie ins Orakelgemach zurück, nachdem Zargheba sie versteckt hatte. Und – das fällt mir gerade ein – sie trennten Zarghebas Kopf ab und hängten ihn an einen Lotusbaum.«

Sie erschauderte, atmete jedoch gleichzeitig erleichtert auf.

»Er wird mich nie wieder auspeitschen«, murmelte sie.

»Nicht in diesem Leben«, bestätigte Conan. »So, aber jetzt komm. Gwarunga hat mir mit der gestohlenen Göttin meine Chancen zunichte gemacht. Jetzt werde ich den Priestern folgen und zusehen, ob ich ihnen die Beute nicht abnehmen kann, nachdem sie sie geholt haben. Und bleib du dicht bei mir, ich kann nicht die ganze Zeit damit zubringen, nach dir zu suchen!«

»Aber die Diener Bît-Yakins!« wisperte sie verängstigt.

»Das Risiko müssen wir eingehen«, knurrte er. »Ich weiß nicht, was sie vorhaben, aber bisher sah es nicht so aus, als hätten sie die Absicht, sich sehen zu lassen und offen zu kämpfen. Komm endlich!«

Er nahm sie bei der Hand, führte sie aus dem Gemach und durch den Korridor. Nach einer Weile hörten sie das Geleiere der Priester und im Hintergrund das gedämpfte Rauschen von Wasser. Es wurde heller, als sie auf die hohe Galerie einer riesigen Höhle kamen. Sie starrten hinunter auf eine unheimliche, phantastische Szene.

Über ihnen leuchtete die verkrustete Decke, etwa hundert Fuß unter ihnen erstreckte sich glatter Höhlenboden. Auf der Seite gegenüber der Galerie war der Boden von einem schmalen Fluß durchbrochen, der fast über sein Bett schäumte. Aus undurchdringlicher Schwärze kam sein Schwall, in der er sich am anderen Höhlenende auch wieder verlor. Das Stück sichtbare Oberfläche spiegelte das Leuchten von der Decke wider, und so glitzerte das dunkle Wildwasser, als zierten lebende Juwelen es in frostigem Blau, glimmendem Rot, schimmerndem Grün und in wundersamem Schillern.

Conan und Muriela standen auf einem galerieähnlichen Sims, das sich die hohe Wand entlangzog. Von diesem Sims führte eine natürliche Brücke, die sich in atemberaubendem Bogen über die weite Kluft der Höhle hob, zu einem weit kleineren Sims auf der anderen Höhlenseite, jenseits des Flusses, mit dem sie verschmolz. Zehn Fuß tiefer überbrückte ein weiterer Bogen die Höhle. An jedem Ende führten in den Stein gehauene Stufen zu diesem Brückenbogen.

Conans Blick folgte der Brücke, die an ihrem Sims begann, und bemerkte einen Lichtschimmer, der nicht von der leuchtenden Decke herrührte. Auf dem schmalen Sims der anderen Seite befand sich eine Öffnung, durch die Sterne funkelten.

Doch seine hauptsächliche Aufmerksamkeit galt der Szene unter ihnen. Die Priester hatten ihr Ziel erreicht. In einer Einbuchtung der Höhlenwand stand ein steinerner Altar, doch auf ihm stand kein Götzenbild. Ob sich eines hinter ihm befand, konnte Conan nicht sehen, denn durch das Spiel des Lichts oder die Krümmung der Wand herrschte hinter dem Altar absolute Dunkelheit.

Die Priester hatten ihre Fackeln in Löcher im Steinboden gesteckt. Sie bildeten nun einen feurigen Halbkreis, etwa zwölf Fuß vor dem Altar. Dann formten auch die Priester einen Halbkreis, innerhalb dieser Fackelsichel. Gorulga hob seine Arme im Gebet, dann bückte er sich zum Altar hinab und drückte mit den Händen dagegen. Der Altar kippte nach hinten, wie der Deckel einer Truhe, und offenbarte einen Hohlraum.

Gorulga streckte seinen langen Arm aus. Er griff hinein und brachte eine kleine Messingtruhe zum Vorschein. Dann zog er den Altar wieder vor, stellte die Truhe darauf und öffnete sie. Den aufgeregten Zuschauern auf der hohen Galerie schien es, als hätte die Handlung des Priesters ein Feuer ausgelöst, das wie ein lebendes Wesen um die offene Truhe pulsierte. Conans Herz schlug heftiger, und seine Hand legte sich unwillkürlich um den Schwertgriff. Ah, endlich die Zähne von Gwahlur! Der Schatz, der seinen Besitzer zum reichsten Mann der Welt machen würde! Er atmete schwer durch die zusammengepreßten Zähne.

Da wurde ihm plötzlich bewußt, daß etwas mit dem Licht nicht stimmte. Irgend etwas dämpfte das Leuchten von der Decke und den Schein der Fackeln, ja schien sie gar zum Erlöschen zu bringen. Finsternis stahl sich um den Altar. Nur das Glühen, das von den Juwelen ausging blieb, ja verstärkte sich noch. Die Schwarzen erstarrten zu Basaltstatuen, und ihre Schatten, die sich vor und hinter ihnen ausdehnten, wirkten grotesk und gigantisch.

Der ganze Altar war nun in das Glühen getaucht. Gorulgas völlig verwirrtes Gesicht hob sich scharf ab. Das Glühen breitete sich jetzt auch hinter den Altar aus. Während es sich Schritt um Schritt vorwärtszutasten schien, wuchsen Gestalten aus der stillen Finsternis.

Zuerst sahen sie aus wie Statuen aus grauem Stein –

diese reglosen Gestalten, die behaart und auf abscheuliche Weise menschenähnlich waren. Aber ihre Augen lebten, waren wie kalte Funken grauen, eisigen Feuers. Während das gespenstische Glühen ihre tierischen Züge erhellte, schrie Gorulga gellend auf. Er fiel nach hinten und warf die Arme in einer Geste unerträglichen Grauens hoch.

Da schnellte ein langer Arm über den Altar, und eine unförmige Hand schloß sich um seine Kehle. Der Priester wehrte sich und brüllte, doch es half ihm nichts, er wurde über den Altar gezerrt. Dann sauste eine hammergleiche Faust herab, und Gorulga verstummte für immer. Schlaff und zerbrochen lag er quer über dem Altar. Und schon stürzten die Diener Bît-Yakins wie eine Flut aus der Hölle auf die schwarzen Priester los, die vor Grauen wie gelähmt waren.

Was folgte, war ein Gemetzel, wie es nicht hätte schlimmer sein können.

Gegen die unmenschlichen Kräfte der Angreifer kamen die Dolche und Krummsäbel der Priester nicht an. Conan sah, wie die Haarigen die Schwarzen mühelos in die Luft hoben und ihre Schädel auf dem Altar zerschmetterten. Er sah, wie eine brennende Fackel in einer mißgeformten Hand unerbittlich die Kehle eines Verzweifelten hinuntergestoßen wurde, der sich vergebens gegen den Arm wehrte, der ihn hielt. Er sah, wie ein Priester einem Brathuhn ähnlich zerrissen und seine blutigen Teile quer durch die Höhle geschleudert wurden. Das Massaker war kurz, doch verheerend wie ein Orkan. Nur ein Akoluth war ihm entgangen. Er floh schreiend den Weg zurück, den die Priester gekommen waren. Eine Schar der blutbesudelten Schrekkensgestalten verfolgten ihn und verschwanden bald in der Finsternis des Korridors. Nur noch die Schreie des Schwarzen waren, durch die Entfernung gedämpft, zu hören.

Muriela hatte sich auf die Knie geworfen und umklammerte Conans Beine. Ihr Gesicht preßte sie mit zusammengekniffenen Augen an seine Schenkel. Sie war vor Angst und Grauen außer sich. Doch Conan war wie besessen. Er warf erst einen Blick auf die Öffnung in der gegenüberliegenden Wand, durch die die Sterne funkelten, dann einen auf die Truhe, die noch offen auf dem blutigen Altar stand.

»Ich hole mir die Truhe!« knirschte er zwischen zusammengepreßten Zähnen. »Bleib du hier!«

»O Mitra! Nein!« In ihrer ungeheuren Furcht warf sie sich ganz auf den Boden und griff nach Conans Sandalen. »Nein! Nein! Verlaß mich nicht!«

»Rühr dich nicht und halt den Mund!« schnaubte er und befreite sich aus ihrer verzweifelten Umklammerung.

Er dachte gar nicht daran, die Treppen zu benutzen, sondern sprang verwegen von Sims zu Sims. Von den Ungeheuern war nichts zu sehen, als er den Höhlenboden erreicht hatte. Ein paar der Fackeln brannten noch, die Decke leuchtete wieder, und erneut spiegelte sich ihr Schein in dem rauschenden Fluß. Das Glühen, das das Erscheinen der Diener angekündigt hatte, war mit ihnen verschwunden. Nur das Funkeln der Juwelen in der Messingtruhe war geblieben.

Conan packte sie und warf einen schnellen Blick auf ihren Inhalt. Seltsame, ungewöhnlich geformte Steine waren es, die in einem eisigen, unirdischen Feuer glühten. Er knallte den Deckel zu, klemmte sich die Truhe unter den Arm und rannte die Stufen hoch. Er hatte absolut kein Verlangen danach, den teuflischen Dienern Bît-Yakins in die Arme zu laufen. Er hatte sie kämpfen gesehen, das genügte ihm. Er verstand nur nicht, weshalb sie so lange gewartet hatten, ehe sie sich auf die Eindringlinge stürzten. Aber welcher Mensch könnte die Gedanken und Motive dieser Monstren auch nur ahnen? Daß sie über menschenähnliche Intelligenz und Schläue verfügten, hatten sie bewiesen. Und der blutige Beweis ihrer bestialischen Wildheit lag auf dem Höhlenboden verstreut.

Die Corinthierin wartete zusammengekauert auf dem Sims, wo Conan sie verlassen hatte. Er faßte sie am Handgelenk und riß sie auf die Füße. »Wir verschwinden besser!« brummte er.

Sie war vor Furcht und Grauen noch so benommen, daß sie sich gar nicht richtig bewußt war, was vorging, und so ließ sie sich willenlos über die schmale, steile Brücke ziehen. Erst als sie sich über dem rauschenden Fluß befanden, blickte sie hinunter. Sie japste erschrocken und wäre hinuntergestürzt, hätte Conans kräftiger Arm um ihre Taille sie nicht gehalten. Leise fluchend klemmte er sie sich unter den freien Arm und schleppte sie mit schlaff herabhängenden Gliedern über die natürliche Brücke und durch die Öffnung an ihrem Ende. Ohne sie abzusetzen, rannte er durch den schmalen Tunnel hinter dieser Öffnung und erreichte kurz darauf ein schmales Sims an der äußeren Felswand des Tales. Weniger als hundert Fuß unter ihnen wogte der Dschungel im Sternenlicht.

Conan blickte hinunter und stieß einen tiefen Seufzer der Erleichterung aus. Er war überzeugt, daß er den Abstieg schaffen würde, selbst wenn er sowohl das Mädchen als auch die Truhe mit den Steinen tragen mußte. Aber er zweifelte, daß ihm hier, wenn auch allein, der Aufstieg geglückt wäre. Er stellte die Truhe, die noch mit Gorulgas Blut befleckt war, auf das Sims und wollte gerade seinen Gürtel abnehmen, um sie sich auf den Rücken zu binden, als ihn ein unverkennbarer Laut hinter ihm fast lähmte.

»Bleib hier!« befahl er dem verwirrten Mädchen. »Rühr dich nicht vom Fleck!« Er zog sein Schwert, hastete in den Tunnel zurück und blickte mit wild funkelnden Augen in die Höhle.

Etwa in der Mitte der oberen Brücke sah er eine graue, mißförmige Gestalt. Einer von Bît-Yakins Dienern war hinter ihnen her. Das Ungeheuer mußte sie gesehen und sich gleich daran gemacht haben, sie zu verfolgen. Conan zögerte nicht. Es würde zwar einfacher sein, den Tunneleingang zu verteidigen, aber diesen Kampf mußte er schnell hinter sich bringen, ehe die anderen Diener zurückkehrten.

Er rannte hinaus auf die Brücke, auf das herbeieilende Monstrum zu. Es war weder Affe noch Mensch. Es war eine der grauenerregenden Kreaturen, die die geheimnisvollen, unbekannten Dschungel des Südens hervorbrachten, in denen es in der stinkenden Fäulnis von Leben wimmelte, das den Menschen nicht kannte, und wo Trommeln in Tempeln pochten, von denen die Menschen nichts wußten. Wie es dem greisen Pelishtier gelungen war, sich zum Herrn über sie zu erheben, war dem Cimmerier ein Rätsel, das er gar nicht lösen wollte, selbst wenn er die Zeit dazu gehabt hätte. Aber höchstwahrscheinlich waren diese tierischen Diener der Grund, daß der Pelishtier sich von den Menschen zurückgezogen und die Einsamkeit hier gewählt hatte.

Mensch und Ungeheuer trafen sich am obersten Punkt der Bogenbrücke, wo hundert Fuß unter ihnen das schwarze Wildwasser tobte. Als die monströse Gestalt mit dem aussätzigen, grauen Körper und den Zügen eines aus Stein gehauenen nichtmenschlichen Götzen sich unmittelbar vor ihm erhob, schlug Conan zu wie ein verwundeter Tiger, und alle Kraft seiner mächtigen Muskeln steckte in diesem Hieb. Er hätte einen Menschen getötet, doch Knochen und Muskeln des Ungeheuers waren wie aus Stahl. Aber selbst der beste Stahl hätte diesem wütenden Hieb nicht ganz widerstehen können. Rippen und Schulterbein zersprangen, und Blut quoll aus der klaffenden Wunde.

Für einen zweiten Hieb blieb keine Zeit. Ehe der Cimmerier seine Klinge erneut zu heben oder zurückzuspringen vermochte, wischte ihn ein gewaltiger Arm wie eine Fliege von der Brücke. Im Hinabstürzen hörte sich das Rauschen des Flusses wie Todesgesang in seinen Ohren ab. Aber glücklicherweise drehte er sich so, daß er noch mit dem Oberkörper auf der unteren Brücke landete. Einen gefährlichen Augenblick lang, bis er sich mit den Fingern festkrallen konnte, drohte er hinunterzurutschen. Doch schließlich gelang es ihm, sich ganz hinauf und in Sicherheit zu ziehen, ohne dabei sein Schwert in der anderen Hand loszulassen.

Als er aufsprang, sah er das Ungeheuer bluttriefend zum Brückenende rasen, höchstwahrscheinlich, um die Stufen hinunterzurennen, die die beiden Brücken verbanden, und den Kampf fortzusetzen. Am Sims hielt der Graue jedoch mitten im Satz an. Er hatte Muriela entdeckt, die mit der Schatztruhe unter einem Arm mit weit aufgerissenen Augen aus dem Tunnel starrte.

Mit einem Triumphgebrüll packte das Ungeheuer sie. Als sie die Truhe fallenließ, griff der Graue auch danach. Die beiden unter die Arme geklemmt, drehte er sich um und rannte über die Brücke zurück. Conan fluchte wild und eilte nun ebenfalls zur anderen Brükkenseite, obwohl er bezweifelte, daß es ihm gelingen würde, rasch genug die Stufen hochzuklettern, um den Burschen noch zu erwischen, ehe er in dem Tunnellabyrinth auf dieser Seite verschwand.

Doch das Ungeheuer wurde langsamer wie ein ablaufendes Uhrwerk. Blut quoll aus der klaffenden Wunde in seiner Brust, und es schwankte wie betrunken von einer Seite zur anderen. Plötzlich stolperte es und taumelte seitwärts. Kopfüber kippte es von der Brücke und stürzte in die Tiefe. Mädchen und Schatztruhe entglitten seinen Armen, und Murielas Schreie durchschnitten die Luft über dem Rauschen des Flusses.

Conan befand sich fast unterhalb der Stelle, von der der Graue gekippt war. Das Ungeheuer prallte gegen die Seite des unteren Brückenbogens und stürzte weiter in die Tiefe. Aber das sich windende Mädchen schlug auf der Brücke auf und klammerte sich fest. Die Truhe krachte gegen den Rand, dicht neben ihr. Muriela war auf einer Seite neben Conan aufgeprallt, die Truhe auf seiner anderen. Beide befanden sich in Armlänge neben ihm. Einen Herzschlag lang lag die Truhe schräg über dem Rand, während Muriela sich mit einer Hand festhielt, ihr Gesicht verzweifelt zu Conan hochgewandt. Ihre Augen waren vor Todesangst geweitet, und ihren Lippen entrang sich ein grauenvoller Schrei.

Conan zögerte nicht. Nicht einmal einen Blick widmete er der Truhe mit dem kostbarsten Schatz der Welt. Flinker als ein hungriger Jaguar bückte er sich und packte den Arm des Mädchens, gerade als ihre Finger von dem glatten Stein abglitten, und hob sie auf die Brücke. Die Truhe kippte nun ganz über den Rand und stürzte neunzig Fuß tiefer in das schäumende Wasser, in dem Bît-Yakins Diener bereits versunken war. Ein Aufspritzen des Wassers verriet, wo die Zähne von Gwahlur nun für immer verschwunden waren.

Conan schaute kaum in die Tiefe. Er rannte über die Brücke zurück und leichtfüßig wie eine Katze die Stufen zu dem nach außen führenden Tunnel hoch. Das Mädchen trug er, als wäre sie ein Baby. Ein grauenvolles Heulen veranlaßte ihn, über die Schulter zu blicken, als er in der Höhe der oberen Brücke war. Er sah die restlichen Diener in die Höhle unten zurückkehren. Blut tropfte von ihren gefletschten Fängen. Sie rasten die Treppe hoch, die sich von Simsreihe zu Simsreihe schlängelte, und brüllten dabei wuterfüllt. Hastig warf er sich das Mädchen über die Schulter, rannte durch den Tunnel und klomm behende wie ein Affe die Felswand hinunter. Von Halt zu Halt sprang er mit halsbrecherischer Verwegenheit. Als die wilden Fratzen der Grauen über das Sims am Tunnelende in die Tiefe starrten, verschwand der Cimmerier mit dem Mädchen gerade in dem Dschungel, der bis an den Fuß der Felswand wucherte.

Im Schutz eines dichten Laubdachs stellte Conan Muriela auf die Füße. »Jetzt können wir uns Zeit lassen«, sagte er zu ihr. »Ich glaube nicht, daß diese Bestien das Tal verlassen werden, um uns zu verfolgen. Und selbst wenn, mein Pferd ist ganz in der Nähe an einem Wasserloch angebunden – wenn die Löwen es nicht gewittert und zerrissen haben. Crom! Weshalb heulst du denn *jetzt*?«

Sie schlug die Hände vor ihr tränenüberströmtes Gesicht, und ihr Schluchzen schüttelte die schmalen Schultern.

»Ich habe dich um die Juwelen gebracht!« wimmerte sie. »Es war meine Schuld. Hätte ich dir gehorcht und wäre draußen auf dem Sims geblieben, hätte das Ungeheuer mich überhaupt nicht gesehen. Du hättest nach der Truhe greifen und mich ertrinken lassen sollen!«

»Ja, das hätte ich vielleicht«, pflichtete er ihr bei. »Aber ich habe es nicht getan, also vergiß es. Vorbei ist vorbei! Und hör auf zu heulen. Ja, so ist es schon besser. Komm jetzt!«

»Heißt das, daß du mich bei dir behalten willst? Daß du mich mitnimmst?« fragte sie, und ihre Augen leuchteten hoffnungsvoll.

»Glaubst du vielleicht, ich würde dich hier deinem Schicksal überlassen?« Er musterte sie durchaus nicht abfällig, und als sein Blick über ihren zerrissenen Rock wanderte, der großzügig eine wohlgeformte Rundung offenbarte, grinste er. »Ich kann eine Schauspielerin wie dich brauchen. Wir werden auch nicht nach Keshia zurückkehren. Es gibt dort nichts mehr, was mich interessiert. Wir machen uns auf den Weg nach Punt. Die Puntier verehren eine Elfenbeingöttin und waschen mit Weidenkörben Gold aus den Flüssen. Ich werde ihnen sagen, daß Keshan auf Thutmekris Intrige eingegangen ist, sie zu versklaven – das stimmt sogar –, und daß die Götter mich geschickt haben, sie – für ein Haus voll Gold – zu beschützen. Wenn es mir gelingt, dich in ihren Tempel zu schmuggeln, daß du die Stelle ihrer Elfenbeingöttin einnimmst, nehmen wir sie bis auf die Haut aus!«

Jenseits des Schwarzen Flusses

geistersumpf
ORISH
ft. tuscelan
conawag
schohira
gwawela
KORMOR
thandara
velitrium
westermark
thenitea
schondara
tauran
ft. thandara
schwarzer fluss
bossonien
amilius
schirki
AQ
zingara
couthen
attalu
elymia
imirianische höhe
donnerfluss
riesenkerbe
lor
khorotas
brocellianischer forst
schädelstätte
bitaxa
imirus
guarralid
alimane
poitain
thune
ty
cular io
burg valbroso
rabirian berge
pergon
asta
ebene von pallos
argos
messantia

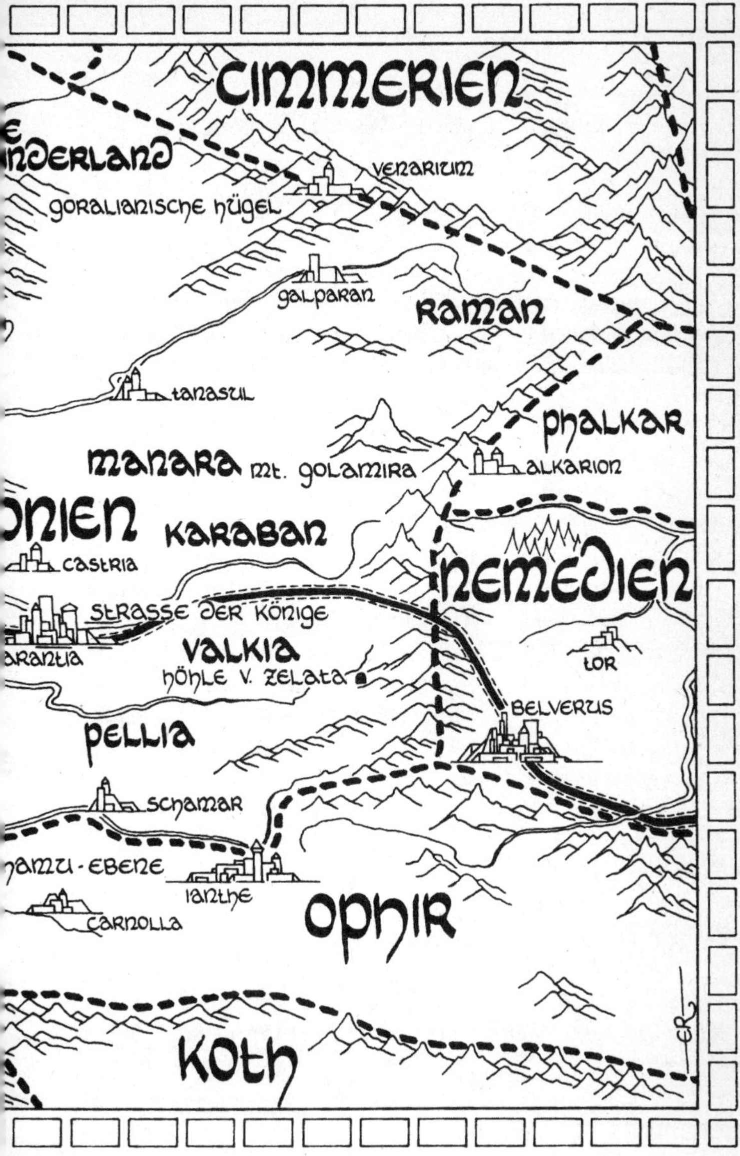

CIMMERIEN
NDERLAND
VENARIUM
GORALIANISCHE HÜGEL
GALPARAN
RAMAN
TANASUL
PHALKAR
MANARA
MT. GOLAMIRA
ALKARION
ONIEN
KARABAN
CASTRIA
NEMEDIEN
STRASSE DER KÖNIGE
ARANTIA
VALKIA
TOR
HÖHLE V. ZELATA
BELVERUS
PELLIA
SCHAMAR
AMU-EBENE
IANTHE
CARNOLLA
OPHIR
KOTH
ER

Jenseits des Schwarzen Flusses

Robert E. Howard

Conan will seinen Plan, die Anbeter der Elfenbeingöttin in Punt um ein wenig ihres Goldes zu bringen, durchführen. Es gelingt ihm auch, mit Muriela in den Tempel der Elfenbeingöttin einzudringen, doch es verläuft nicht alles, wie erwartet. Nach dem Abenteuer im Tempel zieht er nach Zembabwei weiter. In der Stadt der Doppelmonarchen schließt er sich einer Handelskarawane als Wächter an, um sie sicher vorwärts, entlang der Wüstengrenze – an der die Zuagir, deren Häuptling er eine Zeitlang war, ihr Unwesen treiben – nach Shem zu bringen. Von dort kehrt Conan quer durch die hyborischen Königreiche in seine eisige Heimat Cimmerien zurück. Conan ist inzwischen etwa vierzig. Seine gesammelte Erfahrung macht sich hauptsächlich in größerer Zielsicherheit bemerkbar, wenn es um Frauen und die Austragung von Auseinandersetzungen geht. In Cimmerien stellt er fest, daß die Söhne seiner Altersgenossen bereits Familien gegründet haben und sich das schwere Leben in dem rauhen Land durch einige Güter aus den hyborischen Reichen ein wenig erleichtern. Doch haben in all der Zeit, seit der Vernichtung von Venarium vor mehr als zwei Jahrzehnten, keine hyborischen Kolonisten mehr Fuß über die Grenze gesetzt. Nun jedoch breiten die Aquilonier sich westwärts durch die Bossonischen Marschen in die Randgebiete der Piktischen Wildnis aus. Dorthin wendet Conan*

* Die Elfenbeingöttin in ›Conan der Schwertkämpfer‹, HEYNE-BUCH Nr. 06/3895

sich, um seinem Schwert etwas zu tun zu geben. Er verdingt sich als Kundschafter im Fort Tuscelan, dem äußersten Vorposten der Aquilonier am Ostufer des Schwarzen Flusses, tief im Piktenland. Hier ist ein erbitterter Kampf mit piktischen Stämmen im Gange.

1

CONAN VERLIERT SEINE AXT

Die Stille auf dem Waldpfad war so vollkommen, daß der leise Schritt weicher Stiefel sich erschreckend laut anhörte. So jedenfalls empfand es der Mann, der mit größter Vorsicht – die jeder walten lassen mußte, der sich jenseits des Donnerflusses wagte – dahinschlich. Er war noch sehr jung, dieser Mann von mittlerer Größe, mit dem offenen Gesicht und dem dichten Schopf zerzausten hellbraunen Haares, das weder Mütze noch Helm bändigte. Er trug die in diesem Land übliche Kleidung: einen Kittel aus grobem Stoff, den ein Gürtel zusammenhielt, darunter eine lederne Kniehose und weiche Wildlederstiefel, die bis dicht zu den Knien reichten. Aus einem Schaft ragte ein Dolchgriff. Am breiten Ledergürtel hingen ein kurzes, schweres Schwert und ein Wildlederbeutel. Die scharfen Augen, die das Dickicht links und rechts des Weges zu durchdringen suchten, verrieten keine Besorgnis. Obgleich er nicht groß war, war er doch gutgewachsen, und die Arme, die die kurzen, weiten Ärmeln des Kittels nur teilweise bedeckten, wiesen kräftige Muskeln auf.

Ungerührt marschierte er dahin, obwohl die Blockhütte des letzten Siedlers schon Meilen hinter ihm lag und jeder Schritt ihn der grimmigen Bedrohung näherbrachte, die wie ein brütender Schatten über dem alten Wald hing.

Wie ihm schien, verhielt er sich sehr leise, doch er wußte sehr wohl, daß seine weichen Schritte scharfen Ohren, die möglicherweise in der trügerischen grünen Wildnis lauschten, wie eine Sturmglocke erscheinen mochten. Seine sorglose Haltung war nur vorgetäuscht. Seine Sinne waren angespannt, vor allem die Ohren, auf die er sich verlassen mußte, da die Augen nur wenige Fuß weit zu beiden Seiten des Pfades sehen konnten.

Doch es war mehr ein sechster Sinn als eine Warnung durch die Wahrnehmung seiner Augen oder Ohren, der ihn abrupt, mit der Hand um den Schwertgriff, anhalten ließ. Mitten auf dem Pfad blieb er reglos stehen. Unbewußt hielt er den Atem an und fragte sich, was er gehört hatte, wenn es überhaupt ein Laut gewesen war, der ihn gewarnt hatte. Die Stille hätte kaum absoluter sein können. Kein Eichhörnchen kekkerte, kein Vogel zwitscherte. Da fiel sein Blick auf dichtes Buschwerk gleich neben dem Pfad, mehrere Fuß weiter vom. Kein Luftzug war zu spüren, und doch hatte er ganz deutlich gesehen, wie ein Zweig sich leicht bewegte. Seine Nackenhärchen stellten sich auf. Einen Herzschlag lang war er unentschlossen, denn ein Schritt, gleichgültig in welche Richtung, mochte ihm den sofortigen Tod aus dem Buschwerk bringen.

Ein schweres Krachen erklang hinter dem Laub. Die Büsche kamen in heftige Bewegung, und gleichzeitig mit dem Krachen schoß ein Pfeil heraus und verlor sich in den Bäumen entlang dem Pfad. Der junge Mann sah seine Flugbahn genau, als er hastig in Dekkung sprang.

Hinter einem Stamm verborgen, mit dem Kurzschwert in der aufgeregten Hand, beobachtete er, wie das Dickicht sich teilte und ein großer Mann gemächlich auf den Pfad trat. Der junge Mann betrachtete ihn überrascht. Der Fremde trug wie er weiche Stiefel und eine Kniehose, doch nicht aus Leder, sondern aus festem Seidenstoff, aber statt des Kittels ein ärmelloses Kettenhemd, und seine schwarze, geradegeschnittene Mähne hing teilweise aus dem schützenden Helm. Dieser Helm war es, der den jungen Mann so verblüffte, denn er hatte keinen Kamm wie die Helme, die er kannte, sondern zwei kurze Stierhörner. Bestimmt hatte nicht die Hand eines Zivilisierten diesen Helm geschmiedet, und auch das Gesicht darunter sah nicht aus, als stamme es aus zivilisierten Landen. Es war sonnengebräunt, narbig, mit sprühenden blauen Augen, so ungezähmt wie dieser Urwald, der den Hintergrund bildete. Der Fremde hielt ein blutbeschmiertes Breitschwert in der Rechten.

»Komm hervor«, rief er mit einem Akzent, der dem jungen Mann fremd war. »Die Gefahr ist vorüber. Es war nur einer dieser Hundesöhne. Du hast nichts mehr zu befürchten.«

Mißtrauisch trat der junge Mann hinter dem Stamm hervor, und unwillkürlich starrte er den Fremden an. Er fühlte sich seltsam klein und hilflos gegenüber diesem mächtig gebauten Mann, dessen muskelgeschwellte Brust das Kettenhemd zu sprengen drohte und dessen muskelstrotzender Arm das blutige Schwert hielt. Trotz der gewaltigen Statur hatte er sich leicht und geschmeidig wie ein Panther bewegt. Nein, dieser Mann war von keiner Zivilisation verweichlicht, und er war auch nicht hier am Rand der Zivilisation zu Hause, an der Grenze zur Wildnis.

Der Barbar drehte sich um und teilte erneut das Dickicht. Der junge Mann aus dem Osten, der sich immer noch nicht so recht klar war, was eigentlich geschehen war, kam näher und blickte ins Buschwerk. Ein Toter lag darin, ein kleiner, dunkler Mann mit dicken Muskeln, der außer einem Lendentuch, einem

Halsschmuck aus Menschenzähnen und einem Armreifen aus Messing nichts trug. Durch den Lendenschurz war ein Kurzschwert geschoben, und in einer Hand hielt er immer noch einen schweren, schwarzen Bogen. Der Kleine hatte langes schwarzes Haar, mehr konnte er von seinem Kopf nicht erkennen, denn er war bis zu den Zähnen gespalten, und das Gesicht war eine blutige Maske.

»Ein Pikte, bei den Göttern!« entfuhr es dem jungen Mann.

Die sprühenden blauen Augen wandten sich ihm zu. »Überrascht dich das?«

»Nun, man sagte mir in Velitrium und auch in den Blockhütten der Siedler unterwegs, daß diese Teufel sich manchmal über die Grenze schlichen, aber ich erwartete nicht, auf einen so weit im Landesinnern zu stoßen.«

»Du bist hier nur vier Meilen ostwärts vom Schwarzen Fluß«, erklärte ihm der Fremde. »Sie wagen sich hin und wieder sogar bis dicht an Velitrium heran. Kein Siedler zwischen dem Donnerfluß und Fort Tuscelan ist wirklich sicher. Ich nahm die Fährte dieses Hundes heute morgen drei Meilen südlich des Forts auf und verfolgte ihn seither. Ich erreichte ihn gerade, als er einen Pfeil auf dich anlegte. Einen Herzschlag später, und du hättest dich in der Hölle wiedergefunden. So konnte ich ihn im letzten Augenblick vom Zielen ablenken.«

Der junge Mann starrte den Größeren mit riesigen Augen an. Er hätte nie gedacht, daß jemand diese Waldteufel aufspüren und tatsächlich unbemerkt an sie herankommen konnte. Dieser Mann mußte ein Waldläufer sein, wie selbst Conajohara sie nicht hervorbrachte.

»Seid Ihr einer der Soldaten des Forts?« erkundigte er sich respektvoll.

»Ich bin kein Soldat. Zwar bekomme ich Sold und Verpflegung eines Frontoffiziers, aber mein Einsatz ist im Wald. Valannus weiß, daß ich ihm mehr helfen kann, wenn ich den Fluß entlang umherstreife, als wenn ich im Fort eingesperrt Dienst leiste.«

Gleichmütig stieß der große Mann die Leiche mit dem Fuß tiefer ins Dickicht, schob die Zweige wieder davor und ging den Pfad weiter. Der Jüngere folgte ihm.

»Ich bin Balthus«, sagte er zu ihm. »Ich war vergangene Nacht in Velitrium. Ich konnte mich bisher noch nicht entscheiden, ob ich ein Stück Land erstehen oder mich im Fort anwerben lassen soll.«

»Das beste Land am Donnerfluß ist bereits in festen Händen«, brummte der Große. »Natürlich gibt es auch gutes zwischen dem Schädelbach – du bist vor ein paar Meilen daran vorbeigekommen – und dem Fort, aber das ist dem Schwarzen Fluß zu verdammt nah. Die Pikten fallen immer wieder dort ein und brandschatzen und morden. Und sie kommen durchaus nicht jedesmal allein, wie der dort. Eines Tages werden sie zweifellos versuchen, die Siedler aus Conajohara zu verjagen. Wer weiß, ob es ihnen nicht gelingt. Diese Kolonisierung hier ist reiner Wahnsinn. Dabei gibt es wahrhaftig genug fruchtbares Land östlich der Bossonischen Marschen. Wenn die Aquilonier etwas von den Riesenbesitztümern ihrer Barone abzwackten und dort Getreide anbauten, wo die hohen Herren jetzt nur ihrer Jagdleidenschaft frönen, brauchten sie nicht die Grenze zu überschreiten und den Pikten das Land wegzunehmen.«

»Eine erstaunliche Einstellung für einen, der im Dienst des Statthalters von Conajohara steht«, bemerkte Balthus.

»Was schert es mich«, brummte der andere. »Ich bin Söldner, und mein Schwert leihe ich dem, der mir am meisten dafür bietet. Ich habe nie Getreide angebaut und werde es auch gewiß nie, solange ich mit dem Schwert anderes ernten kann. Aber ihr Hyborier habt euch so weit ausgebreitet, wie man euch gerade noch ließ. Ihr habt die Marschen überquert, ein paar Dörfer niedergebrannt, mehrere Clans ausgerottet und die Grenze bis zum Schwarzen Fluß vorverlagert. Ich bezweifle jedoch, daß ihr imstande sein werdet, auch zu halten, was ihr da erobert habt. Und ganz sicher wird es euch nie gelingen, die Grenze noch weiter nach Westen zu verlegen. Euer uneinsichtiger König kennt die Verhältnisse hier nicht. Er wird euch nicht genug Verstärkung schicken, und es gibt nicht genug Siedler, um einem geschlossenen Angriff von der anderen Flußseite standzuhalten.«

»Aber die Pikten sind doch in kleine Clans zersplittert«, sagte Balthus. »Sie werden sich nie vereinigen. Und einen einzelnen Stamm können wir immer noch zurückwerfen.« »Vermutlich sogar drei oder vier Stämme«, gestand der andere ihm zu. »Doch eines Tages wird sich unter ihnen ein Mann erheben und dreißig oder vierzig Clans um sich sammeln, so wie es bei den Cimmeriern geschah, als die Gundermänner vor vielen Jahren versuchten, ihre Grenze nach Norden zu verschieben. Sie wollten die Marschen im Süden von Cimmerien kolonisieren. Auch sie rotteten ein paar kleinere Clans aus und errichteten das Grenzfort Venarium – nun, dir ist die Geschichte sicher bekannt.«

»Das ist sie allerdings«, antwortete Balthus sichtlich unangenehm berührt. Die Erinnerung an diese Niederlage blieb für immer ein wunder Punkt in der Geschichte seines stolzen, kriegerischen Volkes. »Mein Onkel hielt sich in Venarium auf, als die Cimmerier die Mauern stürmten. Er war einer der wenigen, die dem Gemetzel entgingen. Oft habe ich ihn davon erzählen hören. Die Barbaren fegten als rasende Horde von den

Bergen herbei und überfielen Venarium ohne Warnung mit einer Wildheit, der keiner widerstehen konnte. Männer, Frauen und Kinder wurden ohne Ausnahme niedergemetzelt und Venarium dem Erdboden gleichgemacht, und so ist es noch jetzt – eine verkohlte Ruine. Die Aquilonier wurden über die Marschen zurückgetrieben und haben nie wieder versucht, cimmerisches Gebiet zu besiedeln. Ihr sprecht, als wüßtet Ihr gut Bescheid über Venarium. Wart Ihr vielleicht selbst dort?«

»Ja«, brummte der riesenhafte Mann. »Ich gehörte zu der Horde, die die Mauern stürmte. Ich zählte damals noch keine fünfzehn Winter, trotzdem hatte mein Name am Ratsfeuer bereits einen guten Ruf.«

Unwillkürlich wich Balthus vor ihm zurück. Es erschien ihm unglaublich, daß dieser Mann, der so friedlich an seiner Seite schritt, einer dieser brüllenden, blutdurstigen Teufel gewesen sein sollte, die vor mehr als zwei Jahrzehnten die Straßen Venariums in Blut gebadet hatten.

»Dann seid Ihr ja ein Barbar!« entfuhr es ihm.

Der andere nickte, ohne sich gekränkt zu fühlen.

»Ich bin Conan, ein Cimmerier.«

»Ich habe von Euch gehört.« Sein Blick verriet neues Interesse. Kein Wunder, daß der Pikte mit seinen eigenen Waffen geschlagen worden war. Die Cimmerier waren nicht weniger wilde Barbaren als die Pikten, doch weit intelligenter. Offenbar hatte Conan viel Zeit in der Zivilisation zugebracht, aber das hatte ihn ganz augenscheinlich weder verweichlicht noch hatte es seine primitiven Instinkte geschwächt. Balthus' heimliche Furcht vor ihm wandelte sich zur Bewunderung, als ihm die geschmeidigen, raubkatzengleichen Bewegungen und die selbstverständliche Ruhe auffielen, mit denen der Cimmerier dahinglitt. Die geölten Kettenglieder seines Harnischs klickten nicht im geringsten, und zweifellos vermochte Conan selbst das verschlungenste Dickicht lautloser zu durchdringen als jeder Pikte, der je gelebt hatte.

»Du bist kein Gundermann?« Es war weniger eine Frage als eine Feststellung.

Balthus schüttelte den Kopf. »Ich bin von Tauran.«

»Ich habe unter den Tauranern gute Waldläufer kennengelernt. Aber die Bossonier haben die Aquilonier zu viele Jahrhunderte vor der äußeren Wildnis geschützt, dadurch sind sie verweichlicht.«

Das stimmte. Die Bossonischen Marschen mit ihren befestigten Ortschaften voll entschlossener Bogenschützen hatten Aquilonien lange als Puffer gegen die Barbaren gedient. Unter den Siedlern jenseits des Donnerflusses erwuchsen neue Waldläufer, die nicht weniger hart als die Barbaren waren und ihnen in nichts nachstanden, doch noch waren sie zu wenige. Die meisten Grenzbewohner waren von Balthus' Art, also eher der Siedler- als der Waldläufertyp.

Die Sonne war noch nicht untergegangen, doch außer Sicht hinter dem dichten Baumwall verborgen. Die Schatten wurden länger und der Wald düsterer, während die beiden Männer dahinschritten.

»Es wird dunkel sein, ehe wir das Fort erreichen«, sagte Conan beiläufig. Und plötzlich: »Horch!«

Abrupt blieb er halb geduckt stehen und hatte auch schon das Schwert in der Hand. Wie eine Mißtrauen und Drohung symbolisierende Statue stand er da, doch jederzeit bereit, wie ein Raubtier zu springen und zu schlagen. Auch Balthus hatte den schrillen Schrei gehört, der wie abgewürgt verstummt war. Es war der Schrei eines Mannes in Todesangst oder unerträglichen Schmerzen.

Schon raste Conan den Pfad aufwärts, und mit jedem Laufschritt wuchs der Abstand zwischen ihm und seinem keuchenden Begleiter. Balthus fluchte krächzend.

In den Siedlungen der Turaner war er als guter Läufer bekannt, doch Conan ließ ihn mühelos zurück. Aber Balthus vergaß seinen Ärger, als der grauenvollste Schrei an seine Ohren drang, den er je gehört hatte. Dieser Schrei hörte sich nicht an, als käme er aus Menschenmund. Es war ein dämonisches Geheul gräßlichen Triumphes, das sein Echo in den schwarzen Klüften jenseits jeder Menschlichkeit zu finden schien.

Balthus stolperte vor Schrecken, und kalter Schweiß brach ihm auf der Stirn aus. Aber Conan zauderte keinen Herzschlag. Er schoß um eine Biegung des Pfades und war verschwunden. Balthus erfüllte Panik, als er sich plötzlich alleingelassen sah, während die Echos dieses grauenvollen Geheuls immer noch in seinen Ohren widerhallten. Er bemühte sich, noch schneller zu laufen.

Der Aquilonier rutschte fast aus, als er abrupt abbremsen mußte, wollte er nicht gegen den Cimmerier prallen, der sich über einen verkrümmt auf dem Pfad liegenden Toten beugte. Doch Conan betrachtete nicht die Leiche im blutgetränkten Staub, sondern spähte in den dunklen Wald zu beiden Seiten des Pfades.

Balthus stieß erschrocken eine Verwünschung aus. Die Leiche war die eines kleinen, dicken Mannes mit goldbestickten Stiefeln und (trotz der Hitze) hermelinverbrämtem Wams des reichen Kaufmanns. Sein feistes, bleiches Gesicht war zu einer Maske des Entsetzens erstarrt. Sein dicker Hals war von Ohr zu Ohr tief aufgerissen. Daß das Kurzschwert noch in seiner Scheide steckte, deutete darauf hin, daß er ohne Chance, sich zu wehren, niedergemacht worden war.

»Ein Pikte?« wisperte Balthus, als er sich umdrehte, um ebenfalls in den Wald zu spähen.

Conan schüttelte den Kopf. Er richtete sich auf und blickte finster auf den Toten hinab.

»Ein Waldteufel. Das ist der fünfte, bei Crom!«

»Was meint Ihr damit?«

»Hast du je von einem piktischen Zauberer namens Zogar Sag gehört?«

Balthus schüttelte beunruhigt den Kopf.

»Er haust in Gwawela, der nächsten Ortschaft jenseits des Flusses. Vor drei Monaten lauerte er hier einem Versorgungszug zum Fort auf und stahl ein paar beladene Maultiere. Ihre Treiber betäubte er irgendwie. Jedenfalls gehörten die Maultiere diesem Mann.« Conan deutete mit den Zehenspitzen auf den Toten. »Er ist Tiberias, ein Kaufmann aus Velitrium. Sie waren mit Bierfässern beladen. Der alte Zogar nahm sich Zeit, sich vollaufen zu lassen, ehe er über den Fluß zurückkehrte. Ein Waldläufer nahm seine Fährte auf und führte Valannus und drei Soldaten zu dem Dickicht, in dem er stockbesoffen lag. Auf Verlangen Tiberias' steckte Valannus Zogar Sag in eine Zelle – das ist die schlimmste Schmach, die man einem Pikten antun kann. Es gelang ihm, seinen Wächter umzubringen und zu entkommen. Als er in Sicherheit war, schickte er die Botschaft, daß er Tiberias und die fünf Männer, die ihn gefangengenommen hatten, auf eine Weise töten würde, die die Aquilonier noch jahrhundertelang werde erschaudern lassen.

Nun, Soractus und die Soldaten sind tot. Soractus wurde am Fluß ermordet, die Soldaten direkt am Fort. Und nun hat auch Tiberias sein Ende gefunden. Doch kein einziger wurde von einem Pikten getötet. Jedem Opfer – außer Tiberias, wie du siehst – fehlte der Kopf. Zweifellos schmücken die Schädel jetzt den Altar von Zogar Sags Gott.«

»Woher wißt Ihr, daß nicht Pikten sie getötet haben?« fragte Balthus.

Conan deutete auf die Leiche des Kaufmanns.

»Glaubst du, ihm wurde die Kehle mit einem Dolch oder einem Schwert durchschnitten? Schau es dir mal genauer an, dann wirst du sehen, daß nur eine Kralle eine solche Wunde schlagen kann. Das Fleisch ist aufgerissen, nicht geschnitten.«

»Vielleicht von einem Panther…«, meinte Balthus ohne Überzeugung.

Conan schüttelte ungeduldig den Kopf.

»Ein Mann von Tauran müßte wahrhaftig wissen, wie ein Panther zuschlägt! Nein, es war einer der Waldteufel, die Zogar Sag gerufen hat, um Rache für ihn zu üben. Tiberias war ein Narr, sich allein in der Dämmerung herumzutreiben. Doch jedes der Opfer bisher schien vom Wahnsinn besessen zu sein, ehe sein Schicksal es ereilte. Sieh her, diese Spuren sind deutlich genug. Tiberias kam auf einem Maultier angeritten, vielleicht mit einem Bündel Otterfelle hinter dem Sattel, die er in Velitrium verkaufen wollte, und das Ungeheuer sprang ihn vom dichten Gestrüpp dieses Busches aus an. Schau, hier sind die Zweige zerbrochen.

Tiberias kam nur noch dazu, einen Schrei auszustoßen, dann war ihm bereits die Kehle zerrissen, und er mußte seine Otterfelle in der Hölle feilbieten. Das Maultier brannte in den Wald durch. Horch! Selbst jetzt kann man es noch im Unterholz hören. Der Dämon kam nicht mehr dazu, sich Tiberias' Schädel zu nehmen. Wir erschreckten ihn durch unser Kommen.«

»Euer Kommen«, berichtigte Balthus. »Er scheint nicht sehr mutig zu sein, wenn er sich von einem einzelnen Mann vertreiben läßt. Aber wie wollt Ihr wissen, daß es nicht vielleicht doch ein Pikte mit einer Art Haken war, der reißt, statt zu schneiden. Habt Ihr ihn denn gesehen?«

»Tiberias war bewaffnet«, brummte Conan. »Wenn Zogar Sag vermag, Dämonen zu Hilfe zu rufen, kann er ihnen auch sagen, wen sie töten und wen sie in Ruhe lassen sollen. Nein, ich habe ihn nicht gesehen. Ich sah nur das Schütteln der Büsche, als er vom Pfad verschwand. Doch wenn du weitere Beweise willst, dann sieh hierher!«

Der Mörder war in das Blut des Toten getreten und hatte am Rand des Pfades auf hartem Lehm einen Fußabdruck hinterlassen.

»Kann das von einem Menschen sein?« fragte Conan.

Balthus spürte kalten Schauder den Rücken hinabrinnen. Weder Mensch noch ein Tier, das er je gesehen hatte, konnte diesen ungewöhnlichen, monströsen, dreizehigen Abdruck hinterlassen haben. Er ähnelte in etwa dem eines gewaltigen Vogels oder auch eine Reptils, doch eben nur entfernt. Er spreizte die Finger über dem Abdruck, aber vorsichtig, um ihn nicht zu berühren. Dann fluchte er wild. Er war weit größer als die Spanne seiner Hand.

»Was mag es sein?« flüsterte er. »Ich kenne kein Tier, das solche Spuren hinterläßt.«

»Da bist du nicht der einzige, der noch seinen klaren Verstand hat«, antwortete Conan grimmig. »Es ist ein Sumpfdämon. Es wimmelt von ihnen in den Mooren jenseits des Schwarzen Flusses. Wenn in heißen Nächten ein starker Südwind weht, kann man sie wie die Seelen Verdammter heulen hören.«

»Was sollen wir tun?« erkundigte sich der Aquilonier und spähte unsicher in die dunklen Schatten. Das erstarrte Entsetzen auf den Zügen des Toten machte ihm zu schaffen. Er fragte sich, welch gräßliche Fratze der Bedauernswerte vor seinem Tod noch erblickt hatte.

»Es hat keinen Sinn, dem Dämon zu folgen«, brummte Conan und zog eine kurze Waldläuferaxt aus dem Gürtel. »Ich versuchte ihn aufzuspüren, nachdem er Soractus getötet hatte, verlor jedoch seine Spur schon nach etwa zwölf Schritten. So wie es aussah, wäre es möglich gewesen, daß ihm Flügel gewachsen sind und er sich in die Lüfte geschwungen hat, oder aber, daß er durch die Erde zur Hölle zurückgetaucht ist. Ich weiß es nicht. Ich werde auch dem Maultier nicht nachlaufen. Es wird entweder zum Fort zurückkehren oder sich bei irgendeinem Siedler sehen lassen.«

Während er sprach, beschäftigte der Cimmerier sich am Rand des Pfades mit seiner Axt. Mit ein paar Hieben fällte er zwei neun bis zehn Fuß lange Schößlinge und schnitt ihre Zweige ab. Dann riß er eine schlangenähnliche Schlingpflanze ab, die sich um die Büsche rankte. Er band sie etwa zwei Fuß von seinem Ende an einen der kahlen Schößlinge und schlang sie über den anderen und wieder über den ersten in einer Art Geflecht, bis er eine primitive, aber kräftige Tragbahre hatte.

»Der Dämon wird Tiberias' Schädel nicht bekommen, wenn ich es verhindern kann«, knurrte er. »Wir bringen die Leiche ins Fort. Mehr als drei Meilen sind es nicht von hier. Ich mochte den aufgeblasenen Burschen nie, aber wir können schließlich nicht zulassen, daß die piktischen Teufel sich eine Schädelsammlung von Weißen zulegen.«

Zwar gehörten auch die Pikten, obgleich sie dunkelhäutig waren, der weißen Rasse an, aber das erkannten die Menschen an der Grenze nicht an.

Balthus griff nach dem hinteren Ende der Bahre, auf die Conan den Toten ohne großes Aufheben gelegt hatte, und sie machten sich so schnell wie möglich weiter auf den Weg. Selbst mit dieser Last bewegte der Cimmerier sich lautlos wie eine Raubkatze. Den Gürtel des Kaufmanns hatte er um die Enden der Schößlingsstangen geschlungen. An diesem Griff trug er sein Ende der Bahre und konnte so in der anderen Hand das blanke Breitschwert halten, während seine scharfen Augen wachsam um sich blickten. Die Schatten wurden nun immer dichter, und dunkler

Dunst ließ die Umrisse der Bäume verschwimmen. So wurde der Wald zum dunklen Versteck ungeahnter Kreaturen.

Sie waren etwa eine Meile weit gekommen, und die Muskeln von Balthus' kräftigen Armen begannen allmählich zu schmerzen, als ein gellender Schrei aus dem Wald erklang.

Conan zuckte zusammen, und Balthus ließ fast die Bahre fallen.

»Eine Frau!« rief er. »Großer Mitra, das war der Schrei einer Frau!«

»Vermutlich eine Siedlerin, die im Wald herumirrt«, knurrte Conan und setzte sein Ende der Bahre ab. »Vielleicht sucht sie nach einer entlaufenen Kuh und – bleib hier!«

Wie ein jagender Wolf tauchte er in das Buschwerk. Balthus' Nackenhärchen stellten sich auf.

»Ich soll hier allein mit einer Leiche bleiben, während ein Teufel im Wald lauert?« japste er. »Ich komme mit!«

Seinen Worten folgte die Tat. Er stürzte dem Cimmerier nach. Conan blickte über die Schulter zurück, protestierte jedoch nicht, obgleich er sein Tempo nicht dem langsameren seines Begleiters anpaßte. Balthus vergeudete den Atem mit herzhaften Verwünschungen, als der Cimmerier bald wieder weit vorauseilte und sich wie ein Phantom durch die Bäume stahl. Als er eine düstere Lichtung erreicht hatte, hielt er in geduckter Stellung an, fletschte die Zähne und hob das Schwert.

»Warum bleibt Ihr hier stehen?« keuchte Balthus, als er endlich neben ihm war. Er wischte sich den Schweiß aus den Augen und umklammerte mit der anderen Hand das Kurzschwert.

»Der Schrei kam von dieser Lichtung oder ganz aus der Nähe«, erklärte ihm Conan. »Selbst im Wald täusche ich mich selten, wenn es darum geht zu bestimmen, woher ein Laut kam. Aber wo …«

Abrupt war erneut ein gellender Schrei zu vernehmen – *hinter ihnen!* – aus der Richtung des Pfades, von dem sie soeben gekommen waren. Noch schriller wurde er – der Schrei einer Frau in grauenvollem Entsetzen. Und dann wandelte er sich plötzlich zum höhnischen Gelächter, das aus dem Mund eines Teufels der tiefsten Hölle kommen mochte.

»Was, bei Mitra …« Balthus' Gesicht war ein blasses, verschwommenes Oval in der Düsternis.

Mit einer wilden Verwünschung wirbelte Conan herum und raste den Weg zurück, den er gekommen war. Verwirrt rannte der Aquilonier hinter ihm her. Er prallte gegen ihn, als der Cimmerier abrupt anhielt. So heftig hatte er sich an dessen Schulter gestoßen, daß er schwer nach Luft schnappte, trotzdem hörte er, wie Conan zischend durch die Zähne atmete.

Balthus blickte über die Schulter des wie erstarrt stehenden Cimmeriers – und es stellten sich ihm die Haare auf. Etwas bewegte sich durch die dichten Büsche am Rand des Pfades – etwas, das weder auf Füßen stapfte noch flog, sondern dahinzugleiten schien wie eine Schlange, doch es war keine Schlange! Die Umrisse waren nicht genau zu erkennen, es war jedoch größer als ein Mensch und nicht sehr massig. Es schimmerte gespenstisch, als strahlte es ein schwaches bläuliches Licht aus. Tatsächlich schien dieses unheimliche Feuer das einzig Wirkliche an ihm zu sein – ja, es hätte eine vernunftbegabte Flamme sein können, die hier in dem dunklen Wald einem bestimmten Zweck nachging.

Conan fluchte wild und schleuderte seine Axt. Aber das Wesen glitt weiter, ohne seine Richtung zu ändern. Nur ein flüchtiger Blick war ihnen auf dieses große, schattenhafte Wesen aus nebulöser Flamme vergönnt gewesen, das durch das Dickicht schwebte, und schon war es verschwunden, während der Wald den Atem anzuhalten schien.

Mit knurrend gefletschten Zähnen brach Conan sich einen Weg durch das hindernde Buschwerk zum Pfad. Seine Flüche waren ungemein eindrucksvoll und nichts für sanfte Gemüter, als er sich über die Bahre beugte, auf der die Leiche Tiberias' lag – die Leiche, die nun keinen Kopf mehr aufwies.

»Er hat uns mit seinem Geschrei ganz schön hereingelegt!« Wütend wirbelte Conan sein mächtiges Schwert über dem Kopf. »Ich hätte es mir denken können! Ich hätte auf einen solchen Schlich vorbereitet sein müssen! Jetzt hat Zogar fünf Schädel, um seinen Altar zu schmücken!«

»Aber was ist das für ein Wesen, das wie eine Frau schreien und wie ein Teufel lachen kann und wie ein Irrlicht leuchtend durch die Bäume gleitet?« keuchte Balthus und wischte sich den Schweiß vom bleichen Gesicht.

»Ein Sumpfteufel«, antwortete Conan mürrisch. »Faß die Bahre wieder an. Wir schaffen die Leiche auf jeden Fall ins Fort. Nun, zumindest ist unsere Last nun eine Spur leichter.«

Als er diesen makabren Scherz von sich gegeben hatte, faßte er den Ledergriff und machte sich wieder auf den Weg.

2

DER ZAUBERER VON GWAWELA

Fort Tuscelan befand sich am Ostufer des Schwarzen Flusses, dessen Flut gegen den Fuß der Palisaden spülte. Sie waren aus dicken Baumstämmen, aus denen auch alle Unterkünfte errichtet waren, selbst das Haus des Statthalters, das über den Palisadenzaun und den dunklen Fluß schaute. Jenseits dieses Flusses erhob sich ein gewaltiger Wald, der entlang dem sumpfigen Ufer dicht wie ein Dschungel war. Tag und Nacht patrouillierten Posten auf dem Wehrgang der Palisaden und beobachteten diesen kaum zu durchdringenden, grünen Wall. Nur selten zeigte sich dort eine drohende Gestalt, aber die Posten wußten sehr wohl, daß auch sie beobachtet wurden: wild, gierig und mit der Erbarmungslosigkeit uralter Erzfeindschaft. Dem ungeübten Auge mochte der Wald jenseits des Flusses trostlos und von allem Leben verlassen erscheinen, doch tatsächlich wimmelte es dort nur so von Leben, und nicht nur von Vögeln und Säugetieren und Reptilien, sondern auch von Menschen, den wildesten aller Raubtiere.

Am Fort endete die Zivilisation. Fort Tuscelan war der äußerste Vorposten der zivilisierten Welt, der westlichste Vorstoß der herrschenden hyborischen Rassen. Jenseits des Flusses war die Primitivität in den düsteren Wäldern zu Hause, in den mit Zweigen und Laub bedeckten Hütten, in denen grinsende Totenschädel hingen, hinter den Lehmwällen, wo Feuer flackerten und Trommeln grollten, wo Speere von den Händen dunkler, schweigsamer Männer mit verfilztem schwarzen Haar und Schlangenaugen gewetzt wurden. Diese Augen spähten häufig durch das Unterholz auf das Fort über dem Fluß. Früher hatten dunkelhäutige Menschen dort, wo jetzt das Fort stand, ihre Hütten gehabt und auch da, wo sich das Getreide der weißen Siedler wiegte und wo sie ihre Blockhäuser hatten. Ja, früher hatte das Land diesen dunklen Menschen gehört, weiter noch als Velitrium, der Grenzstadt an den Ufern des Donnerflusses, bis zu den Ufern jenes anderen Flusses an den Bossonischen Marschen war es ihr Land gewesen. Zuerst waren Händler gekommen und Mitrapriester mit bloßen Füßen und leeren Händen, und die meisten von ihnen hatten ein grauenvolles Ende genommen. Doch ihnen waren Soldaten gefolgt und dann Männer mit Äxten in den Händen und mit Frauen und Kindern in ochsengezogenen Wagen. Zurück über den Donnerfluß waren die Eingeborenen gedrängt worden und mit Mord und Totschlag weiter bis über den Schwarzen Fluß. Aber die dunkelhäutigen Menschen vergaßen nicht, daß Conajohara einst ihnen gehört hatte.

Der Posten hinter dem Osttor stieß sein, ›Werda?‹ hervor. Fackelschein flackerte durch ein vergittertes Fenster und glimmte auf einem stählernen Helm und den mißtrauischen Augen darunter.

»Mach schon das Tor auf!« knurrte Conan. »Du siehst doch, daß ich es bin, oder nicht?« Übertriebene militärische Disziplin reizte ihn jedesmal aufs neue.

Das Tor schwang nach innen auf. Conan und sein Begleiter schritten hindurch. Balthus bemerkte die Wachttürme links und rechts, die sich über die Palisaden mit dem Wehrgang erhoben und Schießscharten aufwiesen.

Die Wachen zuckten zusammen, als sie den Toten auf der Bahre zwischen den beiden Ankömmlingen sahen. Nicht so sonderlich militärisch schlugen ihre Lanzenspitzen zusammen, während sie hastig das Tor schlossen. Spöttisch fragte Conan: »Ihr habt wohl noch nie eine kopflose Leiche gesehen?«

Die Gesichter der Soldaten wirkten fahl.

»Das ist Tiberias!« platzte einer heraus. »Ich kenne das hermelinbesetzte Wams. Valerius schuldet mir fünf Lunas. Ich sagte ihm, Tiberias muß den Lockruf gehört haben, der ihm den Verstand raubte, sonst wäre er doch nicht mit so glasigem Blick allein auf seinem Maultier aus dem Tor geritten. Ich wettete mit Valerius, daß er ohne Kopf zurückkehren würde.«

Conan brummte etwas Unverständliches und bedeutete Balthus, die Bahre abzusetzen. Dann schritt er mit dem Aquilonier zum Haus des Statthalters. Der junge Mann blickte sich unterwegs neugierig um. Er sah die langgestreckten Unterkünfte der Soldaten entlang der Palisaden, die Stallungen, die Verkaufsstände der Händler, das hohe Blockhaus und die anderen Bauten um den Exerzierplatz, auf dem jetzt Feuer flackerten und Männer auf Freiwache herumsaßen. Einige sprangen allerdings bereits auf und rannten zum Tor, um sich der neugierigen Menge um die Bahre anzuschließen. Die großen schlanken aquilonischen Lanzer und Waldläufer hoben sich unverkennbar von den untersetzteren bossonischen Bogenschützen ab.

Balthus wunderte sich nicht sehr, daß der Statthalter sie höchstpersönlich empfing. Die autokratische Gesellschaft mit ihrem starren Kastenwesen endete östlich der Marschen. Valannus war ein noch junger Mann, gut gebaut, mit feingeschnittenen Zügen, die schwere Arbeit und Verantwortung gehärtet hatten.

»Ich hörte, daß Ihr das Fort schon vor Tagesanbruch verlassen habt«, sagte er zu Conan. »Ich befürchtete bereits, die Pikten hätten Euch schließlich doch erwischt.«

»Wenn sie meinen Kopf räuchern, wird es den ganzen Fluß entlang bekannt sein«, brummte Conan. »Bis Velitrium wird man piktische Frauen ihre Totenklagen leiern hören. Ich ging auf Erkundung, weil ich nicht schlafen konnte. Ständig hörte ich die Trommeln über dem Fluß.«

»Sie trommeln doch jede Nacht«, sagte der Statthalter und blickte Conan nachdenklich an. Die Erfahrung hatte ihn gelehrt, die Instinkte von Barbaren nicht zu unterschätzen.

»Aber der Unterschied gestern nacht war unüberhörbar«, erklärte Conan. »Ihr Trommeln ist anders, seit Zogar Sag über den Fluß zurückgekehrt ist.«

»Wir hätten ihn entweder mit Geschenken nach Hause schicken oder hängen sollen«, sagte der Statthalter seufzend. »Ihr hattet es uns geraten, aber …«

»Aber es fällt euch Hyboriern schwer, euch in einen Barbaren hineinzuversetzen«, führte Conan den Satz für ihn zu Ende. »Doch nun läßt sich nichts mehr daran ändern. Solange Zogar lebt und sich an die Zelle erinnert, in der er schwitzte, wird es keinen Frieden mehr geben an der Grenze. Ich folgte einem Krieger, der sich herüberstahl, um ein paar weiße Kerben in seinen Bogen schnitzen zu können. Nachdem ich ihm den Schädel gespalten hatte, traf ich diesen jungen Mann hier. Balthus heißt er. Er ist gekommen, um mitzuhelfen, die Grenze zu schützen.«

Valannus musterte wohlwollend das offene Gesicht Balthus' und seine kräftige Statur.

»Willkommen, junger Herr. Ich wünschte, mehr Eurer Sorte würden sich uns hier anschließen. Wir brauchen Männer, die mit dem Wald vertraut sind. Viele unserer Soldaten und auch der Siedler stammen aus den Ostprovinzen. Sie finden sich im Wald nicht zurecht, und verstehen zum Teil auch nicht allzuviel von Landwirtschaft.«

»Auf dieser Seite von Velitium gibt es davon glücklicherweise nicht viele«, warf Conan ein. »Aber die Stadt ist voll von ihnen. Noch etwas, Valannus. Wir fanden Tiberias tot auf dem Weg im Wald.« Mit wenigen Worten schilderte er, was sie erlebt hatten.

Valannus erbleichte. »Ich wußte nicht, daß er das Fort verlassen hatte. Er muß vom Wahnsinn besessen gewesen sein!«

»Das war er auch«, versicherte ihm Conan. »Genau wie die anderen vier. Als seine Zeit kam, packte ihn der Wahn, und er eilte hinaus in den Wald, seinem Tod entgegen wie ein Hase zum Python. Etwas oder jemand *rief* die Männer. Es war ein Lockruf, den nur sie allein hören konnten. Gegen Zogar Sags Magie kommt die aquilonische Zivilisation nicht an.«

Valannus schwieg. Mit zitternder Hand fuhr er sich über die Stirn. Schließlich fragte er:

»Wissen die Soldaten davon?«

»Wir ließen die Leiche am Osttor zurück.«

»Ihr hättet sie irgendwo im Wald verstecken und nichts darüber verlauten lassen sollen. Die Soldaten sind ohnedies schon viel zu beunruhigt.«

»Sie hätten es auch so herausgefunden. Und den Toten zu verstecken, wäre sinnlos gewesen. Die Leiche wäre genau wie Soractus' vor das Tor gelegt worden, damit die Soldaten sie am Morgen finden.«

Valannus erschauderte. Er drehte sich um, trat ans Fenster und blickte stumm über den Fluß, dessen dunkles Wasser im Sternenschein glitzerte. Jenseits davon erhob der Dschungel sich wie eine schwarze Mauer. Das ferne Fauchen eines Panthers brach die Stille. Die Nacht dämpfte die Stimmen der Soldaten vor dem Blockhaus und die Feuer auf dem Platz. Der Wind säuselte durch die schwarzen Zweige und kräuselte das dunkle Wasser. Er brachte ein rhythmisches Pochen mit sich, so unheildrohend wie ein schleichender Leopard.

»Aber was wissen wir schon«, murmelte Valannus, als spreche er lediglich seine Gedanken aus, »was weiß überhaupt jemand von dem, was der Dschungel verbirgt? Nur aus Gerüchten hörten wir von gewaltigen Sümpfen und Flüssen und einem Wald, der sich weit über Ebenen und Hügel bis zur Küste des Westlichen Ozeans erstreckt. Doch was zwischen diesem Fluß und dem Ozean kreucht und fleucht, können wir höchstens vermuten. Kein Weißer wagte sich je tief in diese ungeheure Weite – zumindest kehrte nie einer zurück, der darüber hätte berichten können. Wir kennen uns in den zivilisierten Ländern aus und verfügen über ein großes Wissen – doch es reicht nicht über diesen alten Fluß. Wer kann auch nur ahnen, welche irdischen und unterirdischen Geschöpfe jenseits des schwachen Lichtkreises lauern, in den unser Wissen uns hüllt?

Wer weiß schon, welche Götter unter den Schatten jenes heidnischen Waldes angebetet werden, oder welche Teufel aus dem schwarzen Schlamm der Sümpfe kriechen? Wer kann sicher sein, daß alles Leben in jenem schwarzen Land natürlichen Ursprungs ist? Die Gelehrten der Städte im Osten würden voll Verachtung auf Zogar Sags primitive Zauber herabsehen und sie als Mummenschanz abtun – und doch hat er fünf Menschen in den Wahnsinn getrieben und auf unerklärliche Weise getötet. Ich frage mich, ob er selbst überhaupt ein richtiger Mensch ist.«

»Wenn ich in Wurfweite meiner Axt an ihn herankommen kann«, knurrte Conan, »werde ich diese Frage klären.« Er schenkte sich vom Wein des Statthalters ein und schob auch Balthus ein Glas zu. Nur zögernd und mit verlegenem Blick auf Valannus nahm es der junge Mann.

Der Statthalter drehte sich zu Conan um und blickte ihn nachdenklich an.

»Die Soldaten, die nicht an Geister oder Teufel glauben, quält panische Furcht. Ihr dagegen, die Ihr Geister, Ghuls, Gnomen und alles mögliche Übernatürliche als gegeben hinnehmt, scheint Euch nicht vor ihnen zu fürchten.«

»Es gibt nichts auf der Welt, gegen das kalter Stahl nichts auszurichten vermöchte«, antwortete Conan. »Ich habe meine Axt auf den Dämon geschleudert, ohne daß es ihm etwas auszumachen schien. Aber vielleicht verfehlte ich ihn im Dämmerlicht, möglicherweise lenkte ein Zweig sie ab. Ich würde nicht grundlos Teufel jagen, aber ich würde auch keinem ausweichen, wenn mir einer begegnete.«

Valannus hob den Kopf und blickte den Cimmerier an.

»Conan, von Euch hängt mehr ab, als Ihr Euch vorstellen könnt. Ihr kennt die Schwächen dieser Provinz, die nicht mehr als ein schmaler Keil in ungezähmter Wildnis ist. Ihr wißt, daß das Leben aller westlich der Marschen von diesem Fort abhängt. Fiele es, würden blutige Äxte die Tore von Velitrium zersplittern, ehe ein Reiter die Marschen überqueren könnte. Seine Majestät, oder die Ratgeber Seiner Majestät, gaben meiner Bitte nicht statt, mehr Truppen hierherzuschicken, damit die Grenze gehalten werden kann. Sie wissen nichts von den Zuständen hier und scheuen vor weiteren Ausgaben zurück. Das Geschick des Grenzlands ruht in den Händen jener, die es jetzt halten.

Ihr wißt, daß der größte Teil der Truppen, die Conajohara eroberten, zurückgezogen wurde. Ihr wißt, daß das mir unterstellte Kontingent ungenügend ist, und erst recht, seit es diesem Teufel Zogar Sag gelang, unsere Wasservorräte zu vergiften, und vierzig Mann deshalb an einem Tag starben. Viele der anderen sind krank, wurden von Schlangen gebissen oder von Raubtieren zerrissen, die sich in letzter Zeit in immer größerer Zahl um das Fort herumzutreiben scheinen. Die Soldaten glauben an Zogar Sags Behauptung, daß er den Tieren befehlen kann, seine Feinde zu töten.

Ich habe dreihundert Lanzer, vierhundert bossonische Bogenschützen und etwa fünfzig Mann, die wie Ihr erfahrene Waldläufer sind. Sie sind hier von zehnmal so großem Nutzen wie die Soldaten, aber bedauerlicherweise ist ihre Zahl viel zu gering. Um ehrlich zu sein, Conan, meine Lage hier wird bedenklich. Die Soldaten flüstern von Fahnenflucht, ihre Moral ist gesunken, seit Zogar Sag uns bedroht. Sie fürchten sich vor der schwarzen Seuche, die er auf uns herabschicken will – den schrecklichen schwarzen Tod der Sümpfe. Jedesmal, wenn ich einen kranken Soldaten sehe, bricht mir der Schweiß aus, weil ich befürchte, er könnte vor meinen Augen schwarz werden, verschrumpeln und sterben.

Conan, wenn die Seuche wirklich ausbricht, werden die Soldaten geschlossen desertieren! Dann ist die Grenze ungeschützt, und nichts wird diese dunkelhäutigen Teufel vor Velitrium aufhalten – und vermutlich nicht einmal dort. Denn wenn wir das Fort nicht zu halten imstande sind, wie sollen die in Velitrium dann erst die Stadt halten?

Conan, Zogar Sag muß sterben, wenn wir Conajohara nicht verlieren wollen. Ihr seid tiefer als jeder andere im Fort in die Wildnis eingedrungen. Ihr wißt, wo Gwawela liegt, und Ihr kennt einige der Pfade auf der anderen Flußseite. Würdet Ihr es auf Euch nehmen, noch heute nacht mit einem kleinen Trupp nach Gwawela vorzustoßen und den Zauberer zu töten oder sonstwie unschädlich zu machen? Oh, ich weiß, es ist Wahnsinn! Die Chancen, daß auch nur einer zurückkommt, stehen eins zu tausend. Aber wenn wir ihm nicht das Handwerk legen, ist es unser aller Tod. Ihr könnt so viele Männer mitnehmen, wie Ihr nur wollt.«

»Ein Dutzend ist dafür geeigneter als ein Regiment«, antwortete Conan. »Selbst für fünfhundert Mann wäre es unmöglich, sich nach Gwawela und zurück durchzukämpfen, aber ein Dutzend schafft es vielleicht unbemerkt. Laßt mich die Männer auswählen, aber Soldaten nehme ich lieber keine mit.«

»Dürfte ich Euch begleiten?« bat Balthus eifrig. »Ich habe mein Leben lang in Tauran Wild gejagt.«

»Ich habe nichts dagegen. Valannus, wir werden mit den Waldläufern zu Abend essen, dann suche ich mir gleich meine Männer aus. In einer Stunde etwa brechen wir mit einem Boot auf, lassen uns bis unterhalb des Dorfes treiben und schleichen uns dann durch den

Wald an. Wenn wir es überleben, müßten wir gegen Morgengrauen zurück sein.«

3

WESEN DER FINSTERNIS

Der Fluß war nicht viel mehr als ein dunkles Band zwischen den schwarzen Wällen. Das lange Boot hielt sich in den dichten Schatten des Ostufers. Die Paddel tauchten leise ins Wasser, sie verursachten kein lauteres Geräusch als der Schnabel eines Fischreihers. Balthus sah die breiten Schultern des Mannes vor sich nur als tiefere Schwärze gegen die Dunkelheit. Er wußte, daß selbst die scharfen Augen des Mannes, der im Bug kniete, die Finsternis nicht viel weiter als ein paar Fuß durchdringen konnten. Sein Instinkt und seine Vertrautheit mit dem Fluß lenkten Conan.

Keiner gab auch nur einen Laut von sich. Balthus hatte sich seine neuen Kameraden im Fort gut angesehen, ehe sie das Ufer hinunter zum bereitstehenden Kanu huschten. Sie gehörten einem neuen Schlag an, der im Grenzgebiet aufwuchs. Die grimmige Notwendigkeit hatte sie zu dem gemacht, was sie jetzt waren. Alle stammten aus den westlichen Provinzen Aquiloniens, und sie hatten vieles gemein. Gekleidet waren sie gleich: Sie trugen Wildlederstiefel, lederne Kniehose, Wildlederhemd und einen breiten Ledergürtel, in dem eine Axt und ein Kurzschwert steckten. Und ohne Ausnahme waren sie hager, narbenübersät, sehnig, wortkarg und hatten harte Augen.

Auf gewisse Weise waren sie wilde Männer, und doch bestand zwischen ihnen und dem Cimmerier ein gewaltiger Unterschied. Sie waren Söhne der Zivilisation, die zu Halbbarbaren geworden waren. Conan dagegen war ein echter Barbar aus tausend Generationen von Barbaren. Sie hatten sich alles angeeignet, was ein Waldläufer brauchte, während er damit geboren worden war. Er übertraf sie sogar in der Sparsamkeit und Geschmeidigkeit seiner Bewegungen. Sie waren Wölfe, er ein Tiger.

Balthus bewunderte sie und ihren Führer, und er war stolz darauf, daß sie ihn in ihrer Mitte aufgenommen hatten. Stolz war er auch, daß sein Paddel so leise war wie ihre. In dieser Beziehung zumindest stand er ihnen nicht nach, auch wenn seine Fähigkeiten als Waldläufer, die er sich in Tauran erworben hatte, jenen der Männer im Grenzgebiet nicht gleichkamen.

Unterhalb des Forts beschrieb der Fluß einen weiten Bogen. Die Lichter des Vorpostens waren bald nicht mehr zu sehen, doch das Kanu hielt seinen Kurs noch fast eine Meile lang. Mit fast unheimlicher Sicherheit wich es unter Conans Führung im Fluß treibenden entwurzelten Bäumen und anderen Hindernissen aus.

Auf ein leises Kommando des Cimmeriers hin schwang der Bug herum, und das Boot begann den Fluß zu überqueren. Als sie aus den Schatten des Ufers tauchten, hätte man annehmen können, nun müßte es offen sichtbar sein. Doch der Sternenschein war nur schwach, und Balthus wußte, daß es selbst dem schärfsten Auge fast unmöglich sein mußte, die schattenhafte Form des Bootes auszumachen, außer es wartete darauf und wußte genau, wo es war.

Unter dem überhängenden Buschwerk des Westufers tastete Balthus nach einer herausragenden Wurzel. Nicht ein Wort fiel. Alle Anweisungen waren erteilt worden, ehe der Trupp das Fort verließ. So lautlos wie ein Panther glitt Conan ins Dickicht und verschwand. Genauso lautlos folgten ihm neun der Männer. Balthus, der mit dem Paddel über dem Knie die Wurzel festhielt, erschien es fast unglaublich, daß zehn

Männer ohne das geringste Geräusch zu verursachen durch dichtes Buschwerk schleichen konnten.

Er machte es sich im Boot so bequem wie möglich, denn es würde doch eine geraume Zeit vergehen, ehe die anderen zurückkamen. Außer ihm war noch ein Aquilonier zurückgeblieben, aber sie befolgten Conans Anweisung und wechselten kein Wort. Irgendwo, etwa eine Meile nordwestwärts, stand Zogar Sags von Wald umsäumtes Dorf. Balthus dachte über Conans weitere Anordnung nach. Wenn der Cimmerier und sein Trupp nicht beim ersten Grau des neuen Morgens zurück waren, sollten er und sein Kamerad so schnell wie möglich den Fluß hochpaddeln und im Fort melden, daß der Wald erneut seinen Zoll von der Rasse der Eindringlinge gefordert hatte. Das Schweigen wirkte bedrückend auf den jungen Tauraner. Kein Laut drang aus dem finsteren Wald, der hinter der schwarzen Wand des überhängenden Buschwerks nicht zu sehen war. Die Trommeln waren schon lange verstummt. Unbewußt blinzelte Balthus immer wieder bei dem Versuch, die Finsternis mit den Augen zu durchdringen. Er fand den leicht fauligen Geruch des Flusses hier am Ufer unangenehm, und auch den des feuchten Waldes. Irgendwo in der Nähe war ein leichtes Plätschern wie von einem großen Fisch zu hören, der hochgesprungen und wieder eingetaucht war – offenbar sogar ganz dicht am Kanu, das er gestreift haben mußte, denn es schaukelte nun ganz schwach. Das Heck begann sich vom Ufer zu lösen. Der Waldläufer mußte seine Wurzel losgelassen haben. Balthus drehte den Kopf und zischte ihm eine Warnung zu. Er konnte seinen Kameraden nur als dunkleres Schwarz gegen die Finsternis sehen.

Der Mann antwortete nicht und machte auch keine Anstalten, das Heck wieder ans Ufer heranzubekommen. Balthus streckte die Hand aus und stupste ihn an der Schulter. Zu seinem Erstaunen sackte der Waldläufer bei dem schwachen Stoß zusammen. Balthus verrenkte sich fast den Rumpf, als er sich halb umdrehte, um ihn mit heftig pochendem Herzen zu berühren. Seine tastenden Finger erreichten die Kehle des Aquiloniers. Nur durch hastiges Zusammenpressen der Zähne gelang es Balthus, einen Entsetzensschrei zu unterdrücken. Seine Fingerspitzen waren in eine klaffende blutende Wunde gedrungen! Die Kehle seines Kameraden war von einem Ohr zum anderen aufgeschlitzt.

In diesem furchtbaren Augenblick des Grauens und der Panik richtete sich Balthus auf – da legte sich aus der Dunkelheit ein muskulöser Arm um seinen Hals und verhinderte seinen Aufschrei. Das Kanu schaukelte heftig. Der Dolch war in Balthus' Hand, obgleich er sich nicht erinnerte, ihn aus dem Stiefelschaft gezogen zu haben. Blindlings stieß er wild zu. Er spürte, wie die Klinge tief eindrang, und ein gellender Schrei betäubte fast sein Ohr. Plötzlich schien die Dunkelheit ringsum zum Leben zu erwachen, und viele Stimmen brüllten, während andere Arme sich um ihn legten. Das Boot kippte, doch ehe Balthus unterging, schmetterte etwas gegen seinen Schädel. Sterne funkelten vor seinen Augen, dann griff die absolute Schwärze nach ihm.

4

ZOGAR SAGS BESTIEN

Feuer blendeten Balthus, als er allmählich wieder zu sich kam. Er schüttelte blinzelnd den Kopf. Ihr Schein schmerzte seine Augen. Ein lautes Stimmendurcheinander herrschte um ihn. Er hob den Kopf und schaute sich benommen um. Dicht um ihn waren dunkle Gestalten, die sich von den roten Flammenzungen abhoben.

Auf einen Schlag kehrte die Erinnerung zurück und damit die Erkenntnis seiner Lage. Er war auf einem offenen Platz aufrechtstehend an einen Pfahl gebunden und von grauenerregenden Wilden umringt. Hinter ihnen brannten Feuer, die von nackten dunkelhäutigen Frauen geschürt wurden. Jenseits der Feuer standen Hütten aus Flechtwerk und Lehm mit Reisigdächern, und hinter diesen erhob sich ein Palisadenzaun mit einem breiten Tor. Doch selbst die dunklen Frauen mit ihrem ungewöhnlichen Haarstil beachtete er nicht weiter. Seine ganze Aufmerksamkeit galt den Männern, die ihn mit brennenden Blicken bewachten.

Kurzgewachsene Männer waren es, mit breiten Schultern, muskulösen Oberkörpern und schmalen Hüften. Von schmalen Lendentüchem abgesehen waren sie nackt. Der Widerschein der Flammen brachte das Spiel ihrer schwellenden Muskeln gut zur Geltung. Die dunklen Gesichter waren unbewegt, doch in ihren schmalen Augen glitzerte das gleiche Feuer wie in denen eines jagenden Tigers. Kupferreifen bändigten ihr wirres Haar. Ihre Hände hielten Schwerter und Äxte. Einige trugen primitive Verbände, und bei manchen verkrustete sich Blut auf der dunklen Haut. Es bestand kein Zweifel, daß erst vor kurzem ein mörderischer Kampf stattgefunden hatte.

Als er den Blick von den Pikten nahm, fiel er auf etwas, das ihn zutiefst erschütterte. Nur wenige Fuß entfernt erhob sich eine niedrige, grauenvolle Pyramide aus blutigen Menschenköpfen. Tote Augen stierten glasig vor sich hin. Er erkannte die ihm zugewandten starren Gesichter. Sie gehörten den Männern, die Conan in den Wald gefolgt waren. Er konnte nicht erkennen, ob das des Cimmeriers darunter war, denn manche lagen im Dunkeln. Aber es waren etwa zehn oder elf Köpfe. Übelkeit würgte ihn. Er unterdrückte den Drang, sich zu übergeben. Hinter der Schädelpyramide lagen die Leichen eines halben Dutzend Pikten. Er empfand wilde Genugtuung bei diesem Anblick. Zumindest hatten auch die Waldläufer ihren Zoll gefordert.

Als er den Blick von der grauenvollen Pyramide abwandte, wurde ihm bewußt, daß ein weiterer Pfosten ganz in seiner Nähe stand: ein Pfahl, der genauso schwarz gestrichen war wie seiner. Ein Mann mit nacktem Oberkörper und lederner Kniehose war daran festgebunden. Hätten die Stricke ihn nicht aufrechtgehalten, wäre er zusammengesackt, zumindest sah es so aus. Balthus erkannte ihn als einen von Conans Waldläufern. Blut sickerte aus seinem Mund und einer Wunde an der Seite. Er hob den Kopf, fuhr mit der Zunge über die blutigen Lippen und murmelte gerade laut genug, daß Balthus es durch den Lärm der Pikten noch mit Mühe verstehen konnte: »Haben sie dich also auch erwischt!«

»Sie schlichen sich durchs Wasser an und schnitten dem anderen die Kehle durch«, antwortete Balthus und stöhnte. »Wir hörten sie überhaupt nicht, bis es zu spät war. Mitra, wie können sie sich nur so lautlos bewegen!«

»Sie sind Teufel«, brummte der Waldläufer. »Sie müssen uns beobachtet haben, seit wir den Fluß überquerten. Wir sind in ihre Falle gegangen. Von allen Seiten hagelten Pfeile auf uns ein, ehe wir es überhaupt ahnten. Die meisten fielen schon beim ersten Beschuß. Drei oder vier brachen durch die Büsche und stürzten sich auf die Pikten, aber ihrer waren zu viele. Conan könnte entkommen sein, seinen Schädel habe ich nicht gesehen. Es wäre besser für dich und mich gewesen, wenn sie uns auch gleich getötet hätten. Conan trifft keine Schuld. Normalerweise hätten wir das Dorf erreichen müssen, ohne entdeckt zu werden. Sie haben keine Wachen oder Späher so weit unten am Fluß, wo wir landeten. Offenbar kam gerade ein größerer Trupp aus dem Süden des Weges. Es tut sich etwas – irgendeine Teufelei. Es sind viel zu viele Pikten hier. Die Burschen hier sind nicht alle Gwawelis, es sind auch etliche von den westlichen Stämmen dabei und vom Fluß auf- und abwärts.«

Balthus betrachtete die wilden Gestalten näher. Er verstand nicht viel von den Pikten, aber es war ganz offensichtlich, daß die wenigen Hütten hier bei weitem nicht all die Personen aufnehmen konnten, die sich allein hier auf dem Platz herumtrieben. Und dann fiel ihm auch der Unterschied in der Stammes- oder Kriegsbemalung auf Gesicht und Brust auf.

»Ja, irgendeine Teufelei«, wiederholte der Waldläufer. »Vielleicht sind sie hier zusammengekommen, um an einer von Zogar Sags Beschwörungen größeren Stils teilzunehmen. Vermutlich hat er vor, mit unseren Kadavern einen besonderen Zauber zu wirken. Na ja, ein Waldläufer kann nicht erwarten, im Bett zu sterben. Aber ich wollte wirklich, wir hätten einen schnellen Tod mit den anderen gefunden.«

Das wölfische Geheul der Pikten wurde lauter und klang jetzt begeistert. Aus ihrem Benehmen – sie schauten nun alle in eine Richtung und stellten sich sogar auf Zehenspitzen – schloß Balthus, daß eine für sie bedeutende Persönlichkeit ankam. Er verdrehte den Kopf und bemerkte, daß von einer längeren und größeren Hütte als die anderen, die sich hinter den Pfählen befand, Menschenschädel von den Dachkanten baumelten. Aus der Tür dieser Hütte hopste eine phantastische Gestalt.

»Zogar!« murmelte der Waldläufer, das blutige Gesicht wild verzerrt, während er sich unbewußt gegen die Stricke sträubte. Balthus sah eine hagere Gestalt von mittlerer Größe, die fast völlig von Straußenfedern auf einem Harnisch aus Leder und Kupfer verborgen war. Zwischen den wippenden Federn spähte ein häßliches, boshaftes Gesicht heraus. Unwillkürlich fragte sich Balthus, woher der Zauberer diese Federn hatte, denn er wußte, daß es Strauße normalerweise nur im Süden gab, eine halbe Weltreise entfernt. Sie raschelten und wiegten sich, als der Schamane wie ein Irrer herumhüpfte.

Mit hohen Hopsern und Verrenkungen sprang er in den Kreis der atemlosen Pikten und wirbelte vor den Gefangenen herum. Bei jedem anderen hätte es lächerlich ausgesehen: ein verrückter Mummenschanz. Doch das wilde Gesicht mit den funkelnden Augen, das durch die wippende Federgewandung herausstarrte, verlieh der Szene unheilvolle Bedeutung. Niemand mit einem Gesicht wie diesem könnte von irgend jemandem als lächerlich erachtet werden, sondern nur als der Teufel, der er war.

Plötzlich erstarrte er zur Statue. Die Federn wippten noch ganz leicht, dann senkten sie sich. Die vor Begeisterung brüllenden Krieger verstummten. Zogar Sag schien zu wachsen, sowohl an Höhe als auch an Breite. Balthus hatte plötzlich das gespenstische Gefühl, daß der Schamane von großer Höhe verächtlich auf ihn herabblickte, obgleich er wußte, daß der Pikte nicht einmal so groß wie er war. Nur mit Mühe vermochte er sich dieser Illusion zu entziehen.

Der Zauberer sprach nun mit rauher, kehliger Stimme, die an das Zischen einer Kobra erinnerte. Er stieß den Kopf auf dem langen Hals zu dem Verwundeten am Pfahl vor. Im Feuerschein glühten seine Augen blutrot. Der Waldläufer spuckte ihm voll ins Gesicht.

Mit einem teuflischen Aufheulen hüpfte Zogar hoch in die Luft, und die Krieger stießen schrille Schreie aus.

Sie wollten sich auf den Mann am Pfahl stürzen, doch der Schamane hielt sie zurück. Mit gefletschten Zähnen knurrte er einen Befehl. Ein paar Männer rannten zum Tor und rissen es auf, dann liefen sie zurück. Der Kreis um die Gefangenen teilte sich, die Krieger sprangen eilig nach links und rechts. Balthus bemerkte, daß die Frauen und Kinder zu den Hütten liefen und durch Türspalte und Fenster herausspähten. Ein offener breiter Weg führte nun von den Pfählen direkt zum offenen Tor, hinter dem unmittelbar der dunkle Wald begann, bis zu dem der Feuerschein nicht reichte.

Ein angespanntes Schweigen setzte ein, als Zogar Sag sich auf Zehenspitzen dem Wald zuwandte und einen gespenstischen Ruf erschallen ließ. Irgendwo, tief im schwarzen Wald, antwortete ihm ein gedämpftes Brüllen. Balthus erschauderte. Er erinnerte sich, was Valannus gesagt hatte: daß Zogar Sag behauptete, er könnte wilden Tieren seinen Willen aufzwingen. Des Waldläufers Gesicht unter dem verkrusteten Blut war fahl. Er fuhr sich zuckend mit der Zunge über die Lippen.

Das ganze Dorf hielt den Atem an. Zogar Sag stand reglos wie eine Statue, nur die Straußenfedern zitterten schwach.

Plötzlich erschien etwas am Tor.

Ein Stöhnen ging durch die Menge. Die Krieger wichen hastig zurück und drängten sich zwischen die Hütten. Balthus spürte, wie er eine Gänsehaut bekam. Die Kreatur am Tor war die Verkörperung einer alptraumhaften Legende. Sie war seltsam bleich, so daß sie in dem schwachen Licht gespenstisch und unwirklich aussah. Aber an dem tiefsitzenden, wilden Schädel mit den gewaltigen, krummen Fängen war nichts unwirklich. Auf leisen Ballen näherte sie sich wie ein Phantom aus der Vergangenheit, in die sie eigentlich gehörte. Sie war das Ungeheuer vieler alter Legenden:

ein Säbelzahntiger! Seit vielen Jahrhunderten hatte kein hyborischer Jäger ein solches Urtier mehr gesehen. Alte Mythen verliehen diesen Bestien einen Hauch des Übernatürlichen, das möglicherweise ihrer fahlen Farbe und teuflischen Wildheit zuzuschreiben war.

Das auf die Männer an den Pfählen zukommende Tier war länger und schwerer als der normale gestreifte Tiger. Es war fast so massig wie ein Bär. Schultern und Vorderbeine waren so breit und muskulös, daß es seltsam vorderlastig wirkte, obwohl seine Hinterbeine immer noch weit kräftiger als die eines Löwen waren. Der Kopf schien zum größten Teil aus Rachen zu bestehen. Die Stirnpartie war so winzig, daß es aussah, als könnte dieses Tier gar nicht viel Gehirn entwickelt haben, und seine Instinkte galten zweifellos nur dem Schlagen und Verschlingen. Es war eine abscheuliche Laune der Natur, die hier hauptsächlich Fänge und Pranken weiterentwickelt hatte.

Das also war die Bestie, die Zogar Sag aus dem Wald herbeigerufen hatte. Balthus zweifelte nicht mehr an der Wirksamkeit des Schamanen Zauberkraft. Nur die Schwarzen Künste vermochten ein Tier mit so kleinem Gehirn und so ungeheuren Vernichtungskräften zu beherrschen. Am Rand seines Bewußtseins erwachte eine vage Erinnerung an den Namen eines alten Gottes der Finsternis, vor dem sich einst Mensch und Tier gebeugt hatten und dessen Kinder immer noch in den dunklen Winkeln der Welt lauerten. Mit Grauen ruhte sein verzweifelter Blick auf Zogar Sag.

Die Bestie stapfte vorbei an den Leichen und der gräßlichen Pyramide, ohne auf die einen oder die anderen zu achten. Sie war kein Aasfresser. Sie jagte lediglich die Lebenden in ihrem Dasein, das dem Schlagen gewidmet war. Ein grauenvoller Hunger brannte in den starr wirkenden grünen Augen. Nicht nur der

Hunger eines leeren Bauches, sondern auch der zu töten. Geifer sickerte aus den klaffenden Kiefern. Der Schamane trat zurück. Seine ausgestreckte Hand deutete auf den Waldläufer.

Die Raubkatze duckte sich zum Sprung. Benommen erinnerte sich Balthus an Geschichten ihrer unübertroffenen Wildheit: wie sie einen Elefanten ansprang und ihre Säbelzähne so tief in seinen Schädel schlug, daß sie sie nicht mehr zurückzuziehen vermochte und verhungernd mit ihrem Opfer starb. Schrill schrie der Schamane, und das Tier sprang mit einem ohrenbetäubenden Brüllen.

Dergleichen hatte Balthus noch nie gesehen: einen solchen Sprung fleischgewordener Vernichtung in diesem gewaltigen Körper aus eisernen Muskeln, Sehnen und reißenden Krallen. Voll traf die Bestie den Waldläufer an der Brust. Der Pfahl zersplitterte und brach am Boden unter diesem ungeheuren Aufprall ab. Und schon glitt der Säbelzahntiger zum Tor zurück, in seinem Rachen die blutige Masse, die nur noch schwache Ähnlichkeit mit einem Menschen hatte. Balthus stierte ihr wie gelähmt nach. Sein Gehirn weigerte sich zu glauben, was seine Augen gesehen hatten.

Mit einem Satz hatte die Bestie nicht nur den Pfahl geborsten, sondern auch den blutigen Körper losgerissen. Für sie waren die dicken Lederbänder nicht mehr als Stroh gewesen, und dort, wo sie gehalten hatten, hatten dafür Fleisch und Knochen nachgegeben. Balthus übergab sich. Er hatte Bären und Panther gejagt, doch nie hätte er sich träumen lassen, daß es ein Raubtier gab, das in Herzschlagschnelle einen Menschen so zerfleischen konnte.

Der Säbelzahntiger verschwand durch das Tor. Kurz darauf erschallte sein mächtiges Gebrüll noch einmal und verlor sich in der Ferne. Die Pikten kauerten sich immer noch gegen die Hütten, und der Schamane blickte weiter auf das Tor, das eine gewaltige Öffnung in die Nacht hinaus darstellte.

Kalter Schweiß brach Balthus aus. Welch neues Grauen würde als nächstes durch das Tor kommen, um sich ihn zum Fraß zu holen? Hilflose Panik packte ihn, und er zerrte vergebens an seinen Fesseln. Die Nacht außerhalb des Feuerscheins erschien ihm wie ein gefräßiges Ungeheuer und die Flammen wie das Feuer der Hölle. Er fühlte die Augen der Pikten auf sich – Hunderte hungriger, grausamer Augen, die ein Bild ihrer Seelen ohne jede Menschlichkeit – wie er sie kannte – abgaben. Für ihn waren sie auch keine Menschen. Sie waren die Teufel dieses schwarzen Dschungels, so unmenschlich wie die Bestien, die dieses Ungeheuer im wippenden Federgewand herbeirief.

Einen zweiten schauderhaften Schrei schickte Zogar Sag durch die Finsternis. Er klang völlig anders als der erste – eher wie ein Zeichen denn ein Ruf. Balthus überlief es kalt. Wenn eine Schlange fähig wäre, so laut zu zischen, würde es sich gewiß genauso anhören.

Diesmal kam keine Antwort. Atemlose Stille herrschte auf dem offenen Platz. So laut klopfte Balthus' Herz, daß er glaubte, es müßte zerspringen. Und dann war ein Rascheln am Tor zu hören, ein Gleiten, das dem jungen Tauraner die Härchen im Nacken aufstellte. Wieder war etwas im Feuerschein am Tor zu sehen.

Auch dieses Ungeheuer erkannte Balthus aus alten Legenden. Eine titanische Schlange war es, mit einem keilförmigen Schädel größer als der eines Pferdes, und sie hielt ihn so, daß er in gleicher Höhe wie der Kopf eines großen Mannes war. Der bierfaßdicke, fahlschimmernde Leib schlängelte sich bereits durch das Tor. Die gespaltene Zunge schnellte vor und zurück, und die entblößtem Fänge glänzten im Feuerschein.

Balthus war keiner Regung mehr fähig. Das Grauen

seines Geschicks lähmte ihn. Dieses Reptil hier war das Ungeheuer, das die Alten Geisterschlange genannt hatten: die bleiche, abscheuliche Bestie, die in früheren Zeiten bei Nacht in die Behausungen der Menschen geschlichen war und ganze Familien verschlungen hatte. Wie der Python zerdrückte sie ihre Opfer, doch im Gegensatz zu allen anderen Riesenschlangen sonderten ihre Fänge auch noch Gift ab, das entweder sofort den Tod oder zum Tod führenden Wahnsinn verursachte. Auch die Geisterschlange galt schon lange als ausgestorben. Valannus hatte leider recht gehabt – kein Weißer wußte, welche Kreaturen der Wald jenseits des Schwarzen Flusses beherbergte.

Fast lautlos glitt sie über den Boden. Ihr Kopf war etwas höher als Balthus'. Sie hatte ihn zum Stoß ausholend ein wenig zurückgezogen. Mit glasigen Augen starrte der Tauraner in den klaffenden Schlund, der ihn bald aufnehmen würde. Seltsamerweise empfand er nichts weiter als eine vage Übelkeit.

Plötzlich schoß etwas, das im Feuerschein glitzerte, aus den Schatten der Hütte herbei. Das gigantische Reptil peitschte herum und wand sich in Zuckungen. Wie im Traum sah Balthus einen kurzen Wurfspeer aus dem gewaltigen Hals ragen, unmittelbar unter den klaffenden Kiefern – der Schaft aus einer, die Speerspitze aus der anderen Seite.

Die Schlange rollte den vorderen Teil ihres Körpers ein und peitschte mit dem Schwanz um sich, so daß die Pikten hastig die Flucht ergriffen. Der Speer hatte nicht das Rückgrat verletzt, sondern lediglich die kräftigen Halsmuskeln aufgespießt. Der immer wilder peitschende Schwanz schmetterte ein Dutzend Männer nieder, und aus den krampfhaft schnappenden Fängen bespritzte sie andere mit ihrem Gift, das wie flüssiges Feuer brannte. Heulend, fluchend und schreiend rannten die Pikten davon, stießen andere in ihrer Hast nieder, trampelten über die Gefallenen und suchten Zuflucht in und hinter den Hütten.

Die Riesenschlange rollte in ein Feuer. Funken stoben, Brennholz flog durch die Luft. Die Schmerzen ließen die Schlange noch heftiger um sich peitschen. Der Schwanz schlug eine Hütte ein und schleuderte heulende Menschen durch die Luft.

In blinder Flucht rannten die Pikten durch die Feuer, so daß die brennenden Scheite in alle Richtungen flogen. Die Flammen loderten auf und sanken zusammen. Ein düsteres Glühen beleuchtete diese Alptraumszene, in der das titanische Reptil um sich peitschte und sich herumrollte und die Menschen wie Wahnsinnige kreischten und einander in ihrer Panik niederrannten.

Balthus spürte einen Ruck an seinen Handgelenken, und dann – o Wunder – war er frei, und eine starke Hand zog ihn hinter den Pfosten. Benommen erkannte er Conan und spürte seinen eisernen Griff um den Arm.

Blut klebte an des Cimmeriers Kettenhemd, und das Schwert in seiner Rechten wies rotbraune Flecken auf. Er wirkte riesig im Schattenspiel der erlöschenden Feuer.

»Komm!« drängte er. »Ehe sie ihre Panik überwunden haben!«

Balthus spürte, wie ihm ein Axtschaft in die Hand gedrückt wurde. Zogar Sag war verschwunden. Conan zerrte Balthus hinter sich her, bis der seine Benommenheit endlich überwand und ihm die Beine wieder gehorchten. Da ließ der Cimmerier ihn los und rannte in die Hütte, von der die Menschenschädel hingen. Balthus folgte ihm. Er sah einen steinernen Altar, der von den erlöschenden Feuern im Freien noch schwach beleuchtet wurde. Fünf Menschenköpfe standen auf dem Altar, und die Züge des frischesten Kopfes waren ihm nur allzu vertraut – sie waren die des Kaufmanns Tiberias. Hinter dem Altar befand sich ein Götzenbild, düster, undeutlich und tierisch, aber doch entfernt menschenähnlich. Neues Grauen würgte Balthus, als diese Gestalt sich plötzlich kettenrasselnd erhob und lange mißgestaltete Arme ausstreckte.

Conans Schwert sauste hinab, drang durch Fleisch und Knochen. Dann zog der Cimmerier Balthus um den Altar herum, vorbei an der zusammengesackten, zotteligen Gestalt, zu einer Tür am hinteren Ende der langen Hütte und wieder hinaus ins Freie. Nur wenige Fuß vor ihnen ragte der Palisadenzaun empor.

Es war dunkel hinter der Altarhütte. Die wilde Flucht hatte die Pikten nicht hierher gebracht. Am Zaun blieb Conan stehen, packte Balthus mit einer Hand und hob ihn hoch wie ein Kind. Balthus griff nach den zugespitzten Stämmen des Palisadenzauns und zog sich hoch, ohne darauf zu achten, wie er sich dabei die Haut aufschürfte. Er streckte gerade dem Cimmerier eine Hand entgegen, da bog ein fliehender Pikte um die Ecke der Altarhütte. Er blieb abrupt stehen, als er im schwelenden Feuer den Mann auf dem Zaun entdeckte. Mit tödlicher Sicherheit schleuderte Conan seine Axt, doch der Krieger hatte bereits den Mund geöffnet und sein Warnschrei übertönte schrill den allgemeinen Lärm, ehe er mit zerschmettertem Schädel verstummte.

Die Panik hatte nicht alle angebotenen Instinkte der Pikten unterdrückt. Als der gellende Schrei über den Lärm hinweg schrillte, herrschte einen Herzschlag lang absolute Stille, dann brüllten die Krieger wild auf und rasten herbei, um den Angriff abzuwehren, den der Warnruf angekündigt hatte.

Conan sprang hoch. Er faßte jedoch nicht nach Balthus' Hand, sondern nach seinem Arm in Schulternähe, und schwang sich hoch. Der Tauraner biß bei dem plötzlichen Schmerz die Zähne zusammen. Doch schon war der Cimmerier hoch, und die beiden ließen sich auf der anderen Palisadenseite hinunterfallen.

5

DIE KINDER JHEBBAL SAGS

»In welcher Richtung liegt der Fluß?« erkundigte sich Balthus verwirrt.

»Wir versuchen jetzt besser gar nicht, zum Fluß zu kommen«, antwortete Conan. »Im Wald zwischen Dorf und Fluß wimmelt es nur so von Kriegern. Komm! Wir machen uns in die Richtung auf den Weg, in der sie uns am wenigsten vermuten – nach Westen.«

Aus dem Unterholz blickte Balthus zurück. Der Palisadenzaun sah aus, als wäre er mit schwarzen Köpfen gespickt, so dicht gedrängt spähten die Pikten darüber. Sie waren verwirrt. Sie hatten den Zaun nicht rechtzeitig genug erreicht, um die Flüchtigen noch zu sehen. Sie waren zu den Palisaden geeilt, weil sie einen größeren Angriff erwartet hatten. Doch sie hatten nur den toten Krieger gefunden, keinen Feind.

Balthus wurde klar, daß sie die Flucht ihres Gefangenen bisher noch nicht bemerkt hatten. Von den Rufen aus der Richtung des Platzes schloß er, daß die Krieger, von der schrillen Stimme Zogar Sags geleitet, mit Pfeilen auf die verwundete Schlange schossen. Der Schamane hatte die Kontrolle über das Ungeheuer verloren. Kurze Zeit später erschallte statt der bisherigen Befehle ein wütendes Schreien.

Conan lachte grimmig. Er ging Balthus voraus über einen, sich unter einem dichten Blätterdach dahinschlängelnden Pfad, der westwärts führte, und sein Schritt war so sicher, als eilte er auf einer breiten, hellbeleuchteten Straße dahin. Balthus stolperte dicht hinter ihm her und richtete sich nach dem dichten Unterholz zu beiden Seiten.

»Sie werden sich gleich an die Verfolgung machen«, brummte der Cimmerier. »Zogar hat offenbar gerade entdeckt, daß du nicht mehr am Pfahl hängst, und er weiß, daß mein Kopf nicht auf dem Haufen vor der Altarhütte war. Dieser Hund! Wenn ich einen zweiten Speer gehabt hätte, hätte ich erst ihn aufgespießt, ehe ich nach der Schlange warf. Halt dich an den Weg. Im Fackellicht können sie unsere Spur nicht aufnehmen, und aufs Geratewohl müßten sie sich zu sehr aufteilen, denn es führen Dutzende von Pfaden vom Dorf weg. Ich nehme an, daß sie erst einmal auf denen zum Fluß suchen und eine meilenlange Postenkette am Ufer aufstellen werden, denn sicher glauben sie, daß wir irgendwo dort durchzubrechen versuchen werden. Wir bleiben auf dem Pfad, weil wir so schneller vorankommen, und ziehen uns erst in den Wald zurück, wenn es unbedingt sein muß. So, und jetzt streng dich ein wenig an und lauf, wie du noch nie in deinem Leben gelaufen bist.«

»Sie haben ihre Panik verdammt schnell überwunden!« keuchte Balthus, der Conans Rat befolgte und seinen Füßen Flügeln verlieh.

»Sie fürchten sich vor nichts sehr lange«, knurrte Conan.

Eine Weile wechselten sie keine weiteren Worte, sondern taten ihr möglichstes, so schnell es ging weiterzukommen. Immer tiefer drangen sie in die Wildnis ein und ließen die Zivilisation mit jedem Schritt weiter zurück, aber Balthus zweifelte nicht daran, daß Conan wußte, was er tat. Schließlich nahm der Cimmerier sich Zeit zu erklären: »Wenn wir weit genug vom Dorf entfernt sind, kehren wir in einem großen Bogen zum Fluß zurück. Meilenweit um Gwawela gibt es kein anderes Dorf. Alle Pikten sammelten sich hier in der Gegend. Auch um sie machen wir einen großen Bogen. Vor Tagesanbruch können sie unsere Spur nicht aufnehmen, doch dann werden sie unsere Fährte schnell entdecken. Aber vor Morgengrauen verlassen wir den Pfad und ziehen uns in den Wald zurück.«

Immer weiter rannten sie. Die Schreie hinter ihnen waren schon nicht mehr zu hören. Balthus' Atem kam bereits pfeifend. Er hatte Seitenstechen, und das Laufen wurde zur Qual. Er taumelte gegen die Büsche zu beiden Seiten des Weges. Conan blieb plötzlich stehen und spähte den dunklen Pfad zurück.

Der Mond ging auf, und sein Silberschein drang gefiltert durch die Wirrnis der Zweige über ihren Köpfen.

»Verlassen wir jetzt den Pfad?« erkundigte sich Balthus krächzend.

»Gib mir deine Axt«, flüsterte Conan. »Etwas ist dicht hinter uns.«

»Dann sollten wir uns aber im Wald verstecken!« wisperte Balthus erschrocken.

Conan schüttelte den Kopf und zog seinen Begleiter ins dichte Unterholz. Der Mond stieg höher und erhellte den Pfad ein wenig.

»Wir können doch nicht gegen den ganzen Stamm kämpfen!« flüsterte Balthus jetzt.

»Kein Mensch hätte unsere Spur so schnell aufnehmen und uns so flink folgen können«, murmelte Conan. »Sei still!«

Ein angespanntes Schweigen folgte. Balthus Herz pochte so heftig, daß er glaubte, es müßte meilenweit zu hören sein. Mit einemmal, ohne das geringste Geräusch als Vorwarnung, tauchte ein Kopf auf dem jetzt dämmerigen Pfad auf. Balthus Herz schlug nun im Hals. Beim ersten Blick glaubte er den schreckerregenden Schädel des Säbelzahntigers zu sehen. Doch dieser Kopf war kleiner, schmäler. Er gehörte einem Leoparden, der leise knurrend den Pfad entlangspähte. Glücklicherweise wehte der Wind in Richtung der Männer und verhinderte so, daß die Raubkatze sie witterte. Sie senkte den Kopf und schnupperte am Boden, dann tapste sie unsicher weiter. Balthus lief es kalt den Rücken hinunter. Es bestand kein Zweifel, das Tier war ihrer Spur gefolgt.

Und es war mißtrauisch. Es hob den Kopf. Die Augen glühten wie Kohlen, und es knurrte tief in der Kehle. In diesem Moment schleuderte Conan die Axt.

Die ganze Kraft des Armes und der Schulter steckte in diesem Wurf. Die Axt war ein silberner Blitz im Mondschein. Fast noch ehe ihm klar wurde, was geschehen war, sah Balthus den Leoparden sich in seinen Todeszuckungen auf dem Boden wälzen. Der Axtschaft hob sich aus dem Kopf. Die Klinge hatte den schmalen Schädel gespalten.

Conan sprang aus dem Unterholz, löste die Axt und zerrte den schlaffen Kadaver zwischen die Bäume, wo er vom Weg aus nicht gesehen werden konnte.

»Und jetzt weiter, aber schnell!« mahnte er und tauchte südwärts vom Pfad in den Wald. »Krieger werden der Katze folgen. Sobald Zogar Sag sich wieder gefaßt hatte, schickte er uns den Leoparden nach. Bestimmt sind die Pikten gleich mit ihm los, aber er ist ja viel schneller. Er wird um den Palisadenzaun herumgelaufen sein, bis er unsere Spur aufgenommen hatte, und ist uns dann wie der Blitz nachgesaust. Sie konnten natürlich sein Tempo nicht einhalten, aber sie kennen jetzt unsere ungefähre Richtung. Auf jeden Fall folgten sie ihm und warten jetzt auf sein Brüllen. Na ja, das werden sie nun nicht mehr hören, aber sie werden das Blut auf dem Pfad entdecken, sich umsehen und den Kadaver im Gebüsch finden. Von da an werden sie unsere Spur selbst aufnehmen, wenn sie es können.

Also sei vorsichtig, daß du keine allzu verräterische hinterläßt.«

Mühelos wich Conan Dornbüschen und tiefhängenden Ästen aus und glitt zwischen den Stämmen dahin, ohne sie zu berühren. Auch setzte er die Füße immer so, daß sie möglichst keinen Abdruck hinterließen. Und all das mühelos, während Balthus sich plagte, es ihm gleichzutun und es doch nicht schaffte.

Hinter ihnen war nichts mehr zu hören. Als sie etwa eine weitere Meile zurückgelegt hatten, fragte Balthus: »Fängt Zogar Sag junge Leoparden ein und bildet sie zu Blut- und Spürtieren aus?«

Conan schüttelte den Kopf. »Das war ein Leopard, den er aus dem Wald gerufen hat.«

»Dann verstehe ich nicht«, fuhr Balthus fort, »weshalb er nicht alle Tiere im Wald auf uns hetzt – wenn er sie doch dazu bringen kann, ihm zu gehorchen. Bestimmt gibt es hier viele Leoparden, warum hat er uns nur einen nachgeschickt?«

Conan antwortete nicht sofort. Als er es nach einer Weile schließlich doch tat, klang es seltsam unwillig.

»Es hören nicht alle auf ihn – nur die, die sich an Jhebbal Sag erinnern.«

»Jhebbal Sag?« echote Balthus zögernd. Er hatte diesen uralten Namen höchstens drei- oder viermal in seinem Leben gehört.

»Einst verehrte alles Lebende ihn. Das war vor langer, langer Zeit, als Tiere und Menschen sich der gleichen Sprache bedienten. Die Menschen haben ihn vergessen, selbst die meisten Tiere. Nur einige erinnern sich. Die Menschen und Tiere, die sich seiner erinnern, sind Brüder und sprechen dieselbe Sprache.«

Balthus antwortete nicht. Am Marterpfahl hatte er mit eigenen Augen gesehen, wie der nächtliche Dschungel auf des Schamanen Ruf seine mörderischen Schrecken geschickt hatte.

»Zivilisierte Menschen lachen darüber«, sagte Conan. »Doch niemand kann mir sagen, wie Zogar Sag es fertigbringt, Pythons und Tiger und Leoparden aus der Wildnis zu rufen und sie unter seinen Willen zu zwingen. Man würde sogar sagen, es sei gelogen oder Einbildung, wenn man es wagt. Denn so sind die Zivilisierten. Was sie mit ihrer halbgaren Wissenschaft nicht erklären können, weigern sie sich zu glauben.«

Die Menschen von Tauran waren dem Wesen nach der Primitivität näher als die restlichen Aquilonier. Aberglaube, der tief in der Vergangenheit verwurzelt war, war bei ihnen längst nicht ausgerottet. Balthus schauderte jetzt noch, wenn er daran dachte, was er vor kurzem alles erlebt hatte. Wie sollte er das verleugnen, was Conans Worte andeuteten?

»Es gibt in diesem Wald einen Hain mit einer Lichtung, der Jhebbal Sag geweiht ist«, sagte Conan. »Als junger Mann suchte ich dort einmal mit einem Freund die Hilfe der Priesterin.* Vielleicht *erinnern* sich des Haines wegen so viele Tiere hier in dieser Gegend.«

»Dann werden noch weitere unsere Spur verfolgen.«

»Sie tun es schon jetzt«, war Conans beunruhigende Antwort. »Zogar würde sich nie auf ein Tier allein verlassen.«

»Was sollen wir denn tun?« fragte Balthus unsicher. Er blickte zu dem düsteren Laubdach hoch, und seine Finger umklammerten den Axtschaft noch fester. Jeden Augenblick erwartete er, reißende Klauen und spitze Fänge aus den Schatten auf sich zustürzen zu sehen.

»Warte!«

Conan drehte sich um, kauerte sich nieder und kratzte mit dem Dolch ein merkwürdiges Zeichen in den Waldboden. Balthus, der ihm über die Schulter

---

* Siehe ›Conan und die Straße der Könige‹, HEYNE-BUCH Nr. 06/3968

zusah, spürte, wie es ihm kalt über den Rücken lief, ohne zu wissen, weshalb. Kein Lüftchen war zu spüren, und trotzdem raschelten die Blätter über ihnen, und es hörte sich an, als stöhnten die Zweige. Conan blickte rätselhaft nach oben, dann stand er auf und starrte ernst auf das Symbol, das er gezeichnet hatte.

»Was ist das?« wisperte Balthus. Das Zeichen sah altertümlich aus, aber es sagte ihm nichts. Vermutlich lag es daran, daß er von fremden Schriften nichts verstand, denn wahrscheinlich war es ein völlig alltägliches Zeichen eines anderen Volkes. Doch selbst als Schriftgelehrter wäre er der Lösung hier nicht nahegekommen.

»Ich sah es in die Felswand einer Höhle gehauen, die seit bestimmt einer Million Jahre von keinem Menschen besucht worden war«, erklärte Conan. »Die Höhle ist in den öden Bergen, wohin sich kaum jemand je verirrt, jenseits der Vilayetsee, fast am anderen Ende der Welt. Zu einem späteren Zeitpunkt sah ich einen schwarzen Hexenjäger aus Kush das Zeichen in den Sand eines namenlosen Flusses kritzeln. Er erklärte mir einen Teil der Bedeutung – es ist Jhebbal Sag heilig und den Tieren, die ihn verehren. Paß auf!«

Sie zogen sich ein paar Fuß weit in dichtes Buschwerk zurück und warteten in angespanntem Schweigen. Im Osten dröhnten dumpf Trommeln, und irgendwo im Norden und Westen antworteten ihnen andere. Balthus zitterte unwillkürlich, obgleich er wußte, daß lange Meilen schwarzen Waldes ihn von diesen Trommeln trennten, deren Grollen als finstere Ouvertüre zu einem blutigen Drama gedacht war.

Der Tauraner hielt den Atem an. Mit einem leichten Schütteln teilte sich das Gebüsch, und ein prächtiger Panther kam heraus. Der Mondschein, der gefiltert durch das Blätterdach einfiel, spiegelte sich auf dem glänzenden Fell, unter dem die Muskeln spielten.

Den Kopf tief gesenkt, näherte er sich ihnen. Er witterte ihre Spur. Und dann, wie erstarrt, mit der Schnauze unmittelbar über dem Symbol, hielt er an. Lange Zeit rührte er sich nicht, dann streckte er sich auf dem Boden aus und legte den Kopf vor das Symbol. Balthus erschauderte. Die Haltung der großen Raubkatze war die der Ehrfurcht und Verehrung.

Dann erhob sich der Panther und zog sich zurück – fast noch im Liegen, so daß der Bauch nur eine Spur über den Boden glitt. Als seine Hinterbeine das Gebüsch berührten, wirbelte er wie in plötzlicher Panik herum und raste davon wie der Blitz.

Balthus strich mit bebender Hand über die Stirn und blickte Conan an.

In den Augen des Cimmeriers schwelten Feuer, wie sie Menschen der Zivilisation fremd waren. In diesem Moment war er unverfälschter Barbar, und er hatte den Mann an seiner Seite vergessen. In seinem brennenden Blick sah und erkannte Balthus undeutlich uralte Bilder, unterbewußt eingeprägte Erinnerung, Schatten aus dem Morgengrauen des Lebens, die die zivilisierten Rassen ablehnten, ja vergessen hatten – schemenhafte und namenlose Phantasmen waren es.

Und dann schob sich etwas wie ein Schleier über das Feuer dieser Augen, und Conan schritt stumm tiefer in den Wald hinein.

»Von den Tieren haben wir nichts mehr zu befürchten«, sagte er nach einer Weile. »Aber wir ließen ein Zeichen zurück, das auch Menschen finden werden. Es wird ihnen nicht leichtfallen, unserer Fährte zu folgen, und bis sie das Symbol entdeckt haben, können sie auch nicht sicher sein, daß wir uns tatsächlich südwärts halten. Selbst wenn sie Gewißheit haben, wird es nicht einfach für sie sein, uns ohne die scharfe Nase witternder Tiere auf der Spur zu bleiben. Doch der Wald südlich des Pfades dürfte von Kriegern wimmeln, die uns suchen. Wenn wir im Tageslicht weiterziehen, werden wir zweifellos früher oder später gesehen werden. Also werden wir jetzt nach einem guten Versteck Ausschau halten und bis zum Einbruch der Nacht warten, ehe wir zum Fluß zurückkehren. Wir müssen Valannus warnen, also dürfen wir uns nicht umbringen lassen.«

»Valannus warnen?«

»Natürlich! Im Wald gibt es fast mehr Pikten den Fluß entlang als Bäume. Deshalb haben sie uns auch erwischt. Zogar braut an einem Kriegszauber. Es steht mehr als ein kleiner Plünderzug bevor. Er hat etwas fertiggebracht, was, soviel ich weiß, noch kein Pikte geschafft hat: Er hat fünfzehn oder sechzehn Clans vereint. Das verdankt er seinen Zauberkräften, denn die Pikten folgen eher einem Schamanen als einem Kriegshäuptling. Du hast doch die Menge im Dorf gesehen – und am Fluß entlang waren noch Hunderte versteckt, die du nicht gesehen hast. Er kann also mindestens dreitausend Krieger um sich scharen. Ich lag in einem Busch und hörte, worüber sie sich unterhielten, als sie vorbeikamen. Sie beabsichtigen, das Fort anzugreifen. Wann, weiß ich nicht, aber Zogar wird es nicht wagen, sie allzu lange hinzuhalten. Er hat sie gesammelt und zu einem Taumel aufgepeitscht. Wenn er sie nicht bald in den Kampf führt, werden sie übereinander herfallen. Sie sind jetzt blutdurstige Tiger.

Ich weiß nicht, ob es ihnen gelingen kann, das Fort einzunehmen. Aber auf jeden Fall müssen wir über den Fluß zurück und zusehen, daß alle gewarnt werden. Die Siedler zwischen dem Fort und Velitrium sollen sich ins Fort oder nach Velitrium zurückziehen. Denn während die Pikten das Fort belagern, werden Kriegertrupps im Land herumstreifen. Möglicherweise überqueren sie sogar den Donnerfluß und treiben ihr

Unwesen in dem dichter besiedelten Landstrich jenseits von Velitrium.«

Während der Cimmerier sprach, tauchte er immer tiefer in die uralte Wildnis. Plötzlich brummte er zufrieden. Sie hatten eine Stelle erreicht, wo das Unterholz lichter war und eine niedrige Felserhebung südwärts verlief. Balthus fühlte sich sicherer, als sie ihr folgten. Selbst ein Pikte konnte auf kahlem Fels keine Spuren finden.

»Wie seid Ihr eigentlich entkommen?« fragte er Conan nach längerem Schweigen.

Conan tupfte auf Kettenhemd und Helm.

»Wenn die Grenzer Harnisch trügen, hingen weniger Schädel an den Altarhütten. Aber die meisten Männer verraten sich durch ihre Kettenhemden, weil sie nicht verhindern können, daß sie klirren. Nun, jedenfalls warteten die Pikten zu beiden Seiten des Pfades auf uns, ohne sich zu rühren. Und wenn ein Pikte reglos steht, bemerken nicht einmal die Tiere des Waldes ihn, selbst wenn sie dicht an ihm vorbeikommen. Sie hatten uns entdeckt, als wir den Fluß überquerten, und gleich ihre Posten bezogen. Wenn sie uns erst einen Hinterhalt gestellt hätten, nachdem wir das Ufer verließen, wäre es mir nicht entgangen. Aber sie warteten eben bereits, und nicht ein Blatt zitterte auch nur. Selbst der Teufel hätte keinen Argwohn geschöpft. Ich wurde erst auf sie aufmerksam, als ich einen Pfeil von der Sehne sirren hörte. Ich ließ mich sofort fallen und rief meinen Leuten hinter mir zu, das gleiche zu tun, aber sie waren zu langsam, weil sie so überrascht wurden.

Die meisten fielen unter dem ersten Beschuß von beiden Seiten. Einige der Pfeile schwirrten quer über den Pfad und trafen Pikten auf der anderen Seite. Ich hörte sie aufheulen.« Er grinste mit wilder Befriedigung. »Meine überlebenden Männer stürzten sich ins Handgemenge. Als ich bemerkte, daß die anderen alle niedergemacht oder gefangen waren, riskierte ich den Durchbruch und raste schneller durch die Dunkelheit als die schwarzen Teufel. Sie waren rings um mich. Ich rannte und kroch durch die Büsche, und manchmal lag ich auf dem Bauch unter Gestrüpp, während sie zu allen Seiten an mir vorbeiliefen.

Ich wandte mich dem Ufer zu, stellte jedoch fest, daß sie nur darauf warteten. Dicht an dicht standen sie dort. Aber ich hätte mir schon einen Weg hindurchgekämpft und wäre über den Fluß geschwommen, wenn ich nicht die Trommeln im Dorf gehört hätte, die mir verrieten, daß zumindest noch ein Gefangener lebte.

So sehr lenkte Zogars Zauber sie ab, daß ich unbemerkt über den Palisadenzaun hinter der Altarhütte klettern konnte. Ein Krieger sollte dort Wache halten, aber er kauerte hinter der Hütte und sah um die Ecke herum dem Schauspiel zu. Ich war hinter ihm und brach ihm den Hals mit den Händen, ehe er wußte, was geschah. Sein Speer war es, den ich auf die Schlange schleuderte, und die Axt, die du hältst, gehörte ebenfalls ihm.«

»Aber was war die – die Kreatur hinter dem Altar, die Ihr getötet habt?« fragte Balthus und erschauderte in Erinnerung an das Wesen, das er nur verschwommen zu Gesicht bekommen hatte.

»Einer von Zogars Göttern. Ein Kind Jhebbals, das sich nicht erinnerte und mit Ketten am Altar festgehalten werden mußte – ein Gorilla. Die Pikten glauben, diese Menschenaffen seien dem Haarigen geweiht, der auf dem Mond lebt – der Gorillagott von Gullah.

Es wird hell. Hier ist ein guter Platz, uns zu verbergen, bis wir wissen, wie dicht sie uns auf den Fersen sind. Vermutlich müssen wir auf den Einbruch der Dunkelheit warten, bis wir uns zum Fluß durchschlagen können.«

Conan stieg einen niedrigen, von dichtstehenden

Bäumen und wirrem Buschwerk umgürteten und bedeckten Hügel hoch. Nahe der Kuppe schlüpfte er in ein Labyrinth hoher Felsbrocken, die mit Büschen bewachsen waren. Wenn man sich dazwischen ausstreckte, konnte man den Wald unten sehen, ohne selbst bemerkt zu werden. Ja, es war ein guter Ort, sich zu verbergen und zu verteidigen. Balthus war sicher, daß nicht einmal ein Pikte ihnen über den steinigen Boden der letzten vier oder fünf Meilen nachspüren konnte, aber er fürchtete sich vor den Tieren, die Zogar Sag gehorchten. Sein Vertrauen in das ungewöhnliche Symbol begann ein wenig zu wanken. Aber Conan glaubte nicht an die Möglichkeit, daß sie weiter von Raubtieren verfolgt würden.

Eine gespenstische Helligkeit breitete sich durch die dichten Zweige aus. Das bißchen, das durch sie vom Himmel sichtbar war, veränderte zusehends die Farbe, wurde von Rosa zu Blau. Balthus verspürte nagenden Hunger. Glücklicherweise hatte er wenigstens den Durst an einem Bach gestillt, an dem sie vorbeigekommen waren. Es herrschte nun absolute Stille, wenn man von ein paar Vogellauten da und dort absah. Die Trommeln waren nicht mehr zu hören. Balthus' Gedanken beschäftigten sich wieder mit der grauenvollen Szene vor der Altarhütte.

»Es waren Straußenfedern, die Zogar Sag trug«, sagte er plötzlich. »Ich kenne sie von den Helmen der Ritter aus dem Osten, die die Marschbarone besuchten. Es gibt doch in diesem Wald keine Strauße, oder?«

»Die Federn kamen aus Kush«, antwortete Conan. »Westlich von hier, viele Tagesmärsche entfernt, liegt das Meer. Hin und wieder legen Schiffe von Zingara an der Küste an und treiben Tauschhandel mit den Pikten: Waffen, Zierrat und Wein gegen Felle, Kupfererz und Goldstaub. Manchmal bringen sie auch Straußenfedern mit, die sie von den Stygiem haben. Und diese wiederum bekommen sie von den schwarzen Stämmen Kushs, das südlich von Stygien liegt. Die piktischen Schamanen sind ganz versessen darauf, offenbar halten sie sie für zauberkräftig. Aber ein solcher Handel ist für die Zingarier ziemlich riskant, denn die Pikten haben nicht nur einmal versucht, einen dieser Kauffahrer auszurauben. Außerdem ist es eine für Schiffe gefährliche Küste. Ich kenne sie aus eigener Erfahrung als Pirat der Barachan-Inseln, die sich südwestlich von Zingara befinden.«

Balthus' Blick ruhte bewundernd auf seinem Gefährten. »Wußte ich doch, daß Ihr nicht Euer ganzes Leben in diesem Grenzgebiet zugebracht habt! Ihr nanntet mehrere ferne Orte. Seid Ihr schon sehr weit gereist?«

»Ich bin viel herumgekommen und weiter als je einer meiner Rasse. Ich kenne all die großen Städte der Hyborier, der Shemiten, der Stygier und der Hyrkanier. Ich streifte durch die hier unbekannten Lande südlich der schwarzen Königreiche und durch die östlich der Vilayetsee. Ich war schon Söldnerhauptmann, Freibeuter, Kozak, Vagabund mit leerem Säckel, General – eigentlich war ich schon alles, außer König eines zivilisierten Landes, aber vielleicht sitze ich sogar noch auf einem Thron, ehe ich sterbe.« Die Vorstellung gefiel ihm, und er grinste breit. Dann zuckte er die Schultern und streckte sich auf dem Felsboden aus. »Das Leben hier ist so gut wie jedes andere. Ich weiß nicht, wie lange ich an der Grenze bleiben werde. Vielleicht noch eine Woche, einen Monat oder gar ein Jahr, dann zieht es mich wieder weiter. Es hält mich nirgendwo lange. Aber wie gesagt, hier an der Grenze ist es so gut wie anderswo.«

Balthus setzte sich auf, um den Wald unter ihnen im Auge zu behalten. Jeden Augenblick befürchtete er, eine wilde Fratze mit Kriegsbemalung durch die Blätter spähen zu sehen. Aber der Tag verging, und kein schleichender Schritt störte die brütende Stille. Balthus war nun überzeugt, daß die Pikten ihre Fährte verloren und die Verfolgung aufgegeben hatten. Conan wurde unruhig.

»Wir hätten zumindest ein paar Trupps sehen müssen, die den Wald nach uns absuchen. Wenn sie die Verfolgung tatsächlich aufgegeben haben, dann nur, weil sie hinter etwas Größerem her sind. Möglicherweise sind sie bereits dabei, sich am Fluß zu sammeln, um ihn zu überqueren und das Fort zu stürmen.«

»Würden sie überhaupt so weit südwärts kommen, wenn sie unsere Spur verloren haben?«

»Verloren haben sie sie ganz sicher, sonst wären sie schon längst hier. Unter normalen Umständen würden sie den Wald viele Meilen in jeder Richtung durchkämmen. Einige hätten zumindest in Sichtweite dieses Hügels vorbeikommen müssen. Ja, ich kann es mir nicht anders denken, als daß sie tatsächlich schon am Fluß sind. Wir müssen das Risiko eingehen und versuchen, ihn zu erreichen.«

Während er zwischen den Felsblöcken hindurchkroch, spürte Balthus die Haut zwischen den Schulterblättern prickeln. Schon im nächsten Augenblick mochten Pfeile aus dem grünen Gestrüpp über ihren Köpfen herabschwirren. Er befürchtete, daß die Pikten sie entdeckt hatten und ihnen nun auflauerten. Conan dagegen war überzeugt, daß keine Feinde sich in der Nähe befanden – und er sollte recht behalten.

»Wir sind viele Meilen südwärts des Dorfes«, brummte er. »Ich glaube nicht, daß wir noch einen weiten Bogen zum Fluß zu schlagen brauchen. Ich weiß natürlich nicht, wie weit sie sich am Ufer verteilt haben, aber ich hoffe, wir kommen unterhalb von ihnen heraus.«

Mit einer Eile, die Balthus geradezu verwegen erschien, rannten sie ostwärts. Der Wald war ganz offensichtlich menschenleer. Conan glaubte, daß die Pikten sich alle um Gwawela gesammelt hatten, wenn sie nicht bereits dabei waren, über den Fluß zu setzen, aber er konnte sich eigentlich nicht vorstellen, daß sie das bei Tageslicht tun würden.

»Irgendein Waldläufer würde sie ganz sicher bemerken und Alarm schlagen. Sie werden den Fluß oberhalb des Forts überqueren und unterhalb gewiß ebenfalls – außer Sichtweite der Posten, natürlich. Wenn sie unbemerkt drüben angekommen sind, werden die anderen direkt mit Kanus übersetzen und das Fort vom Fluß aus angreifen. Sobald es soweit ist, stürmen die ersteren, die sich inzwischen im Wald versteckt hatten, das Fort von den anderen Seiten. Das haben sie schon mal versucht und wurden blutig in die Flucht geschlagen. Doch diesmal sind sie zahlreich genug für einen erfolgreichen Sturm.«

Ohne sich eine Rast zu gönnen, rannten sie immer weiter, obwohl Balthus des öfteren voll Verlangen zu den Eichhörnchen hochsah, die von Zweig zu Zweig huschten. Wie leicht hätte er eines mit einem Axtwurf erlegen können. Seufzend schnallte er seinen Gürtel ein wenig enger. Die brütende Stille und die Düsternis des uralten Waldes begannen sich ihm aufs Gemüt zu legen. Er hing sehnsuchtsvoll seinen Gedanken an zu Hause nach. Er sah die lichten Gehölze und sonnigen Wiesen Taurans vor sich, das heimelige Haus seines Vaters mit dem steilen, strohbedeckten Giebeldach und den freundlichen Kristallfenstern, die fetten Kühe, die das saftige Gras wiederkäuten, und er dachte an die von Herzen kommende Freundlichkeit der stämmigen Bauern und Hirten.

Trotz seines Begleiters fühlte er sich einsam. Conan war ein Teil der Wildnis, die Balthus fremd war. Gewiß, der Cimmerier mochte viele Jahre in den großen Städten der Welt zugebracht haben, mochte an der

Tafel der Herrscher großer Königreiche gesessen haben, ja vielleicht würde er tatsächlich einmal selbst Monarch einer zivilisierten Nation werden – es war alles möglich. Aber trotzdem war er immer noch von Grund auf Barbar. Für ihn war nur das absolut Lebensnotwendige wichtig. Die kleinen Dinge, die das Leben verschonten, das Gefühl menschlicher Wärme, angenehme Nichtigkeiten, die einem Menschen der Zivilisation das Leben erst lebenswert machten, bedeuteten ihm nichts. Ein Wolf blieb ein Wolf, auch wenn eine Laune des Schicksals ihn zwischen Wachhunde verschlug. Blutvergießen, Gewalttätigkeit und Wildheit waren die natürlichen Elemente in Conans Leben. Er konnte und würde auch nie verstehen, daß scheinbar unbedeutende Kleinigkeiten den Menschen der Zivilisation so teuer sein konnten.

Die Schatten wurden länger, als sie den Fluß erreichten und durch das schützende Buschwerk spähten. Sie konnten etwa je eine Meile flußauf und -abwärts sehen. Nichts tat sich auf dem trägen Fluß. Keine Menschenseele war zu sehen. Conan blickte stirnrunzelnd zum anderen Ufer.

»Wir müssen ein weiteres Risiko eingehen und über den Fluß schwimmen. Wir wissen nicht, ob sie ihn bereits überquert haben oder nicht. Möglicherweise haben sie sich schon im Wald drüben versteckt. Aber etwas anderes können wir nicht tun. Wir sind jetzt etwa sechs Meilen südlich von Gwawela.«

Er wirbelte herum und duckte sich, als eine Sehne sirrte. Etwas schoß wie ein Blitz durch die Büsche. Balthus wußte natürlich, daß es ein Pfeil war. Schon war Conan mit einem Satz durch den Busch. Während er seine Axt hob, sah er das Glitzern von Stahl und hörte einen Todesschrei. Im nächsten Moment war auch er hinter dem Cimmerier her durch das Gebüsch gesprungen.

Ein Pikte lag mit zerschmettertem Schädel auf dem Bauch. Krampfhaft krallten sich seine Finger in ein Grasbüschel. Ein halbes Dutzend weiterer Pikten hüpften mit erhobenen Schwertern und Äxten um Conan herum. Ihre Bogen, die im Handgemenge nur hinderlich waren, hatten sie von sich geworfen. Ihr Kinn war weiß bemalt und hob sich grotesk vom Rest des dunklen Gesichts ab. Die Bemalung ihrer Brust unterschied sich von allen, die Balthus bisher gesehen hatte.

Einer schleuderte seine Axt auf Balthus und rannte ihr mit dem Dolch in der Rechten nach. Balthus duckte sich und bekam die Hand zu fassen, die ihm die Klinge in den Hals stoßen wollte. Ineinander verschlungen gingen sie zu Boden, und jeder versuchte, die Oberhand zu bekommen. Der Pikte war wie ein wildes Tier, und seine Muskeln schienen hart wie Eisen zu sein.

Balthus bemühte sich, das Handgelenk des anderen festzuhalten und gleichzeitig mit der Axt zuzuschlagen. Aber dem Pikten gelang es immer wieder sie zu blockieren, und nun versuchte er auch noch, sie Balthus zu entreißen, während er ihm die Knie zwischen die Beine stieß und sich plagte, die Rechte aus Balthus' Griff zu lösen. Plötzlich wollte er den Dolch der freien Hand überlassen, und als er sich darauf konzentrierte, kämpfte Balthus sich auf ein Knie und spaltete den bemalten Schädel mit einem verzweifelten Axthieb.

Sofort sprang der Tauraner hoch und blickte sich wild nach seinem Kameraden um. Er erwartete, ihn von der Übermacht arg bedrängt zu sehen. In diesem Augenblick wurde ihm die Kraft und Wildheit des Cimmeriers erst richtig bewußt. Conan stand breitbeinig über zwei der Angreifer, die sein schweres Breitschwert fast halbiert hatte. Während Balthus' Blick noch auf ihm ruhte, schlug der Cimmerier einem Angreifer das zustoßende Kurzschwert aus der Hand und wich dem Hieb einer Axt mit einer katzengleichen Verdrehung zur Seite aus, die ihn in Reichweite eines gedrungenen Pikten brachte, der sich gerade nach seinem Bogen bückte. Ehe der Pikte sich aufrichten konnte, war das Breitschwert durch die Schulter bis zum Brustbein gedrungen, wo die Klinge steckenblieb. Die restlichen zwei Krieger stürmten herbei, einer von jeder Seite. Balthus' zielsicher geworfene Axt streckte einen nieder.

Conan gab es auf, sein Schwert aus der Leiche ziehen zu wollen, und stellte sich dem letzten Überlebenden mit bloßen Händen. Der untersetzte Krieger, der einen Kopf kleiner als sein Gegner war, sprang ihn die Axt schwingend an und stieß gleichzeitig mit dem Dolch zu. Die Klinge des Dolches zerbrach am Kettenhemd des Cimmeriers, und die Axt blieb mitten in der Luft stecken, als Conans Finger sich wie eiserne Klammern um den herabsausenden Arm legten. Ein Knochen barst laut. Balthus sah den Pikten zusammenzucken, ehe jener von den Füßen gerissen und hoch über des Cimmeriers Kopf gehoben wurde. Einen Augenblick wand er sich mit Händen und Füßen um sich schlagend in der Luft, dann knallte er mit solcher Wucht auf den Boden, daß sein Rückgrat brach und Knochen zersplitterten.

»Komm!« brummte Conan. Er zerrte sein Schwert frei und griff nach einer Axt. »Nimm einen Bogen und eine Handvoll Pfeile, und beeil dich. Wir müssen uns wieder auf unsere Schnelligkeit verlassen. Zweifellos ist der Schrei gehört worden. Sie werden jeden Moment hier sein. Wenn wir jetzt den Fluß zu überqueren versuchten, würden sie uns mit Pfeilen gespickt haben, ehe wir die Mitte erreichten.«

6
BLUTIGE ÄXTE AN DER GRENZE

Conan tauchte nicht sehr tief in den Wald. Ein paar hundert Fuß vom Fluß entfernt änderte er den schrägen Kurs und rannte parallel zum Ufer weiter. Balthus erkannte seine grimmige Entschlossenheit, sich nicht weit vom Fluß verjagen zu lassen, den sie unbedingt überqueren mußten, wenn die Männer im Fort gewarnt werden sollten. Das Gebrüll der Pikten hinter ihnen wurde lauter. Balthus nahm an, daß ein Trupp die Lichtung erreicht hatte, auf der die Gefallenen lagen. Weitere Schreie schienen anzudeuten, daß die Wilden jetzt zur Verfolgung in den Wald stürmten. Sie hatten eine Spur hinterlassen, der jeder Pikte folgen konnte.

Conan lief noch schneller. Balthus biß die Zähne zusammen und bemühte sich, ihm dicht zu folgen, obgleich er befürchtete, jeden Augenblick zusammenzubrechen. Ihm war, als hätte er seit einer Ewigkeit nichts mehr gegessen. Nur die Willenskraft hielt ihn auf den Beinen. Das Blut pochte so heftig in seinen Ohren, daß es ihm nicht einmal bewußt wurde, als die Schreie hinter ihm verstummten.

Conan blieb abrupt stehen. Balthus lehnte sich keuchend an einen Baum.

»Sie haben aufgegeben!« knurrte der Cimmerier und runzelte die Stirn.

»Sie – schleichen – sich – an!« keuchte Balthus.

Conan schüttelte den Kopf.

»Bei einer so kurzen Strecke wie dieser würden sie jeden Schritt des Weges brüllen. Nein, sie sind umgekehrt. Mir war, als hätte ich jemand hinter ihnen schreien hören, kurz ehe ihr Gebrüll verstummte. Man hat sie zurückgerufen. Das ist zwar gut für uns persönlich, aber schlecht für die Männer im Fort. Es kann nur bedeuten, daß die Pikten sich jetzt zum Angriff sammeln. Die Burschen, auf die wir gestoßen sind, waren von einem Stamm flußabwärts. Zweifellos waren sie unterwegs nach Gwawela, um sich den anderen anzuschließen. Verdammt, wir müssen über den Fluß!«

Er wandte sich ostwärts und brach einen Weg durch das Dickicht, ohne zu versuchen, ihre Spur oder sich selbst zu verbergen. Balthus folgte ihm. Zum erstenmal spürte er die oberflächlichen Wunden, die die scharfen Zähne des Pikten an Brust und Schulter verursacht hatten. Er zwängte sich durch die Büsche am Ufer, als Conan ihn barsch zurückschob. Und jetzt hörte er ein rhythmisches Platschen. Er spähte durch die Blätter und sah einen Einbaum den Fluß hochkommen. Er war nur mit einem Mann besetzt, der schwer gegen die Strömung paddelte. Er war ein kräftiger Pikte mit einer weißen Reiherfeder in einem kupfernen Stirnband um seine gerade geschnittene Mähne.

»Das ist einer von Gwawela«, murmelte Conan. »Ein Unterhändler Zogars – das verrät die weiße Feder. Er war zweifellos bei den Stämmen am unteren Fluß und versucht nun rechtzeitig zum Angriff auf das Fort zurückzukehren.«

Der Einbaum war jetzt etwa in gleicher Höhe mit ihrem Versteck. Vor Schrecken wäre Balthus fast hochgesprungen, als er unmittelbar neben sich die rauhen Kehllaute eines Pikten hörte, doch dann wurde ihm klar, daß Conan dem Paddler in seiner Sprache zugerufen hatte. Der Mann horchte auf, versuchte, mit dem Auge das Buschwerk zu durchdringen, und rief etwas zurück, ehe er erstaunt über den Fluß blickte, sich tief duckte und den Einbaum zum Westufer ruderte. Verständnislos sah Balthus zu, als Conan ihm den Bogen aus der Hand nahm und einen Pfeil an die Sehne legte.

Der Pikte war nun dicht am Ufer. Er starrte zu den Büschen hoch und rief erneut etwas. Als Antwort sirrte die Sehne, und der Pfeil bohrte sich bis zu den Federn in die breite Brust. Mit einem würgenden Krächzen kippte er zur Seite und rollte in das seichte Wasser. Sofort rannte Conan das Ufer hinunter und watete in den Fluß, um den davontreibenden Einbaum aufzuhalten. Balthus stolperte ihm nach und kletterte leicht benommen in das kleine Wasserfahrzeug. Conan setzte sich ebenfalls, griff nach dem Paddel, und schon schoß der Einbaum dem Ostufer entgegen. Bewundernd, aber nicht ganz ohne Neid, beobachtete Balthus das geschmeidige Muskelspiel unter der sonnengebräunten Haut. Der Cimmerier schien einfach keine Erschöpfung zu kennen.

»Was habt Ihr zu dem Pikten gesagt?« fragte der Tauraner.

»Daß er Schutz am Ufer suchen sollte, weil ein weißer Waldläufer einen Pfeil auf ihn angelegt hat.«

»Das war unfair!« entrüstete sich Balthus. »Er glaubte, ein Freund warnte ihn. Ihr habt einen Pikten nachgeahmt...«

»Wir brauchten sein Kanu«, brummte Conan, ohne im Paddeln innezuhalten. »Nur so konnte ich ihn ans Ufer locken. Was glaubst du, ist schlimmer: einen Pikten hereinzulegen, der uns mit Freuden lebendigen Leibes die Haut abgezogen hätte, oder die Männer drüber am Ostufer im Stich zu lassen, deren Leben davon abhängt, daß wir den Fluß überqueren?«

Balthus dachte eine Weile über diese Gewissensfrage nach, dann zuckte er die Schultern und murmelte nur: »Wie weit ist es bis zum Fort?«

Conan deutete auf einen Bach, der etwa eine Viertelmeile weiter unten aus dem Osten in den Schwarzen Fluß mündete.

»Das ist der Südbach. Von seiner Mündung sind es zehn Meilen zum Fort. Er bildet die Südgrenze Conajoharas. Er fließt meilenweit durch Marschgebiet, von dem aus kein Überfall zu befürchten ist. Neun Meilen oberhalb des Forts bildet der Nordbach die andere Grenze. Auch um ihn herum sind fast unpassierbare Sümpfe. Deshalb kann ein Angriff nur vom Westen, über den Schwarzen Fluß kommen. Conajohara ist wie ein Speer, dessen neunzehn Meilen breite Spitze in die Piktische Wildnis hineinragt.«

»Warum bleiben wir nicht im Einbaum und fahren im Wasser zum Fort?«

»Weil wir zu Fuß schneller vorankommen, wenn wir die Strömung bedenken, gegen die wir ankämpfen müßten. Außerdem liegt Gwawela südlich des Forts – wenn die Pikten den Fluß überqueren, würden wir geradewegs auf sie stoßen.«

Es begann zu dämmern, als sie das Ostufer hochkletterten. Ohne Rast eilte Conan mit einem Tempo nordwärts weiter, das Balthus kaum mitzuhalten vermochte.

»Valannus wollte, daß auch an der Mündung des Nord- und Südbachs Forts errichtet würden«, sagte der Cimmerier. »Dann hätte der Fluß ständig patrouilliert werden können. Aber die Regierung war dagegen.« Er knurrte wild.

»Dickbäuchige Toren allesamt, die auf weichen Samtkissen herumsitzen und sich von nackten Mädchen gekühlten Wein servieren und sich auch sonst bedienen lassen – ich kenne ihresgleichen. Sie sehen nicht weiter als bis zur Palastmauer. Zur Hölle mit Diplomatie! Mit Theorien über Gebietserweiterung läßt sich nicht gegen die Pikten kämpfen. Aber Valannus und Männer wie er müssen den Befehlen dieser Meute hirnverbrannter Narren gehorchen. So wie sie vorgehen, werden sie keinen weiteren Fuß piktischen Bodens mehr einnehmen, genausowenig, wie sie je Venarium wieder aufbauen werden. Dagegen mag leicht die Zeit kommen, wenn Barbaren die Mauern der Städte im Osten stürmen!«

Noch vor einer Woche hätte Balthus über eine solch irrsinnige Prophezeiung gelacht. Doch nun schwieg er. Er hatte inzwischen die unbezähmbare Wildheit der Männer kennengelernt, die jenseits der Grenze zu Hause waren.

Er erschauderte und schaute immer wieder auf den dunklen Fluß, der durch das Gebüsch nur stellenweise zu sehen war, und hoch zum Laubdach der Bäume, die sich bis fast ans Ufer drängten. Er erinnerte sich, daß die Pikten möglicherweise den Fluß bereits überquert hatten und vielleicht irgendwo im Wald vor dem Fort auf Lauer lagen. Es wurde bereits dunkel.

Ein leises Geräusch vor ihnen ließ sein Herz im Hals schlagen. Schon glitzerte Conans Schwert erhoben in der Luft. Aber er ließ es schnell sinken, als ein hagerer, narbenübersäter Hund aus dem Gestrüpp kam und sie anstarrte.

»Er gehörte einem Siedler, der sich eine Hütte an einem Fluß, ein paar Meilen südlich des Forts, bauen wollte«, brummte Conan. »Natürlich haben die Pikten ihn umgebracht und die noch nicht einmal ganz fertige Hütte niedergebrannt. Den Siedler fanden wir tot zwischen drei Pikten, die er getötet hatte – an ihm war fast keine heile Stelle mehr. Wir schafften ihn ins Fort und versorgten seine Wunden, aber als er sich wieder erholt hatte, rannte er in den Wald, wo er sich seither allein durchschlägt. Na, Reißer, jagst du die Männer, die deinen Herrn getötet haben?«

Der kräftige Kopf schien zu nicken, und die grünen Augen zu glühen. Er bellte weder noch knurrte er.

Lautlos wie ein Phantom schlich er hinter den beiden Männern her.

»Soll er uns ruhig begleiten«, murmelte Conan. »Er wittert die Teufel, ehe wir sie sehen können.«

Balthus lächelte und legte die Hand sanft auf den Kopf des Hundes. Unwillkürlich fletschte das Tier die blitzenden Zähne, doch dann senkte es den Kopf und wedelte unsicher mit dem Schwanz, als hätte es das schon lange nicht mehr getan. Balthus verglich das große hagere Tier mit den wohlgenährten Jagdhunden seines Vaters, die übermütig in ihrem Zwinger herumtollten. Das Grenzgebiet war für Tiere nicht weniger hart als für Menschen. Der Hund hatte fast vergessen, was Güte und Freundlichkeit waren.

Reißer rannte voraus, und Conan ließ zu, daß er sie führte. Das letzte Grau der Dämmerung wich tiefer Dunkelheit. Meilen hatten sie inzwischen bereits zurückgelegt. Reißer hatte bisher noch keinen Laut von sich gegeben. Plötzlich blieb er angespannt stehen und spitzte die Ohren. Einen Augenblick später hörten auch die Männer etwas: ein dämonisches Heulen flußaufwärts, das jedoch noch so weit entfernt war, daß es schwach wie ein Wispern klang.

Conan fluchte heftig.

»Sie greifen das Fort bereits an! Wir kommen zu spät! Schnell, weiter!«

Er beschleunigte das Tempo und verließ sich auf den Hund, mögliche Hinterhalte zu wittern. In seiner Aufregung vergaß Balthus sogar seinen Hunger und seine Erschöpfung. Das Heulen klang beim Näherkommen lauter, und über die teuflisch schrillen Laute der Pikten hörten sie nun auch die Rufe und Schreie der Soldaten. Als Balthus schon befürchtete, sie würden geradewegs auf die Wilden zulaufen, die nun unmittelbar vor ihnen sein mußten, bog der Cimmerier vom Fluß ab und eilte zu einer niedrigen Erhebung, von der aus sie über den Wald blicken konnten. Der Schein von Fakkeln, die an Stangen über die Palisaden hinausragten, beleuchtete das Fort. Sie warfen ihren flackernden Schein auch auf die Lichtung. So sahen die beiden eine wimmelnde Horde nackter, bemalter Gestalten am Rand der Lichtung. Am Fluß schaukelten Kanus dicht an dicht. Die Pikten hatten das Fort völlig umzingelt.

Ein pausenloser Pfeilbeschuß hagelte aus dem Wald und vom Fluß auf die Palisaden. Das ständige Sirren der Sehnen übertönte sogar das Heulen. Kreischend rannten mehrere hundert nackte Krieger mit Äxten in der Hand aus dem Wald zum Osttor. Sie waren noch etwa fünfhundert Fuß davon entfernt, als eine Pfeilsalve von der Brustwehr der Palisaden ungeheure Lücken in den Reihen der Pikten schlug und die Überlebenden in die Flucht jagte. Die Männer in den Kanus paddelten hastig zur Flußpalisade, aber auch sie traf ein Hagel der drei Fuß langen Pfeile und eine Salve aus den kleinen Wurfmaschinen auf den Türmen an dieser Palisadenseite. Steine und größere Baumstammstücke flogen durch die Luft. Sie zersplitterten und versenkten sechs Kanus und alle Mann, die darin gesessen hatten. Ein vielstimmiger Triumphschrei erhob sich von den Palisaden und wurde von einem wilden Geheul der Pikten aus allen Richtungen beantwortet.

»Sollen wir versuchen durchzubrechen?« fragte Balthus und zitterte vor Eifer.

Conan schüttelte den Kopf. Er bot ein düsteres Bild mit den über der Brust verschränkten Armen und dem gesenkten Kopf.

»Das Fort ist nicht mehr zu retten. Die Pikten sind vom Blutrausch besessen und werden keine Ruhe geben, bis alle im Fort tot sind. Und es sind ihrer zu viele, als daß die Soldaten sie alle töten könnten. Selbst wenn es uns gelingen würde, uns zum Fort durchzukämpfen, könnten wir nichts anderes tun, als mit Valannus zu sterben.«

»Soll das heißen, daß wir gar nichts unternehmen können, als unsere eigene Haut zu retten?«

»Das soll es nicht. Wir müssen sogar etwas tun, nämlich die Siedler warnen! Weißt du, weshalb die Pikten nicht versuchen, das Fort mit brennenden Pfeilen in Brand zu stecken? Weil sie nicht möchten, daß die Flammen die Leute im Osten warnen. Sie beabsichtigen, alle im Fort niederzumachen und dann weiter gegen Osten vorzudringen, ehe jemand erfahren hat, daß das Fort gefallen ist. Wenn wir nichts dagegen unternehmen, gelingt es ihnen möglicherweise, den Donnerfluß zu überqueren und Velitrium einzunehmen, ehe jemand auch nur etwas ahnt. Zumindest aber werden sie alle zwischen dem Fort und dem Donnerfluß niedermetzeln.

Wir konnten das Fort nicht mehr warnen, und ich sehe jetzt, daß es auch nichts genutzt hätte, denn es ist mit den paar Soldaten nicht ausreichend bemannt. Noch ein paar Sturmangriffe, und die Pikten sind über die Palisaden und brechen das Tor ein. Aber wir können dafür sorgen, daß die Siedler sich nach Velitrium auf den Weg machen. Komm! Wir sind glücklicherweise außerhalb des Kordons, den sie um das Fort gezogen haben, und wir werden ihm auch nicht zu nahe kommen.«

Sie machten sich in einem weiten Bogen um das Fort auf den Weg. Das An- und Abschwellen der wilden Schreie, die Angriff und Abwehr begleiteten, hörten sie noch lange. Die Männer im Fort gaben ihr Bestes, aber das Heulen und Kreischen der Pikten ließ an Wildheit nicht nach, und es war ihnen zu entnehmen, daß sie von ihrem endgültigen Sieg überzeugt waren.

Ehe Balthus überhaupt wußte, daß sie ihr nahe waren, kamen sie schon auf die Straße gen Osten.

»Und jetzt lauf!« brummte Conan. Balthus biß die Zähne zusammen. Bis Velitrium waren es neunzehn Meilen und zum Schädelbach, hinter dem das besiedelte Gebiet begann, gute fünf. Der Tauraner hatte das Gefühl, als kämpften und liefen sie schon seit endlosen Tagen. Aber die Aufregung, die sein Blut wallen ließ, verlieh ihm ungeahnte Ausdauer und neue Kraft.

Reißer rannte mit der Nase dicht am Boden vor ihnen her. Plötzlich knurrte er leise. Es war der erste Laut, den er von sich gab.

»Vor uns sind Pikten!« zischte Conan und ließ sich auf ein Knie fallen. Er studierte den Boden im Sternenlicht. Dann schüttelte er den Kopf. »Unmöglich zu erkennen, wie viele es sind, aber vermutlich ist es nur ein kleiner Trupp. Ein paar Hundesöhne, die nicht warten konnten, bis das Fort eingenommen ist. Sie sind vorausgelaufen, um die Siedler in ihren Betten niederzumetzeln. Komm!«

Kurz darauf sahen sie ein Feuer durch die Bäume und hörten wildes Triumphgeschrei. Die Straße machte hier eine Biegung. Sie verließen sie und rannten durch das Dickicht, um den Weg abzukürzen. Nur ein paar Herzschläge später bot sich ihnen ein greulicher Anblick. Mitten auf der Straße stand ein brennender Ochsenkarren, der mit kümmerlichem Hausrat beladen war. Die Zugtiere lagen mit durchgeschnittenen Kehlen davor, und daneben, ihrer Kleidung beraubt und verstümmelt, ein Mann und eine Frau. Fünf Pikten tanzten hopsend um sie herum und schwenkten blutige Äxte, und einer obendrein das blutverschmierte Gewand der Frau.

Bei diesem Bild schoben sich rote Schleier vor Balthus' Augen. Er hob den Bogen und zielte auf den hüpfenden Pikten mit dem Gewand, der sich schwarz gegen das Feuer abhob. Mitten im Siegestanz stürzte der Bursche mit dem Pfeil durchs Herz tot zu Boden.

Und dann hatten die beiden Weißen und der Hund die überraschten Pikten erreicht. Conan regte lediglich seine übliche Kampfeslust an und die alte Erbfeindschaft zwischen seiner Rasse und den Pikten, während Balthus vor grimmiger Wut raste.

Dem ersten Pikten spaltete er mit einem wilden Hieb der Streitaxt den bemalten Schädel, dann sprang er über die gefallene Leiche, um sich auf die anderen zu stürzen. Aber Conan hatte bereits einen der beiden getötet, auf die er es abgesehen gehabt hatte. Während der Tauraner noch sprang und die Axt erneut hob, fiel auch der zweite unter der Breitaxt des Cimmeriers. Balthus wollte sich dem letzten Pikten zuwenden, doch von ihm erhob sich Reißer, nachdem er ihm die Kehle durchgebissen hatte.

Balthus schwieg, als er auf das Siedlerpaar neben dem brennenden Wagen hinabschaute. Beide waren noch sehr jung gewesen. Das mädchenhafte Gesicht der jungen Frau, das die Pikten absichtlich oder zufällig nicht verunstaltet hatten, war trotz der grauenvollen Schmerzen, die es noch im Tode zeichneten, von anmutiger Schönheit. Aber ihr graziler junger Körper wies unzählige Dolchstiche auf. Balthus schluckte. Die Tragödie drohte ihn zu übermannen. Er hätte sich am liebsten auf den Boden geworfen und mit den Fäusten darauf eingeschlagen.

»Ein junges Paar, das hier sein Glück suchte«, brummte Conan, während er ohne Gefühlsregung sein Schwert abwischte. »Sie waren auf dem Weg zum Fort, als die Pikten sie überfielen. Vielleicht wollte der Junge dort Soldat werden oder sich irgendwo hier ansiedeln. So wird es zweifellos jedem auf dieser Seite des Donnerflusses ergehen, wenn wir nicht dafür sorgen, daß alle sich sofort in Velitrium in Sicherheit bringen.«

Balthus' Knie zitterten, als er Conan folgte. Die langen Schritte des Cimmeriers dagegen verrieten keine

Schwäche. Es war eine Artverwandtschaft zwischen ihm und dem großen grauen Hund, der neben ihm herlief. Reißer hatte den Kopf nun erhoben und knurrte nicht mehr. Der Weg vor ihnen war frei. Das Gebrüll am Fluß klang nur noch schwach an ihr Ohr, aber Balthus war ziemlich sicher, daß das Fort noch nicht gefallen war. Plötzlich blieb Conan fluchend stehen.

Er deutete auf einen Pfad, der von der Straße in Richtung Norden führte. Es war ein alter Pfad, der teilweise überwuchert war. Aber dieser neue Pflanzenbewuchs war niedergedrückt. Das sagte Balthus mehr sein Gefühl als seine Augen. Conan schien jedoch Katzenaugen zu haben, denn er sah die Spur ganz deutlich. Er zeigte dem Tauraner, wo Wagenräder von der Straße abgebogen und auf dem Waldboden des Pfades tief eingesunken waren.

»Siedler, die sich Salz holen wollen!« brummte er. »Die Lagerstätten sind am Rand der Marschen, etwa neun Meilen von hier. Verdammt! Der Weg wird ihnen abgeschnitten und sie bis auf den letzten Mann niedergemetzelt werden. Hör zu! Einer genügt, um die Siedler entlang der Straße zu warnen. Lauf du voraus, weck sie auf und sorg dafür, daß sie sogleich nach Velitrium aufbrechen. Ich kümmere mich um die Männer, die Salz holen. Zweifellos übernachten sie bei den Lagerstätten. Wir werden nicht auf der Straße zurückkehren, sondern uns quer durch den Wald schlagen.«

Ohne ein weiteres Wort bog Conan von der Straße ab und folgte den Radspuren. Balthus blickte ihm noch kurz nach, dann rannte er auf der Straße weiter. Der Hund war bei ihm geblieben und lief neben ihm her. Er war noch nicht weit gekommen, als Reißer plötzlich wild knurrte. Balthus wirbelte herum und blickte den Weg zurück, den er gekommen war. Erschrocken sah er ein gespenstisches Glühen im Wald verschwinden, etwa dort, wo Conan jetzt sein mußte. Reißer knurrte noch drohender, seine Nackenhaare stellten sich auf, und seine Augen brannten wie grüne Feuer. Balthus erinnerte sich an die schreckliche Erscheinung, die sich des Kaufmann Tiberias' Kopf geholt hatte, und er zögerte. Das schreckliche Wesen mußte hinter Conan her sein. Aber der riesenhafte Cimmerier hatte mehr als einmal bewiesen, daß er sehr wohl auf sich selbst aufpassen konnte, und Balthus fühlte sich auch den Siedlern gegenüber verpflichtet, die ahnungslos im Ansturm des blutigen Orkans schliefen. Die Erinnerung an die verstümmelten Leichen am Ochsenkarren bewegte ihn mehr als das Grauen vor dem feurigen Phantom.

Er rannte weiter, überquerte den Schädelbach und sah die erste Blockhütte vor sich. Er hämmerte an die Tür. Eine schläfrige Stimme erkundigte sich, was er wollte.

»Steht auf!« brüllte er. »Die Pikten sind über dem Fluß!«

Mehr brauchte es nicht. Ein Aufschrei echote seine Worte, und schon wurde die Tür von einer Frau in knappem Nachthemd aufgerissen. Ihr Haar hing zerzaust über die Schultern. In einer Hand hielt sie eine Kerze, in der anderen eine Axt. Die Augen in dem bleichen Gesicht waren weit aufgerissen.

»Kommt herein!« bat sie ihn. »Wir verteidigen die Hütte.«

»Nein. Wir müssen sofort nach Velitrium aufbrechen. Das Fort wird die Pikten nicht aufhalten können. Möglicherweise ist es sogar schon gefallen. Vergeudet keine Zeit, Euch anzuziehen. Holt Eure Kinder und kommt!«

»Aber mein Mann ist mit den anderen fort, um Salz zu holen!« wimmerte sie händeringend. Drei verschlafene Kinder drängten sich verwirrt hinter sie.

»Conan ist ihnen nach. Er wird sie sicher nach Velitrium bringen. Wir müssen schnell weiter und die anderen warnen!«

»Mitra sei Dank!« rief die Frau. »Wenn der Cimmerier sich um sie kümmert, sind sie sicher, wenn überhaupt ein Sterblicher sie retten kann.«

Nun war sie nicht mehr zu halten. Sie nahm das kleinste Kind auf den Arm und drängte die beiden anderen durch die Tür vor sich. Balthus nahm ihr die Kerze ab und blies sie aus. Kurz lauschte er. Auf der dunklen Straße war nichts zu hören.

»Habt Ihr ein Pferd?«

»Im Stall! O schnell, beeilt Euch!«

Er schob sie zur Seite, als sie mit zitternden Fingern die Schließbalken hob. Er führte das Pferd heraus, setzte die Kinder auf seinen Rücken und sagte ihnen, sie sollten sich an der Mähne und aneinander festhalten. Ohne zu weinen blickten sie ihn nur ernst an. Die Frau nahm den Gaul am Zügel und führte ihn auf die Straße. Die Axt hielt sie fest in der Hand. Balthus wußte, wenn sie bedroht würde, würde sie mit dem Mut der Verzweiflung wie eine Löwin kämpfen.

Er schritt lauschend hinter dem Pferd her. Der Gedanke quälte ihn, daß das Fort inzwischen bereits eingenommen war und die dunkelhäutigen Teufel bluttrunken auf die Straße nach Velitrium stürmten. Mit der Flinkheit hungriger Wölfe würden sie kommen.

Sie erreichten eine weitere Hütte. Die Frau machte sich daran zu rufen, aber Balthus hielt sie zurück. Er hastete zur Tür und klopfte. Eine Frauenstimme antwortete. Er erklärte die Lage, und gleich kamen die Bewohner heraus: eine Greisin, zwei junge Frauen und vier Kinder. Auch die Männer der beiden jungen Frauen waren an der Salzlagerstätte. Eine der jungen Frauen schien wie gelähmt vor Angst zu sein, und die andere hysterisch. Aber die alte Frau, die das Leben in der Wildnis gehärtet hatte, beruhigte beide barsch. Sie half Balthus, die beiden Pferde aus dem Gatter hinter der Blockhütte zu holen und die Kinder daraufzuheben. Balthus wollte, daß sie sich zu ihnen setzte, aber sie wehrte ab und bestand darauf, daß eine der jüngeren Frauen reite.

»Sie ist schwanger«, brummte die Greisin. »Ich bin noch gut bei Fuß – und kämpfen kann ich auch, wenn es sein muß.«

Als sie aufbrachen, sagte eine der Frauen: »Ein junges Paar kam in der Dämmerung vorbei. Wir rieten den beiden, die Nacht über bei uns zu bleiben, aber sie wollten unbedingt das Fort noch erreichen. Sind sie …«

»Sie sind von Pikten überfallen worden«, antwortete Balthus kurz, und die Frau fing zu schluchzen an.

Sie waren kaum außer Blickweite der Hütte, als hinter ihnen ein langgezogenes Heulen erklang.

»Ein Wolf!« rief eine der Frauen.

»Ja«, brummte Balthus. »Ein Wolf mit Kriegsbemalung und einer Axt in der Hand. Seht zu, daß ihr weiterkommt. Weckt die restlichen Siedler entlang der Straße und nehmt sie mit. Ich werde mich ein wenig umsehen.«

Wortlos trieb die alte Frau ihre Schützlinge vor sich her. Als sie in der Dunkelheit verschwanden, konnte Balthus noch die bleichen Ovale der Kindergesichter sehen, die über die Schulter zu ihm zurückstarrten. Er dachte an seine eigene Familie in Tauran, und einen Moment überwältigte ihn eine ungeheure Schwäche. Stöhnend sank er auf die Straße. Er legte den Arm um Reißers kräftigen Hals, und das Tier fuhr ihm mit warmer, nasser Zunge übers Gesicht.

Er hob den Kopf und grinste mühsam.

»Komm, Junge«, murmelte er und erhob sich. »Wir haben noch etwas zu tun.«

Plötzlich wurde ein roter Schein durch die Bäume

sichtbar. Die Pikten hatten die erste Hütte angezündet. Nun grinste er breit. Zogar Sag würde vor Zorn schäumen, wenn er wüßte, daß seine unbeherrschten Krieger in ihrer Zerstörungswut die Siedler selbst warnten. Die weiter aufwärts an der Straße würden schon wach und aufbruchsbereit sein, wenn die Flüchtlinge sie erreichten. Aber sein Gesicht verzog sich grimmig. Die Frauen kamen zu Fuß und mit den überladenen Pferden zu langsam voran. Die flinken Pikten würden sie in Kürze eingeholt haben, außer... Er bezog Posten hinter einem wirren Haufen gefällter Bäume neben der Straße. Westwärts von ihm war die Straße durch die brennende Hütte beleuchtet, und so sah er die Pikten, als sie kamen, schon von weitem.

Er legte einen Pfeil an, schoß, und eine der dunklen, lautlosen Gestalten ging zu Boden. Der Rest zog sich zu beiden Seiten der Straße in den Wald zurück. Reißer winselte vor Kampfeslust. Plötzlich tauchte eine Gestalt unter den Bäumen am Straßenrand auf und schlich auf die liegenden Baumstämme zu. Erneut schwirrte ein Pfeil. Der Pikte japste, stolperte und fiel mit dem aus seiner Hüfte ragenden Schaft in das Unterholz. Reißer sprang mit einem Satz über die Stämme und verschwand im Gebüsch, das gleich darauf heftig durchgerüttelt wurde. Als er zu Balthus zurückkehrte, troff Blut aus seinen Lefzen.

Kein Pikte kam mehr auf die Straße. Balthus begann zu befürchten, daß sie sich in einem Bogen an ihm vorbeischlichen. Bei einem schwachen Geräusch zu seiner Linken schoß er blindlings und fluchte wild, als er hörte, wie der Pfeil an einem Stamm zersplitterte. Doch Reißer glitt lautlos wie ein Phantom davon, und gleich darauf hörte Balthus das Rascheln von Zweigen und ein Röcheln. Nach einer Weile kam Reißer wie ein Geist durch die Büsche zurück. Er schmiegte seinen blutbespritzten Kopf an Balthus' Arm. Da bemerkte der Tauraner die klaffende Wunde in seiner Schulter – aber die Geräusche im Unterholz waren verstummt.

Die Pikten am Straßenrand ahnten das Geschick ihres Kameraden offenbar und entschieden, daß ein offener Angriff besser war, als in der Dunkelheit von einer teuflischen Bestie gerissen zu werden, die sie weder sehen noch hören konnten. Vielleicht war ihnen auch klar geworden, daß nur ein einziger Mann hinter dem Haufen Baumstämme lag. In einem plötzlichen Sturm rasten sie aus ihrer Deckung zu beiden Seiten der Straße. Drei fielen mit Pfeilen im Leib, und die übrigen zwei zögerten. Einer drehte sich um und rannte die Straße zurück, aber der andere sprang über die Stämme. Seine Augen und Zähne glitzerten in dem schwachen Licht, die Axt hatte er hoch erhoben. Balthus rutschte aus, als er aufsprang, und das rettete ihm das Leben. Die herabzischende Axt schnitt ihm nur eine Strähne vom Kopf. Durch die Wucht des danebengegangenen Hiebes fiel der Angreifer die Stämme hinunter. Ehe er wieder auf die Beine kam, zerfleischte ihm Reißer die Kehle.

Dann folgte eine Zeit angespannten Wartens. Balthus fragte sich, ob der Geflohene der letzte Überlebende der Meute gewesen war. Zweifellos hatte es sich nur um einen kleinen Trupp gehandelt, der entweder den Kampf ums Fort vorzeitig verlassen hatte oder als Spähtrupp vorausgeschickt worden war. Jedenfalls erhöhte jeder Moment die Chance der Siedlerfrauen und ihrer Kinder, Velitrium zu erreichen.

Und da schwirrte ohne Vorwarnung ein dichter Pfeilhagel über seine Deckung. Ein wildes Heulen schrillte aus dem Wald zu beiden Seiten der schmalen Lehmstraße. Entweder hatte der Überlebende Verstärkung geholt, oder ein zweiter Piktentrupp hatte diese Richtung genommen. Die brennende Blockhütte warf immer noch ein schwaches Licht bis fast hierher. Und nun waren sie hinter ihm her. Drei Pfeile schoß Balthus noch ab, dann war der Köcher leer, und er warf den Bogen von sich. Als ahnten sie seine Lage, näherten sie sich ihm nun von allen Seiten, doch nicht heulend wie zuvor, sondern in tödlicher Stille, die nur ihre leisen Schritte brachen.

Heftig legte Balthus den Arm um den Nacken des knurrenden Hundes und drückte ihn kurz an sich. »Heiz ihnen ein, Junge!« murmelte er noch, dann sprang er auf und zog seine Axt. Da quollen die dunklen Gestalten über die Stämme, und der Kampf tobte mit Äxten, Dolchen und reißenden Zähnen.

7

DER FLAMMENUMHÜLLTE DÄMON

Als Conan von der Straße nach Velitrium abbog, erwartete er, neun Meilen vor sich zu haben, aber schon nach vier Meilen hörte er Geräusche vor sich, die auf einen kleinen Trupp schließen ließen, und es mußten Weiße sein, denn Pikten wären viel leiser gewesen. Er rief ihnen zu.

»Wer da?« brüllte eine rauhe Stimme. »Bleibt stehen, bis wir uns ein Bild von Euch gemacht haben, oder Ihr bekommt einen Pfeil ab!«

»Ihr würdet in dieser Finsternis nicht einmal einen Elefanten treffen!« antwortete Conan ungeduldig. »Kommt schon, ich bin es, Conan. Die Pikten sind über dem Fluß!«

»Das hatten wir befürchtet«, antwortete der Führer der Männer, als sie herankamen. Große, hagere Burschen waren es allesamt, mit grimmigen Gesichtern, und jeder hielt einen Bogen in der Hand. »Einer unserer Gruppe verwundete eine Antilope und verfolgte sie bis fast zum Schwarzen Fluß. Er hörte die Pikten dort wie die Teufel heulen, und so rannte er hastig zu unserem Lager zurück. Wir ließen Salz und Wagen stehen, spannten die Ochsen aus, und machten uns sofort auf den Rückweg. Wenn die Pikten das Fort belagern, werden vereinzelte Trupps auch die Straße zu unseren Hütten hochkommen.«

»Eure Familien sind in Sicherheit«, beruhigte Conan sie. »Mein Kamerad lief voraus, um sie nach Velitrium zu bringen. Wenn wir zur Straße zurückkehren, laufen wir vielleicht der ganzen Horde in die Arme. Wir versuchen es südostwärts querwaldein. Na, setzt euch schon in Bewegung. Ich halte mich hinter euch und passe auf.«

Wenige Augenblicke später eilte die ganze Gruppe südostwärts. Conan folgte ein wenig langsamer, bis er gerade noch in Hörweite war. Heimlich fluchte er über den Krach, den sie machten. Pikten oder Cimmerier von ihrer Stärke wären nicht lauter gewesen als der Wind in den Zweigen.

Er hatte gerade eine kleine Lichtung überquert, als ihm ein Instinkt sagte, daß er verfolgt wurde. Er wirbelte herum, sah sich kurz um und suchte Deckung in einem Gebüsch. Die Geräusche der hastenden Siedler verloren sich in der Ferne. Da rief eine Stimme schwach aus der Richtung, von der er gekommen war: »Conan! Conan! Wartet auf mich, Conan!«

»Balthus!« fluchte der Cimmerier verwirrt. Gedämpft rief er: »Hier bin ich!«

»Wartet auf mich, Conan!« Die Stimme klang bereits deutlicher.

Conan trat aus dem Gebüsch und fragte stirnrunzelnd: »Was, zum Teufel, machst du hier? *Crom!*«

Er duckte sich, und die Härchen in seinem Nacken richteten sich auf. Es war gar nicht Balthus, der auf die Lichtung herauskam! Ein gespenstisches Glühen zeichnete sich vor den Bäumen ab und wurde zum grünlichen Glimmen, als es sich ihm zielsicher näherte.

Das Wesen hielt ein paar Fuß vor dem Cimmerier an, der sich bemühte, die verschwommenen Umrisse zu erkennen. Die schwach flackernde Flamme hatte einen festen Kern, sie war offenbar nichts weiter als eine Art grünen Gewandes, das ein übelmeinendes Lebewesen verhüllte, doch war es unmöglich, durch dieses Schimmern hindurch die wahre Form oder ein Gesicht zu erkennen. Und da erklang eine Stimme aus der Flammensäule.

»Weshalb stehst du da wie ein Schaf vor der Schlachtbank, Conan?«

Es war eine menschliche Stimme, doch durchdrungen von einem Vibrieren, das nicht menschlich war.

»Schaf?« Seine Wut half Conan, das unwillkürliche Staunen zu überwinden. »Du bildest dir doch wohl nicht ein, daß ich mich vor einem verdammten piktischen Sumpfteufel fürchte? Ein Freund rief nach mir!«

»Ich rief mit seiner Stimme«, antwortete das Flammenwesen. »Die Männer, denen du folgst, gehören meinem Bruder. Ich will ihr Blut seinem Messer nicht vorenthalten. Du jedoch gehörst mir! Narr, der du aus den fernen grauen Bergen Cimmerien gekommen bist, um dein Ende in den Wäldern von Conajohara zu finden!«

»Du hättest schon öfter Gelegenheit gehabt, mich zu töten«, sagte Conan spöttisch. »Warum hast du es da nicht getan?«

»Mein Bruder hatte zu der Zeit noch keinen Schädel für dich schwarzbemalt und in das Feuer geworfen, das für immer auf Gullahs schwarzem Altar brennt. Er hatte den schwarzen Geistern deinen Namen noch nicht zugeflüstert – den Geistern, die im Hochland des Schwarzen Reiches ihren Schabernack treiben. Doch eine Fledermaus flatterte über die Berge der Toten und zeichnete dein Bild mit Blut auf das Fell des weißen Tigers, das vor der langen Hütte hängt, in der die Vier Brüder der Nacht schlummern. Die großen Schlangen ringeln sich zu ihren Füßen, und die Sterne glitzern wie Glühwürmchen in ihrem Haar.«

»Weshalb haben die Götter der Finsternis mich zum Tod verdammt?« brummte Conan.

Etwas – eine Hand, ein Fuß oder eine Klaue, es war unmöglich zu erkennen, was es genau war – stieß aus dem Feuergewand heraus und zeichnete blitzschnell etwas auf den Waldboden. Flammend hob sich ein Symbol dort ab und verschwand wieder, doch nicht, ehe Conan es erkannt hatte.

»Du hast gewagt, das Zeichen zu benutzen, dessen sich nur ein Priester Jhebbal Sags bedienen darf. Donner grollte durch den schwarzen Berg der Toten, und ein Sturm aus den Klüften der Geister riß die Altarhütte Gullahs mit sich. Der Lockrufer, der der Bote der Vier Brüder der Nacht ist, flog schnell und flüsterte mir deinen Namen zu. Dein Leben liegt hinter dir, du bist bereits so gut wie tot. Dein Schädel wird an der Altarhütte meines Bruders baumeln, und dein Leib wird ein Festmahl für die schwarzgeflügelten, scharfschnäbeligen Kinder Jhils.«

»Wer, zum Teufel, ist dein Bruder?« knurrte Conan. Er hielt das blanke Schwert in der Hand und löste unauffällig die Axt in seinem Gürtel.

»Zogar Sag. Er ist ein Kind Jhebbal Sags, der hin und wieder immer noch seine ihm geweihten Haine aufsucht. Ein Weib aus Gwawela schlief in einem der heiligen Haine Jhebbal Sags. Zogar Sag ist ihr Sohn. Auch ich bin Jhebbal Sags Sohn aus seiner Verbindung mit einem Feuerwesen eines fernen Reiches. Zogar Sag rief mich aus den Brodemlanden. Mit Zauber und Beschwörungen und seinem eigenen Blut verlieh er mir fleischliches Leben auf seinem eigenen Planeten. Wir sind eins durch unsichtbare Bande. Seine Gedanken sind meine Gedanken. Fügt man ihm körperlichen Schmerz zu, spüre ich es, trifft mich ein Hieb, blutet er. Doch genug der Worte. Bald wird dein Geist sich mit den Geistern des Finsteren Landes unterhalten, und sie werden dir von den alten Göttern erzählen, die durchaus nicht tot sind, sondern in den Klüften zwischen den Sternen schlafen – und die ab und zu erwachen.«

»Ich möchte gern wissen, wie du aussiehst«, brummte Conan, der inzwischen auch die Axt in der Hand hielt. »Du, der du Abdrücke wie ein Vogel hinterläßt, wie eine Flamme brennst und doch mit menschlicher Stimme sprichst.«

»Du sollst mich sehen«, antwortete die Stimme aus der Flamme. »Ja, du sollst mich sehen und das Wissen mit dir in das Finstere Land nehmen.«

Die Flamme züngelte empor und fiel in sich zusammen. Ein Gesicht nahm schattenhaft Form an. Zuerst dachte Conan, es sei Zogar Sag selbst, der in grünes Feuer gehüllt vor ihm stand. Doch das Gesicht überragte seinen Kopf, und es hatte ausgesprochen dämonische Züge. An Zogar Sags waren ihm schon verschiedene Abnormalitäten aufgefallen: die extrem schrägen Augen, die spitzen Ohren und der fast lippenlose Mund. All diese Eigenarten waren bei diesem Wesen noch stärker betont, und seine Augen waren wie glühende Kohlen.

Weitere Einzelheiten wurden sichtbar: ein schmaler Rumpf mit Schuppenhaut wie die einer Schlange, und doch von menschlicher Form, mit festen Armen. Doch die Beine erinnerten an die eines Kranichs, sie waren lang und dünn und hatten dreikrallige Füße. Das Feuer flackerte an den Beinen entlang. Conan sah sie wie durch einen glitzernden Dunst.

Und plötzlich erhob die Kreatur sich über ihn, obgleich er nicht bemerkt hatte, daß sie sich auf ihn zubewegte. Jetzt erst, als ein Arm hochschwang, fiel Conan auf, daß sie statt einer Hand sichelgleiche, gewaltige Krallen hatte, die nun zu seinem Hals herabsausten. Mit einem wilden Schrei brach er den Bann. Er sprang zur Seite und schleuderte die Axt. Der Dämon wich ihr mit einer unglaublich schnellen Bewegung des schmalen Kopfes aus, und schon sprang er mit züngelnder Flamme wieder auf ihn zu.

Doch als er seine früheren Opfer geschlagen hatte, war die Furcht sein Verbündeter gewesen, Conan dagegen hatte keine Angst vor ihm, denn er wußte, daß jedes Wesen aus lebendem Fleisch, so ungewöhnlich es auch aussah, getötet werden konnte.

Ein schwingender Klauenarm schlug ihm den Helm vom Kopf. Ein wenig tiefer, und der Hieb hätte ihn geköpft. Aber schon drang sein Breitschwert in den Leib des Monstrums, und er jubelte insgeheim auf. Sofort sprang er zurück, um einem weitausholenden Schlag auszuweichen, gleichzeitig riß er sein Schwert heraus. Die Krallen kratzten über seine Brust und zerrissen das Kettenhemd, als wäre es aus Stoff.

Während der Klauenarm erneut ausholte, sprang Conan wie ein hungriger Wolf vorwärts und stieß sein Schwert tief in den Bauch des Ungeheuers. Er spürte, wie die Arme sich um ihn schlossen und die Krallen ihm das Kettenhemd vom Rücken rissen, als sie tief in ihn zu dringen suchten. Eine blaue Flamme, die sich wie Eis anfühlte, leckte nach ihm und blendete ihn. Aber es gelang ihm, sich aus den schwächer werdenden Armen zu befreien und das Schwert mit aller Kraft zu schwingen.

Der Dämon taumelte und fiel auf die Seite. Sein Schädel hing nur noch an einem Fetzen Fleisch. Das Feuer, das ihn eingehüllt hatte, loderte nun rot wie in Fontänen spritzendes Blut empor und verbarg die Gestalt jetzt völlig. Ein Geruch wie von verbrennendem

Fleisch stieg in Conans Nase. Er schüttelte Blut und Schweiß aus den Augen, wirbelte herum und rannte taumelnd durch den Wald. Blut sickerte seine Arme hinunter. Mehrere Meilen im Süden sah er durch die Entfernung gedämpften Feuerschein, der von einer brennenden Siedlerhütte kommen mochte. Hinter ihm, vermutlich auf der Straße, hörte er wildes Triumphgeheul, das ihn noch schneller weitertrieb.

8

SCHLUSS MIT CONAJOHARA

Es war auch am Donnerfluß zum Kampf gekommen, zu einem heftigen Kampf von den Mauern von Velitrium, und entlang des Ufers hatten Axt und Feuer gewütet – viele der Siedlerblockhütten waren den Flammen zum Opfer gefallen.

Eine gespenstische Stille folgte dem Sturm. Wo die Menschen zusammenkamen, unterhielten sie sich in gedämpftem Ton, und Männer mit blutigen Verbänden tranken stumm ihr Bier in den Schenken am Fluß.

Auch Conan saß in einer Schenke und trank mit düsterer Miene aus einem Weinbecher. Ein hagerer Waldläufer mit verbundenem Kopf und einem Arm in der Schlinge setzte sich zu ihm. Er war der einzige Überlebende von Fort Tuscelan.

»Ich hab' gehört, daß du mit den Soldaten in der Ruine des Forts warst«, sagte er.

Conan nickte nur.

»Ich hätte mitkommen sollen, aber ich konnte nicht«, brummte der Waldläufer. »Es kam zu keinen Kämpfen mehr?«

»Die Pikten hatten sich über den Schwarzen Fluß zurückgezogen. Etwas muß ihnen den Mut geraubt haben. Doch was, weiß bestimmt nur der Teufel, der sie erschaffen hat.«

Der Mann warf einen kurzen Blick auf seinen Arm in der Schlinge und seufzte.

»Es soll nicht einmal mehr Leichen zum Wegschaffen gegeben haben.«

»Viel mehr als Asche war von ihnen nicht übriggeblieben«, sagte Conan dumpf. »Die Pikten hatten alle Toten im Fort zusammengetragen und es angezündet, ehe sie über den Fluß zurückkehrten – ihre Toten und Valannus' Männer.«

»Valannus fiel als einer der letzten – im Handgemenge, als sie die Palisaden gestürmt hatten. Sie versuchten ihn lebend zu bekommen, aber er sorgte dafür, daß sie ihn töten mußten. Zehn von uns nahmen sie gefangen, als wir so erschöpft waren, daß wir nicht mehr kämpfen konnten. Neun metzelten sie gleich dort nieder. Meine Chance zu fliehen kam, als Zogar Sag starb.«

»Zogar Sag ist tot?« rief Conan überrascht.

»Ja, ich habe ihn selbst sterben gesehen. Deshalb kämpften die Pikten gegen Velitrium auch nicht mehr so wild und entschlossen wie gegen das Fort. Es war äußerst merkwürdig. Er hatte keine einzige Wunde abbekommen. Er tanzte wie ein Besessener triumphierend zwischen den Gemordeten und fuchtelte mit der Axt um sich, mit der er gerade den letzten meiner Kameraden getötet hatte. Und dann kam er heulend wie ein Wolf auf mich zu – doch mitten im Schritt taumelte er. Er ließ die Axt fallen und drehte sich wie vor Schmerzen hüpfend im Kreis, und dabei schrie er gellend, wie ich noch nie Mensch oder Tier je habe schreien hören. Er sank vor mir und dem Feuer, das sie angezündet hatten, um mich schön langsam zu braten, auf den Boden, wälzte sich und würgte mit schaumbedecktem Mund. Plötzlich erstarrte er, und die Pikten brüllten, ›er ist tot!‹ Während sie noch aufgeregt um ihn herumstanden, gelang es mir, meine Bande zu lösen, und ich rannte, was ich konnte, zum Wald.

Glaub mir, Conan, es war gespenstisch! Ich sah ihn im Feuerschein ganz deutlich, und ich weiß, daß ihn keine Waffe berührt hatte. Doch da lag er, und er hatte wie von einem Schwert geschlagene Wunden im Leib am Bauch und am Hals – und die letztere sah aus, als hätte man ihn fast geköpft. Ich verstehe es einfach nicht! Was hältst du davon, Conan?«

Conan schwieg. Der Waldläufer, der sich der Unwilligkeit der Barbaren erinnerte, über manche Dinge zu reden, fuhr ohne gekränkt zu sein fort: »Er lebte durch Zauber, und irgendwie starb er auch durch Zauber. Die Unerklärlichkeit seines Todes raubte den Pikten den Kampfgeist. Kein einziger, der ihn sterben sah, nahm am Kampf gegen Velitrium teil. Sie flohen wie vom Teufel gehetzt über den Fluß zurück. Die am Donnerfluß waren die Krieger, die weitergezogen waren, ehe Zogar Sag starb. Und sie waren nicht genug, die Stadt allein einzunehmen.

Ich folgte der Straße hinter ihrer Hauptstreitmacht. Ich weiß, daß mir keiner aus dem Fort gefolgt war. Ich stahl mich durch ihre Linien und gelangte in die Stadt. Du hast die Siedler noch rechtzeitig durchgebracht, aber ihre Frauen und Kinder erreichten die Stadt nur knapp vor diesen bemalten Teufeln. Wenn dieser junge Bursche Balthus und der alte Reißer sie nicht eine Weile aufgehalten hätten, lebte von den Siedlerfrauen und -kindern niemand mehr. Ich bin an der Stelle vorbeigekommen, an der Balthus und der Hund ihr Leben gaben. Sie lagen zwischen einem Haufen toter Pikten. Sieben zählte ich, denen die Axt oder die Fänge Reißers ein Ende gemacht hatten, und weitere lagen von Pfeilen durchbohrt auf der Straße. Ihr Götter, muß das ein Kampf gewesen sein!«

»Er war ein Mann!« sagte Conan. »Ich trinke auf seinen Schatten und auf den Schatten des Hundes, der keine Furcht kannte.« Er nahm einen Schluck Wein und leerte den Rest mit seltsam heidnischer Geste auf den Boden, ehe er den Becher zerschmetterte. »Die Pikten werden mit zehn Schädeln für Balthus und mit sieben für den Hund bezahlen, der ein besserer Krieger war als so mancher Mann.«

Der Waldläufer, der in die wie Gletscher funkelnden eisblauen Augen blickte, wußte, daß Conan diesen barbarischen Schwur halten würde.

»Sie werden das Fort nicht wieder aufbauen?«

»Nein. Conajohara ist für Aquilonien verloren. Die Grenze wurde wieder zurückgeschoben. Der Donnerfluß wird die neue Grenze sein.«

Der Waldläufer seufzte und betrachtete seine Hände, die schwielig von Axtschaft und Schwertgriff waren. Conan nahm einen Schluck aus der Weinkanne. Der Waldläufer musterte ihn und verglich ihn mit den Männern ringsum und denen, die am verlorenen Fluß gefallen waren, und mit den wilden Dunkelhäutigen jenseits des Flusses. Conan schien sich seines nachdenklichen Blickes nicht bewußt zu sein.

»Für die Menschheit ist Barbarei der natürliche Zustand«, murmelte der Waldläufer und blickte dem Cimmerier ernst in die Augen. »Zivilisation ist unnatürlich. Sie ist eine Laune des Zufalls. Aber Barbarei wird schließlich immer die Oberhand behalten.«

EINZELRECHTE

CONAN-SAGA

Robert E. Howard / Lin Carter / Lyon Sprague de Camp ·
Conan · 06/3202
Andrew J. Offutt · Conan und der Zauberer · 06/4006
Andrew J. Offutt · Conan der Söldner · 06/4020
Andrew J. Offutt · Conan und das Schwert von Skelos · 06/3947
Lyon Sprague de Camp · Conan und der Spinnengott · 06/4029
Robert E. Howard / Lin Carter / Lyon Sprague de Camp ·
Conan von Cimmerien · 06/3206
Poul Anderson · Conan der Rebell · 06/4037
Robert E. Howard / Lyon Sprague de Camp ·
Conan der Pirat · 06/3210
Karl Edward Wagner · Conan und die Straße der Könige · 06/3968
Robert E. Howard / Lin Carter / Lyon Sprague de Camp ·
Conan der Wanderer · 06/3236
Robert E. Howard / Lyon Sprague de Camp ·
Conan der Abenteurer · 06/3245
Lyon Sprague de Camp / Lin Carter · Conan der Freibeuter · 06/3972
(urspr. 1972 erschienen als Conan der Bukanier
unter der Nummer 06/3303)
Robert E. Howard / Lyon Sprague de Camp ·
Conan der Krieger · 06/3258
Lyon Sprague de Camp / Lin Carter / Björn Nyberg ·
Conan der Schwertkämpfer · 06/3895
Robert E. Howard / Lyon Sprague de Camp ·
Conan der Thronräuber · 06/3263
(urspr. 1971 erschienen als Conan der Usurpator unter derselben Nummer)
Lin Carter / Lyon Sprague de Camp · Conan der Befreier · 06/3909
Robert E. Howard / Lyon Sprague de Camp ·
Conan der Eroberer · 06/3275
Robert E. Howard / Björn Nyberg / Lyon Sprague de Camp ·
Conan der Rächer · 06/3283
Lyon Sprague de Camp / Lin Carter · Conan von Aquilonien · 06/4113
Lyon Sprague de Camp / Lin Carter · Conan von den Inseln · 06/3295
Lyon Sprague de Camp / Lin Carter · Conan der Barbar · 06/3889

CONAN-SAGA

Robert Jordan · Conan der Verteidiger · 06/4163
Robert Jordan · Conan der Unbesiegbare · 06/4172
Robert Jordan · Conan der Zerstörer · 06/6281
Robert Jordan · Conan der Unüberwindliche · 06/4203
Robert Jordan · Conan der Siegreiche · 06/4232
Robert Jordan · Conan der Prächtige · 06/4344
Robert Jordan · Conan der Glorreiche · 06/4315
John Maddox Roberts · Conan der Tapfere · 06/4346
Steve Perry · Conan der Furchtlose · 06/4663
Leonard Carpenter · Conan der Renegat · 06/4664
John Maddox Roberts · Conan der Champion · 06/4701
Steve Perry · Conan der Herausforderer · 06/4745
John Maddox Roberts · Conan der Marodeur · 06/4781
Robert E. Howard · Conan und der Schatz des Tranicos · 06/4915
Robert E. Howard / Lyon Sprague de Camp ·
Conan und die Flammenklinge · 06/4930
John Maddox Roberts · Conan der Draufgänger · 06/4959
Roland Green · Conan der Wagemutige · 06/4988
Leonard Carpenter · Conan der Kriegsherr · 06/5044
Leonard Carpenter · Conan der Held · 06/5081
Steve Perry · Conan der Unbezähmbare · 06/5098
Leonard Carpenter · Conan der Angreifer · 06/5143
Steve Perry · Conan der Landsknecht · 06/5197
Steve Perry · Conan der Schreckliche · 06/5198
Leonard Carpenter · Conan der Große · 06/5345
Roland J. Green · Conan der Beschützer · 06/5436
John Maddox Roberts · Conan das Schlitzohr · 06/5437
Sean A. Moore · Conan der Jäger · 06/5657
Roland Green · Conan am Dämonentor · 06/5899
Leonard Carpenter · Conan der Gladiator · 06/5957
John Maddox Roberts · Conan und die Amazone ·
06/9008 (in Vorb.)
John C. Hocking · Conan und der Saphir-Lotus · 06/9026 (in Vorb.)
Leonard Carpenter · Conan der Ausgestoßene · 06/9047 (in Vorb.)
DAS CONAN UNIVERSUM von *Erhard Ringer* · 06/4908